Katrin Lankers

Verrückt nach New York
Willkommen in der Chaos-WG

5 4 3 2 1
ISBN 978-3-649-61758-7
© 2015 Coppenrath Verlag GmbH & Co. KG,
Hafenweg 30, 48155 Münster
Alle Rechte vorbehalten, auch auszugsweise
Umschlaggestaltung: Anna Schwarz unter Verwendung
von Illustrationen von Sara Vidal
Satz: Sabine Conrad, Rosbach
Redaktion: Valerie Flakowski

Printed in Germany
www.coppenrath.de

Das @book erscheint unter der ISBN 978-3-649-62198-0.

Katrin Lankers

VERRÜCKT NACH NEW YORK N°1

Willkommen in der Chaos-WG

COPPENRATH

Um wichtige Entscheidungen zu treffen, brauche ich immer drei gute Gründe. Und ich hatte drei sehr gute Gründe dafür, nach New York zu gehen. Dachte ich.

Jetzt, am Ende, stellt sich heraus, dass New York die beste Entscheidung meines Lebens war. Nur die Gründe waren alle drei absolut falsch!

Eure Maxi

KAPITEL 1

Nicht schon wieder! Mit einem abgrundtiefen Seufzen wälzte ich mich auf die andere Bettseite und ließ die Zeitanzeige meines Handys aufleuchten. Weit nach Mitternacht. Meine Augen brannten vor Müdigkeit und mein ganzer Körper fühlte sich bleiern vom Jetlag, aber an Schlaf war nicht zu denken. Und das lag nicht daran, dass ich noch zu aufgewühlt von der Reise gewesen wäre oder zu aufgeregt, weil ich morgen meinen ersten Arbeitstag vor mir hatte. Nein, das lag ausschließlich an den Geräuschen auf der anderen Seite der dünnen Sperrholzwand direkt neben mir.

Es begann mit einem unterdrückten Kichern. Dann folgten Flüstern und Wispern – unfassbar, wie laut manche Menschen flüstern können! Schließlich ging es in rhythmisches Stöhnen (von ihm) und vereinzelte spitze Schreie (von ihr) über, untermalt von immer schneller werdendem Quietschen des gequälten Bettgestells. Und das jetzt schon zum dritten Mal im Verlauf der letzten zwei Stunden. Bekamen die denn nie genug?

Ich zog mir das Kissen über den Kopf, aber auch die klumpigen Daunen konnten die unmissverständlichen Laute aus dem Nebenzimmer nur unzureichend dämpfen. Genervt feuerte ich das Kissen in die Ecke und knipste die Nachttischlampe an. Das hätte ich besser gelassen! Im matten Lichtschein wurde mir die ganze Erbärmlichkeit meiner neuen Unterkunft erneut so richtig bewusst.

Ein behagliches Nest im pulsierenden Herzen von Manhattan, so stand es in der Zimmerbeschreibung der Onlineagentur, bei der ich von Deutschland aus gebucht hatte. Knapp 800 Dollar kostete es im Monat, ein Batzen Geld, aber bei den immens hohen New Yorker Wohnungspreisen quasi ein Schnäppchen. Zumindest glaubte ich das, bis ich das »behagliche Nest« heute zum ersten Mal gesehen hatte.

Bett, Nachttisch und eine wackelige Kleiderstange waren die einzigen Möbelstücke, mit denen der Raum bereits an seine Auslastungsgrenze stieß. Mein aufgeklappter Koffer füllte die verbliebene Bodenfläche, bislang hatte ich es nicht über mich gebracht, meine Sachen auszupacken. Ein muffiger Geruch erfüllte den stickigen Raum, was kein Wunder war, denn er besaß kein Fenster.

Diese Unterkunft war nicht nur weit davon entfernt, »behaglich« oder ein »Nest« zu sein, im Grunde war sie sogar weit davon entfernt, ein Zimmer zu sein! Eine Abstellkammer, das traf es am ehesten. Nur durch eine Sperrholzplatte vom Schlafzimmer der Vermieter getrennt, was der Erbärmlichkeit des Ganzen zusätzlich eine akustische Dimension verlieh.

Ich brauchte Gummibärchen – jetzt sofort! Und zwar

grüne, denn die beruhigen die Nerven. Ich durchwühlte das Beuteltier, meine Vintagetasche, bis meine Hand auf eine zerknitterte Haribo-Tüte stieß. Doch nach dem stressigen Reisetag waren keine grünen Bären mehr da. Gequirlter Mist! Dann mussten es halt die orangefarbenen Stimmungsaufheller tun! Fünf waren noch in der Packung. Ich stopfte sie alle in den Mund und kaute langsam mit geschlossenen Augen, aber meine miese Laune besserte sich davon nicht, vermutlich weil die Störgeräusche aus dem Nebenzimmer jetzt auf ihren Höhepunkt zusteuerten. Quietsch, quietsch ... stöhn, stöhn ... quietsch, quietsch ... Das war ja nicht zum Aushalten!

Im Fluchtreflex schwang ich die Beine über die Bettkante und bemerkte meinen Fehler erst, als meine Zehen den Boden berührten, der eine Oberflächenhaftung wie Sekundenkleber hatte. Bäh! Ich schlüpfte in meine Socken, nahm meine Brille vom Nachttisch und schob sie auf die Nase. Bloß raus hier! Am Koffer vorbei quetschte ich mich aus der Abstellkammer, durch einen winzigen Flur in die Küche.

Aber auch dort: ein Schauplatz des Grauens. Dreckiges Geschirr stapelte sich in der Spüle, leere Flaschen auf der Arbeitsplatte, Teller mit Speiseresten auf dem Küchentisch. Als ich mich müde auf einen der Stühle fallen ließ, huschte etwas neben mir über die Resopalplatte. Nur mit Mühe konnte ich ein Kreischen unterdrücken.

War das etwa eine Küchenschabe? Vermutlich! Die New Yorker Kakerlaken waren ja angeblich überall, wo es etwas Essbares zu finden gab – und diese Küche musste für die ekligen Insekten das reinste Schlaraffenland sein. BÄH!

Schaudernd rieb ich über meine nackten Oberarme, zu müde, um weiter an Flucht zu denken. Wenigstens lag die Küche weit genug vom Schlafzimmer entfernt, sodass ich nicht mehr mit anhören musste, wie dort das Bett gequält wurde.

»Besser Küchenschaben als Bettwanzen«, versuchte ich mich selbst aufzumuntern und der treffende Spitzname für meine hormongesteuerten Vermieter entlockte mir ein Kichern. Ein ziemlich hysterisches Kichern, wie ich mir eingestehen musste. Die Ellbogen auf die Tischplatte gestützt, ließ ich meine Stirn in die Handflächen sinken und lauschte dem steten Rauschen des Verkehrs und dem fernen Sirenengeheul vor dem Fenster.

Das war New York. ICH war in New York! Leider empfand ich darüber gerade keinerlei Begeisterung. Im Gegenteil: Meine Brust fühlte sich plötzlich eng an, meine Augen brannten stärker, nicht nur vor Müdigkeit, und in meinem Kopf tauchte das Bild einer anderen Küche auf – unserer Küche daheim – und mittendrin Omama, die Kakao kocht. Na toll, ich war gerade einmal vierundzwanzig Stunden von zu Hause weg und schon überkam mich Heimweh. So hatte ich mir das aber nicht vorgestellt!

Dabei war bisher alles nach Plan gelaufen! Der Flieger hatte keine Verspätung, der Zollbeamte ignorierte meinen gigantischen Koffer, in dem ich problemlos ein Zwergpony hätte schmuggeln können, und der verkniffene Typ an der Passkontrolle winkte mich gelangweilt durch, nachdem ich brav meine Fingerabdrücke und einen Iris-Scan hinterlassen hatte.

Und dann die Stadt selbst! Ich hatte ja noch nicht viel

davon gesehen, aber mein erster Eindruck war noch viel atemberaubender, als ich es mir vorgestellt hatte: überall Hochhäuser, die geradewegs in den Himmel zu wachsen schienen, auf den Straßen ein Verkehrsinfarkt aus hupenden gelben Taxis und Bussen, zwischen denen sich ein paar selbstmörderische Radfahrer hindurchschlängelten, und Menschen, überall Menschen aller Nationalitäten, die im Laufschritt mit Handys, Kaffeebechern und Aktenkoffern jonglierend durcheinanderrannten, als würden sie einer ausgefeilten, geheimen Choreografie folgen. Es war laut, schnell und unfassbar groß – einfach großartig!

Wenn man also von der unbedeutenden Tatsache absah, dass ich im vermutlich dreckigsten, fiesesten Appartement der ganzen Stadt gelandet war, lief alles genau nach Plan! Das war eigentlich beruhigend, denn ich machte für alles Pläne. Nur ein einziger davon hatte bisher nicht funktioniert – wegen Jens, dem emotionalen Analphabeten! – und dieser Fehlschlag hatte sich am Ende als glücklicher Zufall entpuppt, denn mein Plan B war viel besser als Plan A.

Plan A war gewesen, nach dem Abi mit Jens Journalistik zu studieren. Dann machte er jedoch mit mir Schluss, angeblich weil seine Neue nicht so verkopft war wie ich. Ich vermutete aber eher, dass es mit den drei Körbchengrößen mehr zu tun hatte, die unterhalb ihres Kopfes hingen. Mit Jens an derselben Uni zu studieren, kam danach für mich nicht mehr infrage. Aber leider waren die Bewerbungsfristen an sämtlichen Unis bereits abgelaufen! Und ich hatte mich nur an einer einzigen zusammen mit Jens beworben. Das war erstens sehr untypisch für mich und zweitens saublöd, wie mir später klar geworden war.

Doch dann erhielt meine Omama von einer Bekannten aus New York den Tipp, ich sollte mich bei dem aufstrebenden Magazin *Zeitgeist* bewerben. Was ich tat. Das war Plan B – und er ging auf! Anstatt mit meinem Ex an einer tristen deutschen Uni zu studieren, würde ich bei einem Lifestyle-Magazin in der Weltmetropole arbeiten – zunächst zwar nur für einen unbezahlten Probemonat, aber der Chefredakteur Leonard Frey hatte mir bei meiner Bewerbung anschließend ein bezahltes Jahrespraktikum in Aussicht gestellt. Das war genau die Zeit, die ich überbrücken musste, bis ich mit dem Studium an einer anderen Uni beginnen konnte. Und ich hatte keinen Zweifel, dass ich es schaffen würde, dieses Jahrespraktikum zu bekommen.

Dieser tolle Job und mehr als 6000 Kilometer, die mich von dem emotionalen Analphabeten trennten, waren zwei gute Gründe, nach New York zu gehen. Und natürlich hatte ich noch einen dritten, denn für wichtige Entscheidungen brauche ich immer drei gute Gründe. Dieser dritte war eine in winzige Fitzel zerrissene und mit Tesafilm wieder zusammengeklebte Postkarte, die ganz unten in meinem Koffer lag. Was ich damit anfangen würde, wusste ich noch nicht, aber ich würde mir etwas einfallen lassen.

So bin ich: Ich nehme die Dinge gern selbst in die Hand. Und ich bin überzeugt davon, dass ich alles erreichen kann, wenn ich mich nur genug anstrenge. Ob ich es allerdings schaffen würde, in diesem Appartement einen ganzen Monat lang zu wohnen, ohne Herpes oder womöglich etwas Schlimmeres zu bekommen, dessen war ich mir keineswegs sicher! Aber darüber würde ich morgen nachdenken. Jetzt war ich einfach zu müde ...

Ein verhaltenes Räuspern, gefolgt von einem schleimigen Röcheln riss mich aus dem Schlaf. Mühsam hob ich den Kopf von der Tischplatte, was ein schmatzendes Geräusch verursachte. Bäh! Angeekelt wischte ich mir über die Stirn und rückte meine verrutschte Brille zurecht. War ich etwa mitten in diesem Dreck eingeschlafen? Offensichtlich! Und was hatten die Küchenschaben getrieben, während mein Kopf zwischen ihrem Festmahl geruht hatte? BÄH!

»Morgen«, brummelte mein Vermieter und kratzte sich ausgiebig im Schritt, der nur mit einer ausgeleierten Boxershorts verhüllt war. Wie hieß er noch mal? Brian, Brendan, Bernard ...? Mit Namen war ich gar nicht gut und seinen hatte ich spontan wieder vergessen. Also beschloss ich, ihn Mr Bettwanze zu taufen. Ergeben erwiderte ich seine Begrüßung und wandte den Blick dann so schnell wie möglich ab, denn mit seiner wabbeligen weißen Wampe bot er im hellen Licht, das durch das dreckige Fenster fiel, keinen allzu erfreulichen Anblick. Moment ... Sonnenlicht?

»Wie spät ist es?« Hektisch sprang ich vom Stuhl auf und suchte nach einer Möglichkeit, mich an der fetten Wampe vorbei zur Tür zu schieben, ohne ihr dabei zu nahe zu kommen. Ein aussichtsloses Unterfangen!

»Bleib cool. Noch nicht neun. Willste Kaffee?« Mr Bettwanze packte meinen Arm und versuchte, mich auf den Stuhl zurückzuschieben, aber ich schaffte es, mich loszumachen. Fast neun Uhr! Panisch stürzte ich aus der Küche und in die Abstellkammer, wo ich als Erstes über meinen Koffer stolperte, mit dem Knie das Nachtschränkchen rammte und dann unsanft auf dem Bett landete. Mein

Handy fiel zu Boden, hörte aber nicht auf, monoton zu piepen. Das tat es jetzt vermutlich seit fast zwei Stunden.

Miiiiiiist! In zehn Minuten begann mein erster Arbeitstag bei *Zeitgeist*. Ich würde zu spät kommen. Aber so was von zu spät! Dabei hatte ich einen perfekten Plan für diesen Morgen gehabt. Ich hatte den Handyalarm extra früh eingestellt, um genug Zeit fürs Styling zu haben. Ich hatte mir sogar überlegt, was ich anziehen würde. Und auf dem Weg zur U-Bahn wollte ich mir einen Kaffee holen.

Aber jetzt würde ich nichts davon schaffen und trotzdem nicht pünktlich bei meinen neuen Job erscheinen. Selbst wenn ich aufs Schminken verzichtete. Selbst wenn ich auf meinen morgendlichen Kaffee verzichtete, was eigentlich unvorstellbar war. Selbst wenn ich mich in die Redaktion beamen könnte, würde ich zu spät kommen, denn ich musste mir ja wenigstens noch etwas Frisches anziehen. Obwohl das eigentlich egal war, denn ich würde auf jeden Fall einen miesen ersten Eindruck hinterlassen. Und das war natürlich das Letzte, was ich wollte.

Doch allmählich beschlich mich das unangenehme Gefühl, dass in New York nicht immer alles nach Plan lief. Zumindest nicht nach meinem Plan. Aber das durfte ich nicht zulassen! Ich konnte unmöglich in einem Appartement bleiben, wo mich hormongesteuerte Bettwanzen um den Schlaf brachten und ich riskierte, jede Nacht völlig übermüdet am Küchentisch einzuschlafen, sodass ich am nächsten Morgen zu spät zur Arbeit kam. Ganz zu schweigen von den Küchenschaben, die mir dabei Gesellschaft leisteten. Wieder schüttelte ich mich bei dem Gedanken. BÄH!!! Und dann Mr Bettwanze mit der weißen Wampe, der mich einfach am Arm gepackt hatte, um mir Kaffee aufzunötigen – nicht auszudenken, was ihm als Nächstes einfallen würde. Womöglich standen die Bettwanzen auf flotte Dreier ... Stopp! Maxi, deine Fantasie geht mit dir durch!

Trotzdem! Die Wohnsituation war unhaltbar. Ein neuer Plan musste her. Und der lautete: Heute Abend würde ich in einem anderen Bett schlafen als diesem. Der Gedanke erfüllte mich mit neuer Energie. Eilig streifte ich mir ein paar frische Klamotten über und stopfte alles andere zurück in meinen Koffer. Mit Gewalt manövrierte ich das Ungetüm schließlich durch den Flur, winkte Mr und Mrs Bettwanze zu, die sich nun beide halbnackt in der Küche versammelt hatten und mir erstaunt hinterherschauten, und polterte zur Wohnungstür hinaus.

Erst als ich mit dem Riesenkoffer auf der Straße stand wie ein lebendes Verkehrshindernis, um das die hektischen New Yorker einen weiten Bogen machten, wurde mir bewusst, dass mein toller Plan ziemlich vage war: Ich hatte keine Ahnung, wie ich es schaffen sollte, bis zum Abend ein neues Zimmer zu finden.

KAPITEL 2

Meine hohen Absätze klackerten energisch über das abgeschabte Parkett. Zumindest hoffte ich, dass es energisch klang und nicht so nervös, wie ich mich fühlte. Wie befürchtet war ich mit mehr als einer Stunde Verspätung in der Redaktion von *Zeitgeist* eingetroffen – die New Yorker Subway war ein Dschungel und der U-Bahn-Plan glich einem abstrakten Gemälde! Zuerst war ich in die falsche Richtung gefahren und dann, als ich meinen Fehler bemerkt hatte, in einen Express-Zug gestiegen, der nicht an allen Stationen hielt, sodass ich weit über mein Ziel hinausgeschossen war. Dass ich einen Koffer hinter mir herzog, der mindestens so viel wog wie ein Zwergpony, hatte auch nicht dazu beigetragen, dass ich schneller vorankam.

Viereinhalb wertvolle Minuten hatte ich zudem damit vergeudet, mir an einem Stand am Straßenrand einen Kaffee zum Mitnehmen zu kaufen. Koffein schien das Lebenselixier der New Yorker zu sein, jeder zweite rannte mit einem Pappbecher herum, aus dem Dampfwölkchen aufstiegen. Allerdings kauften echte New Yorker ihren Kaffee offenbar woanders, denn die Plörre in meinem Pappbecher schmeckte, als hätte man das heiße Wasser nur kurz am Kaffeefilter vorbeigetragen. Ungenießbar!

Weil ich auf dem ganzen Weg von der Bahnstation bis zur Redaktion keinen Mülleimer entdeckt hatte, balancierte ich nun den fast vollen Becher in der linken Hand, während ich mit der rechten meinen Koffer hinter mir herzerrte, denn in dem winzigen Büro der Redaktionssekretärin war kein Platz gewesen, um ihn zu parken. Hätte ich eine dritte Hand gehabt, hätte ich damit gern den verknitterten Stoff meines Rockes glatt gestrichen, aber so musste ich mich damit begnügen, ihn böse anzustarren.

Bei dem Versuch, den katastrophalen ersten Eindruck durch einen phänomenalen zweiten wettzumachen, hatte ich mich spontan für meine schicksten Klamotten entschieden. Jetzt fragte ich mich allerdings, ob der graue Bleistiftrock und der perlenbesetzte Blazer nicht übertrieben waren. Das Büro war weit weniger stylish, als ich es mir bei einem Lifestyle-Magazin vorgestellt hatte.

Es befand sich am oberen Ende des Broadways und ich hatte Glitzer und Glamour erwartet. Doch auf der Upper West Side war der berühmte Broadway einfach eine vierspurige, viel befahrene und von Supermärkten und Handyläden gesäumte Straße ohne jeden Glanz. Auch das Gebäude selbst war unscheinbar, das Redaktionsbüro im dritten Stock eng und mit Aktenregalen vollgestopft.

»Hier entlang.« Die Sekretärin, deren Namen ich sofort wieder vergessen hatte, sprach langsam und mit einem breiten amerikanischen Akzent. Überhaupt schien alles an ihr breit und bequem zu sein, vom geblümten Hals-

tuch über die ausladenden Hüften, die in einer Jogging-
hose steckten, bis hin zu den Öko-Latschen an den Füßen.
Stil war definitiv etwas anderes! Aber ihr natürlich ebenfalls breites Lächeln war mir auf Anhieb sympathisch.

Die Sitzfalten in meinem Rock ließen sich von meinen
bösen Blicken nicht beeindrucken, dafür fing nun auch
noch mein Brillengestell an, langsam von der Nase zu gleiten. Es rutscht ständig, was vermutlich daran liegt, dass
meine viel zu lange Nase abschüssig ist wie eine Skipiste.
Vielleicht wehrt die Nase sich auf diese Weise aber auch
gegen die Brille, die ich eigentlich gar nicht brauche – in
der breiten Fassung befindet sich bloß Fensterglas –, die
ich aber immer trage, um meine Maxi-Nase dahinter zu
verstecken. Ich spreizte den Daumen vom Kaffeebecher
ab und beförderte die Brille damit wieder an ihren Platz.

»Da ist es. Die Höhle des Löwen.« Ohne anzuklopfen,
stieß die Sekretärin eine Tür zur Linken auf, steckte ihren
Kopf hinein und verkündete: »Leo, hier ist die Nummer
zwei.«

Die Nummer zwei, wunderte ich mich. Was sollte das
denn heißen? Doch bevor ich den Gedanken vertiefen
konnte, war von drinnen ein unverständliches Brummeln
zu hören, und dann tauchte der Sekretärinnenkopf wieder auf und erklärte: »Er erwartet dich. Möchtest du einen
Kaffee?«

»Äh, nein danke.« Ich hob meinen Pappbecher hoch
und ärgerte mich im selben Moment. Zwar war der Kaffee in der Lokalredaktion, in der ich bisher als freie Mitar-
beiterin gejobbt hatte, grauenhaft gewesen, aber vielleicht
schmeckte er bei einem amerikanischen Lifestyle-Magazin

ja besser. Nun war es zu spät. Die Sekretärin machte sich auf den Rückweg den langen Korridor entlang und ich wandte mich der Tür zu. Die Höhle des Löwen ... hoffentlich war das nicht wörtlich gemeint!

»Maxi, schön dich kennenzulernen.« Mit ausgestrecktem Arm kam Leonard Frey, Chefredakteur von *Zeitgeist*, hinter einem wuchtigen Schreibtisch hervor, auf dem sich sämtliche Papierstapel in bedenklicher Schieflage befanden. Mit seiner silbergrauen Mähne erinnerte er tatsächlich ein bisschen an einen Löwen, und wenn er zu lächeln versuchte, wirkte das in etwa so vertrauenerweckend, als würde ein Raubtier die Zähne blecken. Doch die runde Intellektuellenbrille zusammen mit dem runden Bauch milderte den Eindruck ein wenig. Ich stellte den Koffer ab und ergriff seine Pranke, mit der er meine Hand so stürmisch schüttelte, dass ein paar Tropfen Kaffee aus dem Becher spritzten. Irritiert musterte er mein Gepäckstück, ging aber nicht weiter darauf ein.

»Ich freue mich auch, Mr Frey.« Den Namen des Chefredakteurs hatte ich mir extra gut eingeprägt, genau wie die wenigen Daten, die ich auf der Homepage des Magazins über ihn gefunden hatte: Leonard Frey war 43 Jahre alt und bereits der dritte Frey auf dem Chefsessel von *Zeitgeist*. Sein Großvater, ein deutscher Exilant, hatte das Magazin in den Dreißigerjahren gegründet, nach ihm hatte es sein Sohn, Leonards Vater, geführt und dann hatte Leonard Frey es vor knapp zwei Jahren übernommen und vollständig relauncht, um aus einem Exilantenblatt, dem die Leser wegstarben, eine neue Trendzeitung für New Yorker zu machen, die sich für kulturelle und kulinarische

Insidertipps ebenso interessierten wie für sozialkritische Storys und Interviews mit ungewöhnlichen Zeitgenossen. Somit bot *Zeitgeist* genau das, was mich journalistisch begeisterte. Trotzdem wäre ich von allein nie auf die Idee gekommen, mich dort zu bewerben.

Im Grunde konnte ich Jens, dem emotionalen Analphabeten, sogar dankbar sein, denn die Zusage von *Zeitgeist* war mir nach diesem Desaster wie ein Wink des Schicksals erschienen – auch wenn ich an das Schicksal eigentlich nicht glaubte. Aber hier war ich nun!

»Nenn mich Leo, das machen alle so.« Leonard Frey schüttelte seine Löwenmähne und zeigte wieder sein Raubtiergebiss. Leo, wie passend! Wer mit diesem Aussehen so hieß, brauchte sich über einen passenden Spitznamen jedenfalls keine Gedanken mehr zu machen.

»Sorry, dass ich zu spät komme«, entschuldigte ich mich, aber er winkte bloß ab.

»Schon gut, schon gut. New York ist so schnell, aber man braucht immer länger, als man glaubt. Du wirst dich bald daran gewöhnen und dann hoffentlich pünktlich sein.«

War das jetzt eine versteckte Kritik? Ich setzte ein selbstsicheres Strahlen auf, was meine Unsicherheit hoffentlich ausreichend verbarg.

»Auf jeden Fall.«

»Gut, nimm bitte Platz. Wir haben schon mal angefangen, das wirst du sicher verstehen.«

Wir? Erst als ich mich nach einer Sitzgelegenheit umblickte, bemerkte ich, dass ich mit dem Chefredakteur nicht allein im Raum war. Auf einem der beiden Lederstühle vor dem antiken Schreibtisch saß ein Typ in mei-

nem Alter, vielleicht etwas älter, mit lässig übereinander-
geschlagenen Beinen, einem Zahnpasta-Werbe-Grinsen
und einer Haartolle, angesichts derer Elvis Presley vor
Neid erblasst wäre. Allerdings waren seine Haare blond
und nicht braun wie die des King of Rock.

»Hi, ich bin Chris.« Der blonde Elvis-Verschnitt streckte
mir ebenfalls auffordernd die Hand hin, und so blieb mir
nichts anderes übrig, als sie zu schütteln, bevor ich mich
neben ihn in den freien Stuhl fallen ließ. Wieder schwappte etwas Kaffee aus dem Becher, und ich hätte ihn gern auf
dem Schreibtisch abgestellt, aber der war bis zum letzten
Quadratzentimeter mit Papieren bedeckt, und ich wollte
nicht riskieren, darauf einen braunen Ring zu hinterlassen. Also behielt ich den Becher lieber in der Hand.

Okay, was wollte die Powerlocke hier? Meine Gedanken
rasten, während der Typ völlig relaxt im Stuhl lehnte. Auf
seine etwas zu hohe Stirn schienen die Worte jung, dyna-
misch, erfolgreich in Großbuchstaben tätowiert zu sein –
drei Adjektive, mit denen ich mich bestens auskannte, da
ich mich selbst gerne so beschrieb. Deshalb hatte ich auch
gute Antennen dafür, wenn jemand versuchte, mir in die
Quere zu kommen. Und Chris Elvis Powerlocke war ganz
offensichtlich ein fleischgewordenes Karrierehindernis.

»Christopher fängt heute sein Praktikum bei uns an,
genau wie du«, bestätigte Leo Frey meinen Verdacht, sobald er es sich wieder hinter seinem Schreibtisch bequem
gemacht hatte. »Er hat an der Columbia studiert.« Ein
zweiter Praktikant also. Noch dazu einer mit Nobeluni-
Abschluss. Na, das waren ja tolle Neuigkeiten!

»Maxi kommt aus Deutschland«, erklärte Leo in Chris'

Richtung – er sagte Deutschland auf Deutsch, und seinem schweren Akzent war anzuhören, dass er die Sprache seines Großvaters nur unzureichend beherrschte. Ich war froh, dass ich wenigstens mit meinen Englischkenntnissen bisher keine Probleme hatte, immerhin hatte ich ein zweisprachiges Abi gemacht, und zwar gar kein schlechtes! Außerdem hatte ich als Vorbereitung den ganzen Sommer lang englische Bücher gelesen. Ich konnte nur hoffen, dass das ausreichen würde, um es mit Mr Columbia-Abschluss aufzunehmen.

»Ihr werdet unsere Redaktion beide für einen Monat verstärken«, fuhr Leo fort. »Wie ich euch bereits mitgeteilt habe, ist im Anschluss eine Stelle als Jahrespraktikant bei uns zu besetzen. Wir wollen die nächsten vier Wochen nutzen, um zu sehen, wer von euch beiden ideal geeignet ist, um diesen Job zu übernehmen.« Leo strich sich mit gespreizten Fingern durch seine Löwenmähne und betrachtete uns aufmerksam. Mein Lächeln begann langsam in den Wangenmuskeln zu schmerzen. Chris schien solche Probleme nicht zu kennen, sein selbstzufriedener Gesichtsausdruck musste ein Gendefekt sein.

»Ich werde mein Möglichstes tun«, warf er ein und lehnte sich in seinem Sessel vor, als wollte er sofort aufspringen und damit anfangen.

»Ich natürlich auch«, schob ich schnell hinterher, leider war mir klar, dass es nicht so gut ankam, wenn man es als Zweiter sagte. Allmählich fing ich an, mich zu ärgern. Vor allem über mich selbst. Natürlich hätte ich mir denken können, dass man mir den Job nicht auf einem Silbertablett servieren würde, aber dass man mir einen Mitbewerber vor die Nase setzte, noch dazu einen so gestriegelten, damit hatte ich wirklich nicht gerechnet.

»Ja, davon gehe ich aus«, winkte Leo ab. »Es kommt aber nicht nur auf euer Engagement und eure journalistische Arbeit an, die selbstverständlich auch eine wichtige Rolle bei unserer Entscheidung spielen werden, sondern ebenso darauf, wie gut ihr in unser Team passt.«

Großartig, dafür war ich ja genau die Richtige! Nicht dass es mir an Engagement oder journalistischer Begabung fehlen würde. Aber wenn jemand den Prototyp eines Teamplayers hätte zeigen wollen, hätte er ganz sicher nicht mein Foto dafür ausgewählt. Ich tat mich gelinde gesagt etwas schwer mit Teamwork. Dieses ewige Wir-könnten-doch-auch oder Sollen-wir-nicht-besser ging mir schon zu Schulzeiten derart auf die Nerven, dass ich mir, wenn Gruppenarbeiten anstanden, immer die unbeliebtesten Themen heraussuchte, um diese dann allein bearbeiten zu können.

»Was wir von euch erwarten, ist Folgendes«, riss Leo mich aus meinen unerquicklichen Gedanken. »Wir sind dabei, das Internet-Angebot unseres Magazins auszubauen. Uns geht es darum, vor allem die jüngere Zielgruppe für *Zeitgeist* zu gewinnen, und wir denken, dass das online am besten möglich ist. Eure Aufgabe wird es deshalb sein, neben der regulären Redaktionsarbeit jeder einen Blog zu führen, für das ihr täglich Beiträge verfasst. Wir hoffen, damit die avisierte Zielgruppe, die genau euer Alter hat, stärker anzusprechen und diese längerfristig an das Online-Angebot unserer Zeitschrift zu binden.«

Einen Blog, aha. Was wusste ich über Blogs? Um ehrlich zu sein: nicht viel! Bisher hatte ich diese Online-Tagebücher immer für den Seelenstriptease unterbeschäftigter Teenager und Hausfrauen gehalten. Wer wollte denn bitte so etwas lesen? Ich jedenfalls nicht! Und nun sollte ich selbst einen schreiben, noch dazu mit dem Ziel, »die avisierte Zielgruppe längerfristig zu binden« – vielen Dank! Garantiert würde Leo Frey die Klicks auf unseren Blogs überprüfen, um ein messbares Ergebnis unseres Erfolgs – oder Misserfolgs – in der Hand zu halten. Langsam fragte ich mich, welche unangenehmen Überraschungen dieser Tag noch für mich bereithielt.

»Eine spannende Idee und eine Herausforderung, wie ich sie liebe«, bemerkte Chris in diesem Moment. Die Powerlocke war also auch noch ein Phrasendrescher – na, das war zumindest keine große Überraschung. Aber ich bekam immer stärker das Gefühl, dass dieses Gespräch an mir vorbeilief, und das gefiel mir gar nicht!

»Interessant«, fügte ich schnell hinzu und sortierte meine entgleisten Gesichtszüge. »Und worum soll es in diesem Blog gehen?« Ich fand meine Frage gar nicht so unprofessionell, aber Leo Frey grinste mich mit seinem Raubtiergebiss etwas spöttisch an.

»Das, meine liebe Maxi, möchte ich ganz eurer eigenen Fantasie und Kreativität überlassen«, erklärte er gönnerhaft. »Ich schlage vor, ihr nutzt den heutigen Tag sowie das Wochenende für ein erstes Brainstorming. Am Montagmorgen treffen wir uns pünktlich um neun Uhr wieder in meinem Büro und ihr präsentiert mir eure Vorschläge.« Die Worte »pünktlich um neun« betonte Leo mit einem Blick in meine Richtung, dann wuchtete er sich aus seinem Sessel und deutete zur Tür. »Jetzt zeige ich euch erst mal eure Schreibtische, damit ihr endlich loslegen könnt.«

Chris war bereits aufgesprungen und griff nach seiner schmalen Ledertasche und einem Cordsakko, das er neben dem Stuhl deponiert hatte. Ein Cordsakko – wer trug denn bitte heutzutage noch so etwas? Aber vielleicht war das bei Powerlocken und Phrasendreschern ja derzeit angesagt. Eilig sammelte ich mein Beuteltier vom Boden auf, doch Chris schien es noch eiliger zu haben und schob sich an mir und meinem Zwergpony-Koffer vorbei, um als Erster bei Leo Frey an der Tür zu sein.

Dummerweise erwischte er mich dabei an der Schulter. Und leider, leider hatte ich in der linken Hand ja immer noch den randvollen Kaffeebecher. Und leider, leider ergoss sich ein brauner Strahl über Chris' beigefarbenes Cordsakko, als er mich anrempelte.

»Ups!«, sagte ich.

»Hey«, motzte Chris. »Pass doch auf.«

»Das tut mir echt leid. Entschuldige.«

»Schon gut.« Hektisch wischte Chris über sein Sakko, aber der Kaffee war längst eingezogen, Cord saugt gut. Und ich wusste endlich, wofür dieser schauderhafte Kaffee zu gebrauchen war. Tja, Powerlocke, da guckst du! Ein kleines Triumphgefühl stellte sich ein.

Leo Frey lehnte mit verschränkten Armen im Türrahmen und beobachtete uns, die Augen hinter seiner runden Brille zu schmalen Schlitzen zusammengekniffen und den Mund missbilligend verzogen. Teamwork, fiel mir siedend heiß ein. Das war für Leo das A und O – und ich hatte mich gerade verhalten wie ein Hahn im Ring, der auf seinen Gegner einhackt. Mein Triumph schmeckte augenblicklich schal.

»Können wir dann?« Leo hielt die Tür auf, und Chris marschierte hinaus, ohne mich eines weiteren Blickes zu würdigen. Ich beeilte mich, ihm zu folgen, die Augen in seinen Rücken gebohrt, um meinen neuen Chef nicht anschauen zu müssen.

Ohne dass ich in irgendeiner Weise davon Notiz genommen hätte, verstarb wenige Tage vor meiner Ankunft in New York eine alte Dame, die ich nicht gekannt hatte. Die Pink Lady wurde 93 Jahre alt. Eines Abends schlief sie friedlich in ihrem Ohrensessel ein und wachte am nächsten Morgen einfach nicht mehr auf, so wie sie es sich immer gewünscht hatte.

Sie hinterließ ihrem ungeliebten Neffen und einzigen Erben ein Haus, außerdem ein Testament, von dem niemand etwas wusste, sowie eine rot gescheckte Katze, die in der Nacht, als die alte Dame starb, aus dem Haus lief und fortan verschwunden blieb.

Dieser nicht gänzlich unerwartete, aber doch plötzliche Todesfall setzte alle weiteren Ereignisse in Gang.

KAPITEL 3

Möchtest du auch einen Kaffee?« Chris taxierte mich über unsere beiden Schreibtische hinweg. War das jetzt ein Friedensangebot? Oder eine versteckte Stichelei? Egal, ich hatte Koffein dringend nötig! Also nickte ich.

Seit zwei Stunden starrte ich schon auf den Bildschirm vor mir und versuchte abwechselnd, ein anderes Zimmer und ein gutes Thema für meinen Blog zu finden. Beides gestaltete sich gleichermaßen unmöglich. Als Erstes hatte ich natürlich versucht, eine neue Bleibe über die Agentur zu suchen, bei der ich meine aktuelle Unterkunft gebucht hatte – immerhin hatte sie 200 Dollar Vermittlungsgebühr kassiert, von denen ich nie wieder etwas sehen würde! Das Telefonat mit der Service-Hotline war ungefähr so abgelaufen:

Call-Center-Dame (überaus freundlich): »Guten Tag, Sie sprechen mit New York Living. Mein Name ist Audrey. Was kann ich für Sie tun?«

Ich (nicht ganz so freundlich): »Hi, ich habe ein Zimmer bei Ihnen gebucht. Aber das Zimmer hat kein Fenster und es ist dreckig und laut.«

Call-Center-Dame, deren Name ich auf der Stelle wieder vergessen habe (geschäftsmäßig freundlich): »Es tut mir leid, wenn die Unterkunft nicht Ihren Erwartungen entspricht. Wir überprüfen unsere Zimmer regelmäßig, um hohe Qualitätsstandards garantieren zu können. Bitte geben Sie mir Ihre Kundennummer.«

Ich gebe ihr meine Kundendaten.

Sie (geschäftsmäßig): »Dieses Appartement haben wir vor drei Monaten überprüft, damals gab es keinen Grund zur Beanstandung.«

Ich denke: Klar, außer den Küchenschaben, die auf dem Tisch tanzen, dem fehlenden Fenster und den vögelnden Vermietern war alles in bester Ordnung!

Ich sage (bemüht freundlich): »Ich möchte bitte in ein anderes Zimmer umziehen. Am besten noch heute.«

Sie (überaus geschäftsmäßig): »Sicher. Allerdings habe ich aktuell nur wenige freie Angebote. Hier ist ein schönes Zimmer in der West 86th Ecke Broadway. Zehn Quadratmeter. Drei Mitbewohner.«

Ich (begeistert): »Super, das ist ganz in der Nähe meiner Arbeit.«

Sie (wieder etwas freundlicher): »Okay, das kostet 1450 Dollar pro Monat.«

Ich (enttäuscht): »Nein, das kann ich nicht bezahlen. Ich kann allerhöchstens 800 Dollar ausgeben. Haben Sie nichts Günstigeres?«

Sie (klackert auf ihrer Tastatur, dann nicht mehr besonders freundlich): »Ich habe hier etwas für 750 Dollar.«

Ich (mit neuer Hoffnung): »Das klingt gut.«

Sie: »Zwölf Quadratmeter, zwei Mitbewohner.«

Ich (wieder begeistert): »Super!«

Sie: »Die Adresse ist Tremont Avenue.«

Ich (gebe die Adresse schnell in eine Suchmaschine ein, dann geschockt): »Das ist ja mitten in der Bronx.«

Sie (gar nicht mehr freundlich): »Junge Dame, Sie suchen ein Zimmer bis 800 Dollar in New York. Da werden Sie wohl kaum etwas auf der Upper East Side finden!«

Ich (bemüht ruhig): »Aber haben Sie denn kein weiteres Angebot? Irgendwas?«

Sie (kategorisch): »Nein, tut mir leid. Nichts zu machen. Melden Sie sich doch bitte Ende des Monats noch mal.«

Ich denke: Du blöde Kuh, soll ich bis dahin auf der Straße schlafen, oder was?

Ich sage (resigniert): »Okay, danke.«

Sie hat aufgelegt.

Ich schicke noch ein paar unflätige Bemerkungen in den Hörer und lege ebenfalls auf.

»Zucker, Milch?« Chris stellte einen angeschlagenen Becher auf meinem Schreibtisch ab.

»Beides, bitte«, antwortete ich erstaunt über so viel Zuvorkommenheit. Hatte ich mich in Powerlocke womöglich getäuscht?

»Steht da drüben.« Er wedelte mit seiner Hand in Richtung der Kaffeebar auf der anderen Seite des Büros und ließ sich hinter seinen eigenen Schreibtisch fallen. Nein, ich hatte mich wohl doch nicht getäuscht.

Mit wenigen Schritten durchquerte ich das Großraumbüro, das seinen Namen eigentlich gar nicht verdiente. Es beherbergte nur fünf Schreibtische, zwei davon hatten Chris und ich belegt. Nummer drei, direkt neben unseren und vollgestellt mit Technik-Equipment, gehörte dem Layouter, der aber laut Leo erst Ende des Monats auftauchen würde, um das ganze Magazin innerhalb einer Woche zu gestalten.

Auch Schreibtisch Nummer vier war aktuell verwaist. Seine Besitzerin hatten wir vorhin kurz kennengelernt, als sie wie Rita Skeeter, die rasende Reporterin aus Harry Potter, an uns vorbeigeflogen war, um pünktlich zu einem wichtigen Termin zu erscheinen. Sie sah sogar ein bisschen aus wie ihr filmisches Alter Ego: wasserstoffblonde Locken und eine dicke Schicht greller Schminke im Gesicht. Blieb bloß zu hoffen, dass ihre Artikel fundierter recherchiert waren.

Und dann war da noch Schreibtisch Nummer fünf, hinter dem sich Nathan der Weise verschanzt hatte. Nathan war tatsächlich sein Name, den ich mir mit diesem Zusatz gut merken konnte, denn er wirkte wie der Archetyp eines Journalisten, war mindestens schon siebzig und hatte bereits unter Leos Großvater für *Zeitgeist* gearbeitet. Worin genau seine Arbeit bestand, hatte ich bisher nicht feststellen können, denn seit wir uns an unsere Schreibtische gesetzt hatten, also seit etwas mehr als zwei Stunden, las Nathan Zeitung und trank eine Tasse Kaffee nach der anderen. Wenn er nicht gerade das Büro verließ – was etwa alle fünfzehn Minuten passierte –, vermutlich um zu rauchen. Darauf deuteten zumindest seine Finger und sein grauer Schnauzbart hin, die nikotingelb verfärbt waren.

Ich warf ihm von der Kaffeebar aus einen verstohlenen Blick zu, aber er hatte mich noch kein einziges Mal angeschaut, seit Leo uns vorgestellt hatte. Übrigens war auch die Bezeichnung Kaffeebar die Übertreibung des Tages. Es handelte sich um ein altes Küchenbuffet, in dem oben die Tassen standen und unten noch mehr Aktenordner und auf dem eine Standardmaschine den Kaffee über Stunden zu einem schwarzen Sud einkochte. Ich hatte ja geahnt, dass man auch in dieser Zeitungsredaktion keinen brauchbaren Kaffee bekam, aber es war immerhin keine so dünne Plörre wie das Zeug, das ich Chris vorhin über sein Sakko geschüttet hatte.

Das Sakko war mittlerweile ausgewaschen und hing über Chris' Stuhllehne zum Trocknen, wie eine Mahnung, mich künftig kollegialer zu verhalten. Mit einem stummen Seufzen kehrte ich an meinen Platz zurück und klickte mich durch die verschiedenen Fenster, die ich auf meinem Bildschirm geöffnet hatte: Appartements (komplett unbezahlbar), Zimmer in Studentenwohnheimen (bezahlbar, aber mit mindestens dreimonatiger Wartezeit), Youth Hostels (ebenfalls bezahlbar, zumindest wenn man keine Probleme damit hatte, in einem Acht-Bett-Zimmer zu schlafen, aber natürlich keine Dauerlösung).

Und dann waren da die Blogs. Unmengen davon! Ich musste meine Vorurteile revidieren, fast jeder schien heutzutage zu bloggen! Und manche Blogs waren wirklich gut. Besonders beeindruckt war ich von den politischen Blogs, in denen teils noch sehr junge Blogger aus Krisenregionen oder Ländern mit scharfer Zensur berichteten. Wie unglaublich mutig die waren! Aber auch bei vielen anderen

Blogs, in denen es um Bücher, Kochen oder Reisen ging, konnte man als Leser spüren, mit welchem Engagement die Schreiber bei der Sache waren.

So weit, so gut. Aber worüber sollte ich bloggen? Es gab doch schon so gut wie alles! Allein die Suche nach Blogs aus New York lieferte mir bei Google über zwei Millionen Ergebnisse. Wie sollte es ausgerechnet mir gelingen, etwas wirklich Originelles zu finden, etwas, das es so noch nicht gab? Denn genau das musste es sein: etwas ganz Spezielles! Wie sonst konnte ich Leo Frey davon überzeugen, dass ich die neue Spitzenkraft bei *Zeitgeist* war und für das Magazin unentbehrlich? Ergo musste ich etwas finden, womit ich mich besonders gut auskannte. Aber was sollte das sein?

Gedankenverloren kramte ich in meinem Beuteltier nach der zerknitterten Gummibärchentüte und fischte mir eine Handvoll gelbe Bärchen heraus. Die gelben regen nämlich die Kreativität an! Ich kaute und überlegte: Wovon hatte ich Ahnung? Was konnte ich gut? Bücher lesen, Klamotten kaufen ... Das war nichts, was nicht zigtausend andere auch draufhatten! Okay, mit Mode kannte ich mich ein bisschen aus. Für meinen Vintage-Look hatte ich schon das ein oder andere Kompliment bekommen. Nur was bitte war an mir ansonsten speziell? Mein Gummibärchenspleen – aber der war so speziell, dass er garantiert kein passendes Thema für einen Blog war.

Außerdem konnte ich gut zuhören, zumindest schien das alle Welt anzunehmen. Normalerweise brauchte ich gar nicht nach guten Storys zu suchen, die Geschichten fanden mich. Ich brauchte bloß zum Bäcker zu gehen und wusste innerhalb von fünf Minuten Bescheid über den Haarausfall der Verkäuferin, die Ehesorgen ihrer Schwester, die ihren Mann für einen anderen Mann verlassen hatte, und über die Zahnschmerzen des Mopses von nebenan, der sich mit den Sicherheitsstiefeln des Briefträgers angelegt hatte. Vielleicht sollte ich darüber schreiben, welchen verrückten Typen ich in New York begegnete und was diese mir erzählten. Ich könnte direkt mit den skurrilen Gestalten hier in der Redaktion anfangen!

An meinem Bildschirm vorbei schielte ich zu Chris, der tiefenentspannt in seinem Stuhl lehnte und den Kaffee zu genießen schien. Wie konnte er bloß so ruhig bleiben? Und vor allem so untätig? Hatte er etwa schon ein Thema? Das war doch nicht möglich! Chris fing meinen Blick auf und lächelte mir über den Rand seines Kaffeebechers zu. Ich konnte nur hoffen, dass der spöttische Zug um seinen Mund bloß meiner Einbildungskraft entsprang.

»Na, schon was gefunden?« Er drehte den Becher zwischen den Händen hin und her. Mir war nicht klar, ob er ein Zimmer meinte oder ein Thema für den Blog.

»Hm, hm«, machte ich ausweichend und starrte wieder meinen Bildschirm an.

»Wenn ich dir ein paar Tipps geben soll ...«, fing Chris großspurig an, aber ich unterbrach ihn sofort.

»Danke, lieber nicht.« Ganz egal, was er mir vorschlagen wollte, auf Ratschläge von Mr Superschlau konnte ich verzichten.

»Okay.« Er trank einen weiteren Schluck Kaffee. Zwischen uns breitete sich ein beinahe greifbares Schweigen aus, bis Chris schließlich fragte: »Und, worüber wirst du schreiben? Nein, lass mich raten.« Er nahm eine Hand von seinem Becher und wedelte damit durch die Luft. Mit kritischem Blick schien er an mir Maß zu nehmen, und ich streckte mich, um wenigstens im Sitzen etwas größer zu wirken, als ich bin.

Mein Name ist nämlich leider ziemlich verwirrend. Alles an mir ist mini, na ja, alles außer meiner Nase. Hätte meine Mutter bei meiner Geburt gewusst, wie klein ich bleiben würde, hätte sie mich vielleicht nicht nach ihrem damaligen Lieblingsschauspieler benannt, einem deutschen Teenieschwarm, der Max Irgendwas hieß und den heute kein Mensch mehr kennt. Aber vielleicht wäre es ihr auch total egal gewesen. Wahrscheinlich sogar!

Chris musterte mich also von oben bis unten, besser gesagt bis zum Bauch, denn mehr konnte er über den Schreibtisch hinweg ja nicht sehen. Schließlich erklärte er, immer noch großspurig, wie mir schien: »Mode. Ich wette, du schreibst etwas über Mode. So ein Streetstyle-Ding oder so. Das würde zu dir passen.«

»Mode?« Ich schnaufte. »Da gibt es doch schon tausend andere Blogs.« Ich musste ihm ja nicht unbedingt verraten, dass ich eben exakt darüber nachgedacht hatte.

»Okay. Dann machst du was nach dem Motto: Junge Deutsche schlendert durch New York und trifft schräge Typen. Davon gibt es hier jedenfalls genug. Das wäre ja mal was ganz Innovatives.«

Konnte Powerlocke etwa Gedanken lesen? Wieso wusste er so genau, was ich mir überlegt hatte? Waren meine Ideen alle dermaßen abgegriffen?

»Und du, was hast du dir ausgedacht?«, startete ich den

Gegenangriff. Besonders viel konnte das noch nicht sein, so gelangweilt, wie Chris die ganze Zeit rumgehangen hatte. Außer einem einzigen Anruf hatte er an Recherche noch nichts geleistet.

»Och, nichts Außergewöhnliches«, erklärte er, lehnte sich in seinem Stuhl vor, stellte die Tasse ab und stützte die Ellbogen auf den Schreibtisch. So wie er es sagte, klang es genau nach dem Gegenteil. »Ein Freund der Familie ist Produzent im Show-Biz, und er hat mir gesteckt, dass eine neue Serie gedreht wird, eine junge, modernere Version von *Friends*, wenn man so will. Hier in New York. Und wie es der Zufall will, möchte dieser Freund mich am Set dabeihaben, um quasi live über die Dreharbeiten zu berichten.«

Chris lehnte sich wieder zurück, verschränkte die Arme und warf mir einen Vergiss-es-Baby-Blick zu. Und genauso fühlte ich mich. Ich konnte es vergessen! Was sollte ich dem entgegensetzen? Was könnte auch nur annähernd so spannend sein wie Live-Berichte vom Set einer neuen Fernsehserie, womöglich mit irgendwelchen bekannten Hollywood-Stars? Ich konnte einpacken! Einpacken in jeder Hinsicht! Missmutig betrachtete ich den Koffer, der neben meinem Schreibtisch stand.

»Ich muss mir jetzt erst mal ein neues Zimmer suchen«, fertigte ich Chris ab und wandte mich demonstrativ wieder meinem Computer zu.

»Wenn ich dir ein paar Tipps geben soll ...«, bot er erneut an. Aber auch dieses Mal unterbrach ich ihn.

»Danke, wirklich nicht nötig«, erklärte ich schärfer als beabsichtigt und biss die Zähne zusammen. Ich würde das hier allein hinbekommen. Das Wohn-Problem. Das Blog-Problem. Überhaupt jedes Problem.

Vier Stunden später musste ich mir eingestehen, dass es vielleicht doch eine gute Idee gewesen wäre, mir Chris' Vorschläge anzuhören. Aber Chris war längst nach Hause gegangen. Ebenso wie Leo, der noch zu einem Abendtermin musste. Und Nathan, der nach einer seiner Rauchpausen einfach nicht zurückgekehrt war.

Mit stumpfem Blick starrte ich aus dem Fenster auf die Backsteinfassaden der gegenüberliegenden Häuser, die im Licht der tief stehenden Sonne rot glühten. Über meinen Monitor flackerte schon seit geraumer Zeit nur noch der Bildschirmschoner. Shit happens hatte irgendein Witzbold eingegeben, der den Rechner vor mir benutzt hatte, und nun zog der Schriftzug vor meinen Augen seine immer gleiche Bahn.

Ja, definitiv! Solche Scheiße passierte – aber warum ausgerechnet mir?

Die Bilanz des heutigen Tages war niederschmetternd. Ich hatte kein Zimmer gefunden und kein Thema für einen Blog! Stattdessen rangelte ich mit einem powerlockigen Konkurrenten um meinen Traumjob und hatte einen Chef vor der Nase, der mich vom ersten Moment an quergefressen hatte. Aber all das waren Sorgen, über die ich mir am Wochenende noch zur Genüge den Kopf zerbrechen konnte. Nur eine Bleibe für die Nacht brauchte ich sofort!

Skeptisch betrachtete ich meinen riesigen Koffer und überlegte, wohin ich damit gehen sollte. Vielleicht doch in eine Jugendherberge? Wenigstens für heute, um morgen früh das ganze Spiel mit der Zimmersuche von vorn zu beginnen? Wenig verlockend! Aber welche Alternative gab es jetzt noch? Außer vielleicht auf dem harten Holzboden in der Redaktion zu übernachten, mit meinem original Mary-Quant-Mantel aus den Sechzigern, auf den ich ein halbes Jahr gespart hatte, als Zudecke – wie stilvoll!

Ich machte gerade Anstalten, in Verzweiflung zu versinken, als ich hinter mir vorsichtige Schritte hörte.

»Ist alles in Ordnung bei dir, Maxi?«, fragte mich die Sekretärin, die ich seit dem Morgen nicht mehr zu Gesicht bekommen hatte. Sie klang besorgt. Verflixt, wie hieß sie noch mal? Und wie wurde ich sie schnell wieder los?

»Ja, ja, alles in Ordnung«, erwiderte ich überschwänglich und tat so, als wollte ich mich wieder auf meinen Bildschirm konzentrieren. Eilig wackelte ich an der Maus, damit der blöde Spruch verschwand. »Ich muss nur noch ein paar Sachen recherchieren.«

»Okay.« Sie zögerte. »Es ist nur so, dass ich jetzt gern nach Hause gehen würde.«

»Klar. Bye. Bis Montag.« Ich schaute wie gebannt auf meinen Monitor, aber sie ließ nicht locker.

»Und ich muss langsam abschließen. Du hast ja keinen Schlüssel.«

»Ach so.« Ich lehnte mich zurück und atmete tief durch. Damit war mein Plan, auf dem Boden zu schlafen, wohl zunichte gemacht, zumal es ohnehin kein besonders guter Plan gewesen war.

»Ist wirklich alles in Ordnung?«, hakte sie nach und stützte die Hände auf meinen Schreibtisch, um mir ins Gesicht sehen zu können.

»Ja, wirklich«, antwortete ich, allerdings deutlich weniger überzeugend. »Alles bestens.«

»Ich dachte nur«, begann sie zögernd. »Vielleicht hast du ja ein Problem mit deiner Unterkunft.« Sie deutete auf meinen Koffer. »Ist vielleicht ein bisschen ungewöhnlich, damit zur Arbeit zu kommen, oder?«

Normalerweise hätte es mich genervt, dass sie ihre Worte so zögerlich hervorbrachte und jeden Satz mit einem Vielleicht oder einem Nur einschränkte. Aber nach einem ganzen Tag vergeblicher Suche fühlte ich mich selbst so sehr nach vielleicht und nur, dass ich bloß nickte.

»Ja, ich schätze, ich habe ein Problem«, gab ich zu.

»Hm«, machte sie. »Das habe ich mir doch gedacht.« Plötzlich klang sie gar nicht mehr zögerlich, sondern sehr entschieden. »Deshalb habe ich eben kurz telefoniert.« Sie wedelte mit einem kleinen gelben Zettel vor meinem Gesicht herum. »Hier ist die Telefonnummer, aber du kannst auch einfach mit mir mitkommen, ich wohne ein paar Häuser weiter.«

»Wohin mitkommen?«, fragte ich und folgte dem Zettel irritiert mit den Augen.

»Petticoat Place, Williamsburg. Das ist in Brooklyn«, erklärte sie, als sie meinen fragenden Gesichtsausdruck bemerkte.

»Und was ist da?« Ich musste irgendetwas verpasst haben.

»Da ist dein neues Zuhause. Zumindest vorübergehend. Es ist nicht ganz klar, wie lange das Haus noch steht, es soll nämlich abgerissen werden. Es ist ein bisschen speziell. Und deine Mitbewohner sind auch alle etwas speziell,

aber dafür ist das Zimmer günstig. Also, was sagst du?«
Sie sah mich erwartungsvoll an.

Tja, was sollte ich dazu sagen? Ein Zimmer, zumindest
für die nächste Nacht – das war mehr, als ich bis vor ein
paar Minuten noch zu hoffen gewagt hatte.

»Danke«, brachte ich schließlich heraus. »Das klingt ...
interessant.«

»Ja, das ist es auch.« Sie lachte gackernd wie ein gekitzel-
tes Huhn, bevor sie sich umdrehte und Richtung Ausgang
marschierte. Erst jetzt fiel mir auf, dass sie ihre Öko-Latschen durch ein paar Lammfellboots ersetzt hatte, offensichtlich trug sie im Büro Hausschuhe. Auch das fand ich
irgendwie ... interessant.

»Können wir dann los?«, fragte sie über eine ihrer breiten Schultern hinweg, kurz bevor sie in den langen, engen
Flur abbog.

»Ja.« Ich beeilte mich, meinen Rechner auszuschalten
und mir meinen Koffer zu schnappen. »Nein. Warte mal.
Eine Frage noch.« Sie drehte sich zu mir um.

»Was denn?«

»Ich ...«, fing ich etwas unbeholfen an. »Es tut mir leid,
aber ich habe deinen Namen vergessen.«

»Kein Problem.« Wieder lachte sie. »Ich heiße Angela.
Aber alle nennen mich Angel.«

Treffende Spitznamen schienen in der Redaktion sehr
beliebt zu sein, was mir entgegenkam, denn so bestand die
Chance, dass ich mir alle Namen merken konnte. Diesen
würde ich jedenfalls garantiert nicht mehr vergessen.

Angel – Engel! Auch wenn sie optisch weit davon entfernt war, fand ich, dass sie ihn verdiente.

KAPITEL 4

Da sind wir.« Angel deutete in eine schmale Gasse, die versteckt zwischen einer Häuserreihe und einer alten Fabrikhalle lag. Wir waren die Bedford Avenue, die Hauptschlagader von Williamsburg, hinaufgelaufen, an der sich Restaurants und Cafés aneinanderreihten, die bereits von hippen jungen New Yorkern überzuquellen schienen, und dann Richtung East River abgebogen. Mein erster Eindruck von diesem Viertel war: quirlig, angesagt und ein bisschen heruntergekommen. Gleichzeitig erschien es mir entspannter als das hektische Manhattan.

»Hier?« Irritiert begutachtete ich den engen Fußweg.

»Na, komm schon.« Angel ging zielstrebig vor, und nach wenigen Metern öffnete sich der Durchgang zu einem breiteren Weg, an dem fünf zweistöckige Häuschen standen. Überrascht stellte ich meinen Zwergpony-Koffer ab und stützte mich auf den Handgriff. Meine Finger schmerzten vom Ziehen und Tragen an den langen Treppen der Subway-Stationen und ich fühlte mich erschöpft. Aber die Häuser aus rotem Backstein mit den schmiedeeisernen

Treppengeländern vor der Tür und den mit verschlungenen Ornamenten verzierten Dachgiebeln und Fenstern machten einen behaglichen Eindruck, auch wenn sie ziemlich vernachlässigt wirkten.

»Es ist das letzte Haus, das pinkfarbene, nicht zu verfehlen«, dirigierte Angel mich zu meinem neuen Zuhause.

»Kommst du denn nicht mit?«

»Sorry, aber ich bin spät dran. Fred wartet sicher schon aufs Abendessen.« Sie machte eine Kopfbewegung in Richtung des ersten Hauseingangs.

»Fred?«, echote ich.

»Mein Mann«, erklärte Angel. »Er ist eigentlich immer hungrig!« Sie grinste ein bisschen anzüglich und ich staunte. Nicht nur, dass Angel nach Hause musste, um für ihren Mann zu kochen – konnte der das nicht selbst? –, sondern vor allem darüber, dass sie überhaupt einen Mann hatte. Wie alt war sie? Ich hatte sie auf höchstens Anfang zwanzig geschätzt.

»Wir sehen uns dann am Montag«, sagte Angel abschließend und wandte sich zur Tür. »Wenn du magst, können wir zusammen zur Arbeit fahren, hol mich einfach um acht ab.« Und damit verschwand sie im Haus.

Ich blickte ihr regungslos hinterher. Am Montag, in drei Tagen also. Dass mein erster Arbeitstag auf einen Freitag gefallen war – es war der 1. Oktober –, hatte mich zunächst geärgert, weil ich es effizienter gefunden hätte, an einem Montag anzufangen. Aber jetzt war ich sehr froh, das Wochenende nutzen zu können, um alle Eindrücke erst einmal richtig zu verdauen und hoffentlich alle Probleme zu lösen!

Problem 1: Das Zimmer! Und die Lösung lag nur wenige Schritte entfernt. Also gab ich mir einen Ruck, setzte
mich und meinen Koffer wieder in Bewegung und hielt
gespannt Ausschau nach meiner neuen Bleibe.

Das Haus war wirklich nicht zu verfehlen! Es lag neben einer Brachfläche am Ende der kleinen Häuserreihe,
aber es gehörte nicht richtig dazu. Es stand ein Stück versetzt nach hinten und mit einem guten Meter Abstand zu
seinem nächsten Nachbarn, als hätte jemand es dort abgestellt und dann vergessen. Es hatte einen Knick in der
Fassade, den man mit ein bisschen gutem Willen als Erker
bezeichnen konnte, und wirkte noch renovierungsbedürf-
tiger als der Rest der Häuser. Doch das Auffälligste an dem
Bauwerk war seine Farbe. Es war tatsächlich von oben bis
unten pink angestrichen!

Ich musste grinsen. Angel hatte recht gehabt. Dieses
Haus war extrem speziell. Und es gefiel mir richtig gut!

Mit neuer Energie zerrte ich meinen Koffer die wenigen
Stufen zum Eingang hinauf und suchte nach einer Klin-
gel, aber es gab keine. Dafür hing an der dunklen Holztür
ein altertümlich wirkender Löwenkopf mit einem Ring im
Maul. Das war dann wohl ein Türklopfer. Ich griff danach
und ließ ihn schwungvoll gegen das Holz schlagen. Von
drinnen war der dumpfe Widerhall des Klopfens zu hören,
ansonsten nichts.

Ich lauschte. Dann ließ ich den schweren Metallring
erneut gegen die Holztür wummern. Keine Reaktion. Komisch! Angel hatte doch gesagt, dass sie mein Kommen
angekündigt hatte. Sollte ich zu ihr zurückgehen und noch
mal nachfragen? Ein Blick auf meinen schweren Koffer

hielt mich davon ab. Und außerdem wäre Fred sicher nicht begeistert, wenn ich Angel beim Kochen störte, dachte ich, und schüttelte den Kopf über diesen Typ. Stattdessen stellte ich das Beuteltier auf dem Boden ab, hockte mich hin und fing an, nach meinem Handy zu kramen. Doch noch bevor ich es gefunden hatte, fiel mir ein, dass Angel mir weder ihre Nummer noch den gelben Zettel gegeben hatte, mit dem sie vor meiner Nase herumgewedelt hatte.

Ich rappelte mich hoch und klopfte ein drittes Mal, obwohl mir bereits klar war, dass wieder niemand darauf reagieren würde. Und dann griff ich, ohne wirklich zu hoffen, die Tür könnte offen sein, nach dem Türknauf und drehte ihn. Zu meinem eigenen Erstaunen ließ er sich bewegen und die Tür sprang einen Spaltbreit auf. Ich schob meinen Kopf hindurch.

»Hallo?«, rief ich in eine dämmrige, leere Diele. Immer noch keine Antwort. »Hallo? Ist hier jemand?« Am anderen Ende des Flurs klapperte etwas, also schnappte ich mir beherzt meinen Koffer und das Beuteltier und steuerte auf das Klappern zu. In dem Raum, aus dem die Geräusche kamen, brannte kein Licht, aber die Abendsonne schien durch ein großes Seitenfenster hinein, und als ich durch die Tür trat, erkannte ich, dass es sich um eine geräumige, gemütliche Küche handelte, in der ein blondes Mädchen mit dem Rücken zu mir an einer Arbeitsplatte stand.

»Hallo«, sagte ich wieder. Da fuhr das Mädchen panisch zu mir herum, in der Hand ein ellenbogenlanges Küchenmesser mit beeindruckender Klinge, die sie direkt auf mich gerichtet hatte.

»Wer ist da?«, stieß die Blonde atemlos hervor.

44

»Ähm …«, stotterte ich und wich in den Türrahmen zurück. »Ich bin Maxi, die neue Mitbewohnerin.«

»Mörder!«, rief die Blonde dramatisch und wankte mehrere Schritte auf mich zu.

Mein Herz begann zu rasen, aber meine Füße hatten in den Küchenfliesen Wurzeln geschlagen, und ich war unfähig, in den Flur zu flüchten. Das Mädchen näherte sich mir mit drei weiteren unsicheren Schritten, doch dann stieß es gegen den Küchentisch, das Messer fiel ihm aus der Hand und klirrte auf den Boden.

»Howdy, ich bin Pamela«, sagte die Blonde mit plötzlich herzlichem Tonfall und einem genuschelten Akzent, der mehr nach Western als nach Krimi klang. Sie streckte ihre Hand aus, um mich zu begrüßen, dabei stand sie mindestens vier Meter von mir entfernt und die Hand hing ziellos in der Luft.

Perplex starrte ich sie an. Ich befand mich definitiv im falschen Film! Erst jetzt fiel mir auf, dass sie eine übergroße Sonnenbrille trug, die ihre Augen vollständig verbarg. Ihr Körper war mir zwar zugewandt, aber sie schien nicht in meine Richtung zu schauen, sondern auf einen Punkt etwa eine Armlänge von mir entfernt. Ich atmete tief durch und begriff: War es möglich, dass sie blind war?

»Hi«, sagte ich vorsichtig und bewegte mich langsam auf ihren ausgestreckten Arm zu, ohne dabei das Messer auf dem Boden aus den Augen zu lassen. Aber Pamela – ihren Namen würde ich nach dieser filmreifen Begrüßung sicher nicht wieder vergessen! – rührte sich nicht mehr und so griff ich nach der frei schwebenden Hand. Ihre Finger waren warm und weich, ihr Händedruck kräftig.

»Du bist also die Neue«, stellte sie zufrieden fest, ohne meine Hand loszulassen. »Darf ich dich mal ansehen?«

»Ähm, klar.« Was war das denn für eine Frage? Konnte sie nun sehen oder nicht? Noch während ich darüber nachgrübelte, tastete sich Pamela meinen Arm und meine Schulter hinauf, bis sie schließlich meine Wange berührte, nahm ihre andere Hand hinzu und ihre warmen, weichen Finger erforschten neugierig mein Gesicht. Ich musste all meinen Willen aufbringen, um vor der Berührung nicht zurückzuweichen. Das verstand meine neue Mitbewohnerin also unter »ansehen«! Womit auch die Frage geklärt war, ob sie sehen konnte.

»Bist du hübsch?«, fragte sie unverblümt, während ihre Zeigefinger schmierige Spuren auf meinen Brillengläsern hinterließen und dann wie zwei Slalomläufer meine lange Nase hinabglitten.

»Ähm«, brachte ich erneut nur heraus.

»Ja, ich glaube, das bist du«, gab sie sich selbst die Antwort, und ich beschloss, nicht zu widersprechen, obwohl ich mich selbst alles andere als hübsch fand. Aber darüber mit einer Blinden zu diskutieren, war vermutlich müßig.

Endlich ließ sie zufrieden von meinem Gesicht ab. Sie selbst hatte einen starken Knochenbau, wie meine Omama gerne sagt, und war eher durchschnittlich hübsch. Obwohl die riesige Sonnenbrille ihr halbes Gesicht verbarg, sah man, dass sie die Schminke etwas zu dick aufgetragen hatte, ihr knallrosa Lippenstift war um den Mund verschmiert.

»Möchtest du eine Coke?«, fragte sie.

»Gern.« Etwas zu trinken angeboten zu bekommen, gab mir das Gefühl einer gewissen Normalität zurück. Ich hob das Messer vom marmorierten Fliesenboden auf und legte es möglichst weit von Pamela entfernt auf den Tisch. Doch Pamela schien das potenzielle Mordwerkzeug längst vergessen zu haben.

Mit ihren tapsigen Bewegungen wankte sie durch die Küche zu einem mannshohen, mit Magneten und Zetteln gepflasterten Kühlschrank und holte eine Flasche Cola heraus, die sie sich unter den Arm klemmte. An der Arbeitsplatte entlang hangelte sie sich weiter zum Geschirrschrank, in dem sie zwei Gläser ertastete und ebenfalls herausnahm. Nun hielt sie in jeder Hand ein Glas und unter dem Arm eine Flasche und schien nicht zu wissen, wie sie zum Tisch zurückfinden sollte.

»Kann ich dir helfen?«, bot ich an, aber sie lehnte vehement ab.

»Nein, schon gut. Setz dich einfach.«

Mit wankenden Schritten kam sie wieder zum Tisch, schätzte die Entfernung aber falsch ein, stieß mit der Hüfte gegen einen Stuhl, geriet aus dem Gleichgewicht und ließ, um sich festzuhalten, beide Gläser mitsamt der Colaflasche fallen.

Reflexartig versuchte ich, danach zu greifen, erwischte eins der Gläser noch im Flug, doch das zweite zerschellte klirrend auf den Fliesen, und die Plastikflasche rollte davon.

»Dadgumit, nicht schon wieder«, fluchte Pamela – zumindest hielt ich es für einen Fluch, weil es so ähnlich klang wie »God damn it«, also »Gott verdammt« – und wollte sich hinhocken.

»Lass, ich mach das«, mischte ich mich eilig ein und

sammelte die Scherben auf, bevor sie sich die Finger daran zerschnitt. Zum Glück war das Glas dickwandig und die Bruchstücke groß. Ich entsorgte sie kommentarlos in einem riesigen roten Mülleimer neben dem Kühlschrank, wo auch die Colaflasche lag. Pamela war inzwischen erneut zum Geschirrschrank gegangen und hatte zwei weitere Gläser herausgeholt.

»Eins ist heil geblieben«, klärte ich sie auf und hielt die Luft an, während sie ein Glas zurück in den Schrank manövrierte und mit dem zweiten zum Tisch kam. Erst als sie sich auf dem Stuhl neben mir niederließ, ohne dass noch mehr Sachen zu Bruch gingen, stieß ich den Atem wieder aus. Pamela tastete bereits nach der Flasche und dem zweiten Glas und zog alles zu sich heran, um die Cola einzuschenken.

»Lass mich das machen«, bot ich an, wurde aber erneut abgewiesen.

»Nein, nein, es geht schon«, erklärte Pamela bestimmt, griff mit dem Zeigefinger der linken Hand ins Glas und schenkte mit der rechten schwungvoll Cola ein. Zu schwungvoll, wie sich zeigte, als die braune Flüssigkeit sprudelnd über den Rand schwappte.

»Dadgumit, nicht schon wieder«, seufzte Pamela und tastete auf dem Tisch nach einem Küchentuch, dessen vielfarbige Flecken darauf hindeuteten, dass ihr häufiger solche Missgeschicke unterliefen.

Lass mich das machen, wollte ich wieder sagen, hielt aber in letzter Sekunde den Mund. Ich hatte bisher keine Erfahrung mit blinden Menschen, doch ich konnte mir vorstellen, dass Pamela es nicht mochte, wenn man ihr ständig seine Hilfe anbot. Allerdings fragte ich mich, wie sie überhaupt im Alltag zurechtkam, wenn ihr selbst die einfachsten Tätigkeiten ständig misslangen. Ich hatte immer geglaubt, Blinde hätten eine bessere Orientierungsfähigkeit, zumindest im eigenen Haus, aber vielleicht war Pamela noch nicht lange erblindet und musste sich erst zurechtfinden. Wie schrecklich!

»Du willst also bei uns einziehen«, stellte Pamela fest, während sie das zweite Glas füllte, dieses Mal ein bisschen weniger schwungvoll. Ich setzte mich sicherheitshalber auf meine Hände, um ihr nicht Glas und Flasche zu entreißen.

»Ja, gern, wenn das okay ist«, antwortete ich, ohne den Blick von dem Glas abwenden zu können, das jetzt zu gut zwei Dritteln gefüllt war. Zu meiner Erleichterung stellte Pamela die Flasche ab und schob das Getränk zu mir hinüber.

»Klar ist das okay, wen sollte es stören?«, erklärte sie leichthin. »Donald Duck freut sich sicher, wenn er noch mal 600 Dollar mehr kassieren kann.«

Nur 600 Dollar Miete? Das war günstig! Aber wer war Donald Duck?

»Die Comicfigur?«, fragte ich verwundert. Pamela lachte schallend.

»Das ist der Neffe, dem Pinkstone jetzt gehört, nachdem die alte Dame gestorben ist. Er ist chronisch pleite und kriegt nichts auf die Reihe, deshalb nennen wir ihn so.«

»Aha.« Meine Verwirrung nahm eher zu als ab. »Und wer ist Pinkstone?«

Pamela lachte wieder und trank von ihrer Cola, wobei

sie einen Schwall auf das weiße Shirt schüttete, das über ihrem üppigen Busen spannte.

»Bist du blind?«, fragte sie. Offenbar hatte sie einen eher derben Sinn für Humor. »Pinkstone ist das Haus. Es heißt so, weil es pink ist! Die Pink Lady mochte die Farbe, weißt du!« Ihr Heiterkeitsanfall brach abrupt ab und ein wehmütiger, fast trauriger Zug legte sich um ihren Mund. »Aber nun ist sie tot. Und das Haus wird abgerissen. Zumindest hat die Pink Lady uns gewarnt, dass das vermutlich passieren wird, wenn ihr nichtsnutziger Neffe es erbt. Weil er es garantiert an diesen geldgeilen Larry Miller verkaufen wird.«

»Larry Miller?« Ich hatte echt Schwierigkeiten, ihr zu folgen.

»Ach ...«, Pamela machte eine wegwerfende Handbewegung. »Das ist ein stinkreicher Investor aus Manhattan, der hier Condos bauen will. Luxusappartements, hochmodern mit Glas und Stahl, ist das zu fassen? Die Brache neben dem Haus gehört ihm schon längst, was dort stand, hat er bereits plattgemacht, die Lagerhalle ebenfalls, aber Pinkstone ist ihm im Weg. Die Pink Lady hätte es ihm niemals verkauft. Aber jetzt ...« Ihre Worte verhallten in der großen Küche. »Na ja, wie auch immer.« Pamela schlug so kräftig mit der flachen Hand auf den Tisch, dass ihr Colaglas bebte. »Bis es so weit ist, wird es hoffentlich noch ein bisschen dauern, und so lange kannst du gerne hier wohnen.«

»Und die anderen finden das auch okay?«, hakte ich nach. »Ich meine, die anderen Mitbewohner.«

»Ach, sicher«, wischte Pamela meine Befürchtung mit

ausladender Geste beiseite. »Ich hab sie noch nicht fragen können. Abby hat wie jeden Freitag ein Date und Rick ist natürlich beim Training. Und Saida hat wie immer kein Interesse und Wichtigeres zu tun, aber ...«

Polternde Schritte auf der Treppe unterbrachen ihre Erklärung, und Sekunden später erschien im Türrahmen eine hochgewachsene schwarze Frau mit einem außergewöhnlich schönen Gesicht und den hässlichsten Klamotten, die ich je an einem Menschen gesehen hatte. Was hing denn da von ihren Schultern – ein Kartoffelsack? Um das unpassende Ensemble komplett zu machen, hockte auf der rechten Schulter der Schönheit ein schwarzer Vogel mit leuchtend rotem Schnabel und keckerte fröhlich vor sich hin.

»Saida?«, fragte Pamela in Richtung Tür. »Bist du das?«

»Wer sonst?«, gab die junge Frau schroff zurück.

»Wer sonst?«, echote der Vogel auf ihrer Schulter.

»Ach, prima. Das hier ist Maxi, sie zieht bei uns ein«, klärte Pamela sie auf. »Könntest du ihr vielleicht ihr Zimmer zeigen?«

»Keine Zeit«, erwiderte die andere abwehrend.

»Keine Zeit«, erklärte auch der Vogel.

»Ach, halt die Klappe«, fuhr sie ihn an. Na, das war ja mal eine reizende Person! Ich überlegte, ob ich sie lieber Miststück oder Meckerkuh taufen sollte. Am allerbesten beides!

»Halt die Klappe!«, forderte nun auch der Vogel.

»Bitte«, mischte Pamela sich wieder ein, aber M&M (die meckernde Mistkuh) war bereits in den Flur verschwunden.

»Ich hab ein wichtiges Meeting!«, rief sie. »Stell dich nicht an und bring sie selbst hoch.«

»Stell dich nicht an«, war der Vogel zu vernehmen, dann knallte die Haustür ins Schloss. Wie gesagt: reizend!

»Mach dir keine Mühe, ich finde selbst nach oben«, beeilte ich mich zu versichern.

»Nein, ich bringe dich natürlich.« Pamela schob energisch den Stuhl zurück, aber dieses Mal beschloss ich, dass Sicherheit vor Höflichkeit ging. Nicht auszudenken, wenn sie meinetwegen die Treppe runterstürzte!

»Lass ruhig, ich finde das selbst«, erklärte ich bestimmt und registrierte erleichtert, dass Pamela sich auf ihren Stuhl zurückplumpsen ließ.

»Okay. Es ist im zweiten Stock, das Zimmer nach vorn raus«, gab sie sich geschlagen, tastete auf dem Tisch nach einem Apfel und bat mich, ihr das Messer zu geben. Ich kam ihrem Wunsch nach – und flüchtete schnell aus der Küche.

Eigentlich war es ein Duft, der die Liebe der Pink Lady zu der Farbe Pink entfachte. Es war im Jahr 1940, als sie dem Mann begegnete, von dem sie glaubte, dass sie ihr Leben mit ihm verbringen würde. Er war Marineoffizier und ein begnadeter Swing-Tänzer.

Zu ihrem ersten gemeinsamen Weihnachtsfest schenkte er ihr ein Parfüm: „Shocking" von Elsa Schiaparelli. Ein eleganter Flakon in einer pinkfarbenen Verpackung. Die Farbe, so vertraute er ihr an, habe die Designerin „Shocking Pink" getauft, weil sie strahlend und frech sei – „genau wie du", sagte er. Die Hochzeit fand im darauffolgenden Jahr statt. Die beiden zogen in ein Haus in Williamsburg, das der Mann pink anstreichen ließ. „Pinkstone", sagte er. „Für meine Pink Lady." Drei Monate später starb er beim Angriff auf Pearl Harbor.

Die Pink Lady hat niemals wieder geheiratet. Bis zu ihrem Tod blieb sie ihrer ersten großen Liebe treu, dem Mann ebenso wie der Farbe!

KAPITEL 5

Bis zu diesem Moment hatte ich mir keine großen Gedanken über das Zimmer gemacht. Ich hoffte einfach nur, dass es kein Verschlag war, sondern dass es ein Fenster hatte und möglichst dicke Wände, durch die man nicht jedes unerwünschte Geräusch hören konnte. Erst als ich meine neue Bleibe betrat, wurde mir klar, dass ich mir eine andere Frage überhaupt nicht gestellt hatte: Wer hatte das Zimmer vor mir bewohnt?

Die Antwort darauf war mehr als eindeutig: Alles in diesem Raum war pink! Die Tagesdecke über dem Eisenbett ebenso wie dessen Verzierungen, der flauschige Flokati davor, die bauschigen Vorhänge an den Fenstern – ja, es gab Fenster, sogar zwei! –, das Muster auf dem ansonsten immerhin weißen Kleiderschrank, die Deckenlampe, die Nachttischlampe, sogar der Schminktisch mit dem verschnörkelten Spiegel und der Ohrensessel, der mitten im Zimmer stand, waren PINK. So gern ich knallige Farben mochte – dieser Raum verursachte bei mir auf der Stelle Augenschmerzen. Feng Shui ging definitiv anders!

Doch noch viel erschreckender als die schrille Einrichtung war die Erkenntnis, dass in diesem Zimmer die alte Dame gelebt haben musste. Die Pink Lady, die nun tot war. Sogleich lief meine Fantasie Amok: War die alte Frau womöglich hier gestorben, in diesem Raum? War sie auf dem Flokati zusammengebrochen? Oder hatte sie in ihrem Sessel gesessen, als der Tod sie ereilte? Oder noch schlimmer: Hatte sie ihren letzten Atemzug im Bett getan? Ich näherte mich dem Eisengestell so vorsichtig wie einem wilden Tier und schlug die Tagesdecke mit spitzen Fingern zurück. Das Bettzeug darunter war frisch bezogen – natürlich pink.

Für einen kurzen Moment schloss ich die Augen und atmete tief durch. Ein staubig süßlicher Duft hing in der Luft, der mich ein bisschen an meine Omama erinnerte. Das war schon besser. Langsam öffnete ich die Augen wieder und trat an eins der beiden Fenster in dem erkerartigen Vorbau.

Draußen war es dunkel geworden und im müden Schein der Laternen sah ich auf das Flachdach der gegenüberliegenden Lagerhalle. Und dann entdeckte ich in der Ferne auf der anderen Seite des East Rivers die beleuchtete Spitze des Empire State Buildings. New York, dachte ich. Ich bin in New York! Und plötzlich fühlte es sich richtig an.

Was machte es schon, dass das Zimmer pink war? Es war geräumig, fast dreimal so groß wie die Abstellkammer in Manhattan und mindestens zehnmal so sauber. Es hatte einen fantastischen Ausblick und war für einen Spottpreis zu haben. Zugegebenermaßen waren meine Mitbewohner verrückt, soweit ich das bisher beurteilen konnte, aber im

Grunde mochte ich Verrückte, solange sich ihre Verrücktheit in den normalen Grenzen bewegte ... Das waren genug gute Gründe, um zu bleiben!

Ich schnappte mir meinen Koffer und zerrte ihn zum Kleiderschrank. Als ich die Türen öffnete, schlug mir eine überwältigende Wolke des süßen Dufts entgegen, den ich schon vorher wahrgenommen hatte. Lavendel! Kein Wunder, dass der Geruch mich an zu Hause erinnert hatte. Meine Omama hängt nämlich überall Lavendelsträußchen auf – zur Abwehr böser Geister.

Sie ist nicht verrückt, also, höchstens normal verrückt, aber ziemlich esoterisch. Früher hat sie an unserem Küchentisch regelmäßig Seancen veranstaltet, aber das hat sie aufgegeben, nachdem ihr angeblich der Geist von Roy Black erschienen und ihr tagelang nicht mehr von der Seite gewichen ist, wobei er rund um die Uhr »Ganz in Weiß« in Endlosschleife geträllert haben soll.

Wäre meine Omama jetzt hier gewesen, hätte sie garantiert sofort die Aura der Pink Lady gespürt. Ich vermutete mal, dass sie pink war, dafür brauchte man keine hellseherischen Fähigkeiten. Erst als ich anfing, meine eigenen Sachen in die Fächer zu sortieren – jemand hatte dankenswerterweise die Kleider der alten Dame ausgeräumt –, kam mir der Gedanke, dass ich in nächster Zeit penetrant nach Lavendel duften würde. Nun, dann blieb ich wenigstens von bösen Geistern verschont!

Zufrieden begutachtete ich meine Schuhe und Klamotten, die farblich getrennt in den Schrankfächern lagen. Meine Kosmetika ordnete ich auf dem Schminktisch an, der auf den zweiten Blick gar nicht mehr überladen, sondern herrlich retro wirkte. Für meine Gummibärchen fehlten mir Schraubgläser, um sie ebenfalls nach Farben zu sortieren. Da im Moment aber nur noch rote übrig waren, konnte das warten. Ich machte mir eine mentale Notiz, beides zu besorgen.

Schließlich lag nur noch die Postkarte am Boden des Riesenkoffers. Vorsichtig nahm ich das zerknitterte, zerrissene und wieder zusammengeklebte Kärtchen heraus und wog es unschlüssig in der Hand. Zu Hause hatte es sein Dasein mit einem Stapel Leidensgenossen in einer alten Keksdose in der hintersten Schrankecke gefristet. Doch jetzt war es an der Zeit, seinen – leider sehr ungenauen Hinweisen – zu folgen.

Das Bild auf der Vorderseite zierte der schnörkelige Schriftzug New York und es zeigte die beiden Türme des World Trade Centers. Allein die Tatsache, dass ich gerade in die Schule gekommen war, als diese eingestürzt waren, war ein Hinweis darauf, dass die Karte alt sein musste. Aber ich wusste, dass sie sogar noch älter war. Es war die allererste gewesen, die meine Mutter mir geschickt hatte, keine vier Monate nach meiner Geburt. Wer bitte machte so etwas: seinem Baby eine Postkarte schicken?

Jahrelang hatte ich die Karte gehütet wie einen Schatz, zusammen mit all den anderen, die ihr mit der Zeit aus den entferntesten Ecken der Welt gefolgt waren. Dann hatte ich sie alle zerrissen. Aber ich hatte es niemals über mich gebracht, sie wegzuwerfen. Mit spitzen Fingern drehte ich die Karte jetzt um und las die verwischten, runden Buchstaben, die meine Mutter damals geschrieben hatte. Liebe Maxi, stand da. New York ist toll. Wenn du magst, komm uns mal b...uchen, wenn du etwas größer bist. L... würde sich auch freuen. Sandy

Dummerweise waren durch das Zerreißen und Zusammenkleben einige Buchstaben nicht mehr leserlich. Dass b...uchen besuchen heißen sollte, war unschwer zu erraten. Aber dass ausgerechnet der Name, der mit einem L anfing, nicht entzifferbar war, wurmte mich maßlos. Denn dieser L – ich ging fest davon aus, dass es sich um einen Mann handelte, denn Sandy war immer wegen irgendeines Typen quer durch die Welt gereist – war möglicherweise genau der Mann, den ich suchte: mein Vater.

Ich wusste nicht, wer mein Vater war. Meine Mutter hatte bei den wenigen Gelegenheiten, zu denen ich sie zu Gesicht bekommen hatte, behauptet, es selbst nicht zu wissen. Aber das glaubte ich ihr nicht. Und dass sie so kurz nach meiner Geburt nach New York verschwunden war, um dort mit einem Mann zu leben, erschien mir ein deutlicher Hinweis darauf, dass es sich bei diesem Mann um meinen Erzeuger handeln musste. Zumindest war es der einzige Hinweis, den ich besaß.

Ich seufzte und klemmte die Postkarte schließlich hinter den verschnörkelten Rahmen des Schminkspiegels. Die Angaben darauf waren wirklich überaus vage. Doch mehr hatte ich nun einmal nicht. Ich würde mir etwas sehr Geniales einfallen lassen müssen, wenn ich meinen potenziellen Vater in dieser Millionenmetropole finden wollte. Aber ich würde es schaffen! Ich musste einfach.

Niemand stöhnte, niemand schrie, nichts quietschte. Ich schlief tief und traumlos, und als ich aufwachte, fand ich das pinkfarbene Zimmer beinahe schön. Aus dem Schrank suchte ich mir ein Gute-Laune-Outfit zusammen, um dem Tag direkt zu verstehen zu geben, dass mir heute nichts die Stimmung verderben konnte: einen blauen Rock mit roten Schleifchen, einen passenden Lackgürtel und einen gelben Blazer mit Puffärmeln. Dazu trug ich wie immer knallroten Lippenstift auf und schlüpfte in rote Lackpumps, fertig! Am Boden des Beuteltiers fand ich die zerknitterte Tüte Gummibärchen und steckte mir ein paar rote in den Mund. Die roten blieben seit einiger Zeit immer übrig, weil sie bei Liebesdingen helfen sollen. Und daran hatte ich seit der Sache mit dem emotionalen Analphabeten keinen Bedarf mehr. Aber besser rot als gar keine Bärchen!

Schwungvoll klackerte ich die Treppe hinunter, fest entschlossen, mich auf die Jagd nach spannenden Geschichten für meinen Blog zu machen. Ich brauchte nur noch einen Kaffee. Doch auf dem letzten Treppenabsatz hörte ich lautes Stimmengewirr aus der Küche und wurde langsamer. Nach der eher ungewöhnlichen Begegnung mit Mitbewohnerin eins und zwei war ich nicht scharf darauf, auf nüchternen Magen sofort den Rest der WG kennenzulernen.

Ich näherte mich so zögernd, dass man es auch als Anschleichen hätte bezeichnen können, und lauschte. Da: mein Name. Dann wieder heftige Diskussion. Ich verstand kein Wort. Beherzt stieß ich die Küchentür auf und das Gespräch verstummte. Alle Augen – bis auf Pamelas, die wieder hinter der riesigen Sonnenbrille verborgen waren – hefteten sich auf mich, und ich versuchte, die Blicke so selbstbewusst wie möglich zu erwidern. Doch etwas irritierte mich: Alle im Raum waren schwarz gekleidet. War ich hier in eine Sekte geraten? Hatte ich sie womöglich bei einem satanistischen Ritual unterbrochen? Stopp, rief ich mich zur Ordnung, zu viel Fantasie!

»Howdy, Maxi«, brach Pamela das Schweigen und hob das riesige Messer, um zu winken. Eine kleine Rothaarige neben ihr zuckte entsetzt zurück. Legte sie das Teil eigentlich nie aus der Hand? »Wir haben gerade überlegt, ob wir dich langsam mal wecken sollen.«

»Äh, nett von euch«, erwiderte ich. Die Bemerkung war ja nicht gerade schlagfertig, trotzdem lachten alle außer der dunklen Schönen höflich, sogar der Vogel auf ihrer Schulter stimmte ein.

»Hi, ich bin Abby. Wie geht's?« Das rothaarige Mädchen kam hinter dem Tisch hervor und strahlte mich so breit an, dass man jeden einzelnen ihrer zu großen Zähne sehen konnte. Ihre unzähligen Sommersprossen hüpften auf und ab. Trotz der leuchtend roten Haare war sie der Typ graues Mäuschen. Schnell lächelte ich zurück.

»Hi, schön dich kennenzulernen. Ich bin Maxi.«

»Und ich bin Rick.« Ein Bodybuilder mit südländischem Aussehen und sexy Dreitagebart. Auch er lächelte, wobei das bei ihm eher das Hochziehen eines Mundwinkels samt Augenbraue war. Sehr cool.

Black Beauty, heute im schwarzen Kartoffelsack, starrte gelangweilt Löcher in die Luft und schien nicht gewillt, mir ihren Namen noch mal zu verraten, den ich leider längst vergessen hatte. Tja, Pech, dann blieb sie eben M&M, die meckernde Mistkuh.

»Okay, wenn wir vollzählig sind, können wir ja jetzt

los.« Pamela klatschte energisch in die Hände und das Messer schepperte zu Boden. Sofort sprang Abby hinzu, um es aufzuheben.

»Soll ich dir den Apfel vielleicht ...«

»Nein, vergiss es«, unterbrach Pam sie. »Hat eh zu viel Fruchtzucker. Ich spar mir das Frühstück.« Sie wedelte abwehrend mit der Hand und traf genau den Apfel, der über den Tisch davonschoss.

»Fallobst«, kommentierte M&M zynisch, als der Apfel über die Kante kullerte, doch bevor er auf den Boden klatschte, fing der Bodybuilder – Rick? – ihn mit einer geschmeidigen Bewegung auf und biss krachend ab.

»Nope, Flyball«, widersprach er zufrieden kauend und wippte unaufhörlich auf den Fußballen hin und her, als wollte er sich sofort auf den nächsten Apfel stürzen.

»Er spielt super Baseball«, raunte Abby mir zu. Ich nickte bloß. Die amerikanischen Nationalsportarten waren so ziemlich das Letzte, wofür ich mich interessierte.

»Jetzt mal los«, insistierte Pamela und tastete sich an der Tischkante entlang Richtung Tür, kollidierte aber leider mit einem Stuhl, der krachend umkippte. »Dadgumit!«

Abby sprang ihr zur Seite und wollte nach ihrem Arm greifen, doch Pamela schüttelte sie ab. »Danke, ich komm schon klar.«

»Mensch, Pam, hör auf mit diesem Theater. Findest du das heute nicht mehr als unpassend?«, mischte M&M sich genervt ein.

»Unpassend«, krächzte sogleich auch der Vogel.

»Wenn hier etwas unpassend ist, dann sicherlich, dieses Vieh mitzunehmen«, erwiderte Pamela hitzig.

»Eins zu eins«, gab Rick den Punktestand des Wortgefechts durch und biss erneut in den Apfel. Mittlerweile wippte er nicht mehr, sondern machte permanent einen Schritt vor und wieder einen zurück, als wollte er gleich um den Küchentisch joggen.

»Ich kann ihn nicht allein lassen, dann hat er Angst«, fauchte M&M. Als wollte der Vogel ihre Worte bekräftigen, schlug er heftig mit den Flügeln und kackte dann auf den Küchenboden. »Oh, Shit«, schnauzte M&M Pamela an. »Sieh, was du angerichtet hast.« Sie präsentierte sich heute von ihrer entzückendsten Seite. Sie machte keinerlei Anstalten, den Dreck zu beseitigen, auch Rick hielt sich bloß demonstrativ die Nase zu, doch Abby sprang sofort um den Tisch herum und wischte mit einem Papiertuch den Vogelschiss auf.

»Hat er wieder Durchfall?«, fragte Pamela bissig. »Kein Wunder, wenn du ihn ständig mit Rosinen fütterst.«

»Meine Damen.« Rick checkte eine überdimensionale Uhr an seinem Handgelenk. »Gebt mal ein bisschen Gas. Wir müssen wirklich los.« Und wie auf Kommando verließen alle die Küche. Nur ich blieb perplex zurück.

»Maxi?«, fragte Pamela in den Raum, während sie als Letzte aus der Küche schwankte.

»Ja?«

»Kommst du auch?«

»Wohin denn?«

»Was denkst du? Zur Beerdigung natürlich!«

»Beerdigung?«

»Ja.« Nun wurde sie ungeduldig. »Die Pink Lady wird heute beerdigt. Und da du jetzt in ihrem Zimmer wohnst, ist es ja wohl das Mindeste, dass du ihr die letzte Ehre erweist, oder?«

»Äh, ja, sicher ...« Hilfe! Ging es bitte noch etwas verrückter?

»Also, dann los.« Auch Pamela verschwand durch die Küchentür in den Flur, wo die anderen bereits wieder heftig diskutierten.

»Moment, ich muss mich noch umziehen!«, rief ich ihr hinterher.

»Wieso?« Sie erschien erneut im Türrahmen.

»Weil ... sieh mich doch an«, argumentierte ich hitzig und biss mir zu spät auf die Zunge. Verflixter Mist! »Sorry«, brachte ich kleinlaut heraus. Doch Pamela ignorierte meinen Fauxpas.

»Dafür haben wir jetzt keine Zeit mehr«, drängte sie.

»Ich habe die buntesten Klamotten an, die ich besitze«, versuchte ich Pamela verzweifelt zu überzeugen, aber sie blieb hart.

»Oh, das hätte der Pink Lady sicher gefallen«, erklärte sie und verließ die Küche.

Mit einem resignierten Schulterzucken folgte ich ihr. Kein Kaffee, dafür eine Beerdigung auf nüchternen Magen. Und das, obwohl der Tag so gut angefangen hatte.

KAPITEL 6

Rick führte die Gruppe auf dem Weg zur Subway-Station in einem marathonverdächtigen Tempo. Die Schwarze mit dem Vogel schien dank ihrer Stelzenbeine kein Problem zu haben, mit ihm Schritt zu halten, ich selbst musste mich da mehr anstrengen. Noch dazu klebte Abby wie eine Klette an mir und plapperte unaufhörlich belangloses Zeug, auf das ich mich kaum konzentrieren konnte, wollte ich nicht riskieren, mit meinen Pfennigabsätzen in eins der kraterähnlichen Schlaglöcher auf dem Bürgersteig zu geraten und mir die Knöchel zu brechen. Und Pamela? Die hatte keine Chance!

Sie folgte uns strauchelnd und schwankend mit unsicheren Schrittchen und immer größer werdendem Abstand. Mehrmals blickte ich mich um. Wieso hatte sie keinen Blindenstock? Und wieso half ihr niemand? Meine neuen Mitbewohner schienen allesamt selbstgefällige Soziallegastheniker zu sein. Aber vielleicht wollte Pam sich ja nicht helfen lassen und die anderen kannten das schon. Ich hielt mich lieber mal zurück.

Doch dann kam eine Kreuzung, und Pamela wurde auf der Straße fast von einem SUV erwischt, der um die Kurve raste. So, das war genug! Ich sprintete zu ihr zurück, soweit man mit High Heels überhaupt sprinten kann, doch kurz bevor ich Pamela erreichen und am Arm packen konnte, zog sie sich fluchend die Sonnenbrille von der Nase. Darunter kamen kreisrunde Pflaster zum Vorschein, die die Augen bedeckten und nun ebenfalls heruntergerissen wurden. Pamela blinzelte mehrfach gegen die gelbwarme Herbstsonne und schnaufte dann.

»Du bist gar nicht blind!«, stieß ich fassungslos hervor.

»Höchstens in der Liebe«, erwiderte Pamela flapsig. Die anderen, die jetzt ebenfalls zurückgekommen waren, lachten schallend. Außer M&M, dafür lachte ihr Vogel am lautesten. Ich kam mir dumm vor. Im Zeitraffer rasten die Szenen des vergangenen Abends durch meinen Kopf: die filmreife Begrüßung, der Angriff mit dem Küchenmesser und das Cola-Desaster! Und zuletzt mein lächerlicher und völlig unnötiger Sprint in High Heels. Hatte ich mich vor den anderen damit vollends blamiert? Doch Abby, die schon wieder dicht neben mir stand, legte mir beruhigend eine schmale Hand auf den Arm.

»Pam macht so etwas ständig«, flüsterte sie mir verschwörerisch zu. »Method Acting. Sie will Schauspielerin werden.«

»Oh«, machte ich und kam mir noch dümmer vor, weil ich keine Ahnung hatte, was Method Acting war.

»Und das heißt?«, fragte ich Abby ebenso leise.

»Sie bereitet sich auf ihre Rollen vor, indem sie die Person aus dem Stück wird. Dieses Mal spielt sie die Hauptrolle in ›Warte, bis es dunkel ist‹ und Pamela irrt seit Tagen mit diesen Augenpads durchs Haus, durch die sie wirklich absolut nichts sieht. Du glaubst gar nicht, wie viele Gläser und Teller bereits zu Bruch gegangen sind!«

Doch, das konnte ich mir lebhaft vorstellen!

»Interessant«, erklärte ich diplomatisch.

»Verrückt trifft es eher«, ätzte M&M, die unserem Gespräch trotz ihres unbeteiligten Gesichtsausdrucks anscheinend gefolgt war – und ich konnte nicht anders, als zu nicken, aber ich mochte Verrückte ja.

»Das hab ich gehört! Und gesehen!« Pamela klang etwas zu bemüht fröhlich, als müsste sie dahinter eine Kränkung verbergen. »Ach, denkt doch, was ihr wollt. Das versteht ihr einfach nicht! Und jetzt bewegt euch mal. Sonst bringen sie die Pink Lady noch ohne uns unter die Erde.«

Dann saßen wir dicht gedrängt auf den Plastiksitzen der U-Bahn, links von mir Abby, die unentwegt auf mich einredete, und auf meiner rechten Seite M&M, die beharrlich schwieg und den Vogel mit Rosinen fütterte. Eigentlich erstaunlich, dass er nicht längst davongeflogen war, wenn sie ihn überall mit hinnahm. Pam und Rick hatten keine Sitzplätze ergattert und klammerten sich in dem wackelnden Zug an den Haltestangen fest.

»Ist er nicht supisüß?«, flüsterte Abby verschwörerisch und deutete in Ricks Richtung. »Natürlich nicht so süß wie William, aber schon süß, oder?«

»William?« Ich schaltete vom Eines-Ohr-rein-anderes-raus-Modus auf Gesprächsbereitschaft um.

»Na, Prinz William. Das ist der bestaussehende Mann, den es gibt, findest du nicht? Aber leider schon verheiratet.« Abby seufzte abgrundtief. Der Glanz in ihren Augen machte unzweifelhaft klar, dass Widerspruch zwecklos gewesen wäre, also nickte ich unbestimmt.

»Herzogin Catherine ist natürlich eine Schönheit. Und so stilsicher!« Abby seufzte wieder, dieses Mal hingerissen. Eine vehemente Royalistin mitten in New York! »Dieses Kleid hat sie auch getragen.« Sie strich über den schmalen Rock ihres eleganten schwarzen Etuikleids. »Nicht genau dieses Kleid, versteht sich, aber als sie in diesem Modell vor ein paar Wochen bei einem Charity-Event erschien, musste ich es einfach im Internet bestellen. Zum Glück trägt Kate ja oft bezahlbare Mode. Es war innerhalb von vierundzwanzig Stunden ausverkauft. In allen Größen!«

Ich nickte wieder bloß, weil mir kein passender Kommentar einfallen wollte, der nicht ironisch gewesen wäre, und weil ich mich immer noch wegen meines knallbunten Outfits sorgte. Abby verstand das natürlich als Aufforderung zum Weiterreden. So geht es mir immer mit den Leuten.

»Ein Mann wie William, das wäre mein Traum. Aber man muss ja realistisch bleiben. Dein Traumprinz wohnt gleich nebenan, schreibt Millicent Meyer. Kennst du ihren berühmten Beziehungsratgeber? Also, dieses Buch ist meine zweite Bibel! Ich kann es dir gerne mal leihen, wenn du möchtest ...«

»Nett von dir«, gab ich ausweichend zur Antwort und schaltete meine Ohren sicherheitshalber wieder auf Durchzug. Stattdessen betrachtete ich die Menschen um mich herum. Mir gegenüber saß eine schwarze Frau mit einem Hut, auf den sie einen kompletten Obstkorb dekoriert hatte. Daneben lackierte sich ein Teenager mit Punkfrisur die Fingernägel. Ein ungepflegter Bärtiger, vermutlich ein Obdachloser, war im Sitzen eingeschlafen und mit dem Kopf gegen die Schulter eines asiatischen Businesstypen im Anzug gesackt. Der tippte stoisch auf seinem Smartphone herum. Niemand nahm von diesen schrägen Gestalten Notiz. Das musste die viel gepriesene Toleranz der New Yorker sein!

Pamela und Rick schienen sich gut zu amüsieren, auf jeden Fall erzählte sie ihm etwas, das ich durch den U-Bahn-Lärm nicht verstehen konnte, und lachte herzhaft. Rick rang sich immerhin ein Lächeln ab: hochgezogener Mundwinkel, hochgezogene Augenbraue. Plötzlich merkte ich, dass Abby neben mir verstummt war und die beiden ebenfalls musterte. Die Bahn bremste heftig und Pam stolperte gegen Ricks breite Schulter. Galant fing er sie mit dem Arm auf. Und Abby verzog missbilligend den Mund.

Auch wenn es vielleicht makaber klingt: Der Friedhof war aus touristischer Sicht ein echtes Highlight! Was nicht so sehr an dem Gelände mit seinen öden weiten Rasenflächen lag, sondern vielmehr an dem Panoramablick, der sich von diesem Platz aus auf die Skyline von Manhattan bot. Schwarze, in der Sonne glänzende Hochhäuser wuchsen scheinbar unmittelbar hinter den weißen Grabsteinen und Skulpturen in den strahlend blauen Himmel.

Richtig genießen konnte ich die Aussicht leider nicht, weil ich vergeblich versuchte, mich unsichtbar zu machen. Zwischen den anderen Gästen, die in die dämmrige Trauerhalle drängten, kam ich mir vor wie ein Papagei in einer Schar von Krähen. Denn natürlich trugen alle Schwarz oder zumindest gedecktere Farben als Kanariengelb und Kirschrot.

Ich rechnete fest mit bösen Blicken, aber niemand schien sich für mein Papageien-Outfit zu interessieren. Nun bekam ich die New Yorker Toleranz also selbst zu spüren, und ich fing an, mich ein bisschen zu entspannen. Das hielt genau so lange an, bis ich im Strom der Besucher an die Kopfseite des länglichen Raumes gespült worden war – direkt vor den Sarg.

Vielleicht hätte ich vorbereitet sein müssen, immerhin hatte ich schon eine ganze Reihe amerikanischer Filme und Serien gesehen, in denen eine Beerdigung vorkam. Trotzdem hatte ich keinen Gedanken daran verschwendet, was mich erwarten würde: Der Sarg war offen!

Auch den Anblick von Toten kannte ich bisher nur aus dem Fernsehen. Deshalb wurde mir für einen Moment sehr flau im Magen, und ich war froh, dass ich noch nicht gefrühstückt hatte. Ich wollte die Augen abwenden, dann siegte jedoch meine Neugier und ich betrachtete die alte Frau im Sarg.

Ihr faltiges Gesicht war wächsern und übertrieben stark geschminkt, aber um den mit pinkfarbenem Lippenstift betonten Mund lag ein fröhlicher, fast schelmischer Zug. Mit ihren hellrosa gefärbten Löckchen und dem pink gepunkteten Kleid strahlte die Tote eine solche Lebensfreude aus, wie es nur die wenigsten Lebenden taten.

»Schau sie dir an. Ich habe dir ja gesagt, dass ihr dein Outfit gefallen hätte«, raunte mir Pamela zu.

Ja, dachte ich. Es hätte ihr gefallen. Und plötzlich spürte

ich eine schwache Verbundenheit mit dieser alten Frau, die mehr als fünfmal so alt gewesen war wie ich, die ich nie im Leben getroffen hatte und in deren Zimmer ich nun durch einen Zufall wohnte. Das Gefühl hielt zwar nur für ein paar Sekunden, aber an diesen Moment sollte ich mich später noch oft erinnern.

Nach und nach nahmen die Trauergäste Platz. Es waren bestimmt fünfzig Menschen gekommen, und ich fragte mich, wer sie alle waren. Hatte Pamela nicht gesagt, dass die alte Dame nur einen einzigen Neffen hatte, der sie nun beerbte? Vermutlich handelte es sich dabei um den mickrigen Verlierertyp, der in der vordersten Reihe stand und unablässig Hände schüttelte. Weiter hinten in der Kirche entdeckte ich auch Angel, die Sekretärin von *Zeitgeist*, die mir verstohlen zuwinkte. Sie hatte sich bei einem jungen Mann mit Bürstenhaarschnitt und verkniffenem Gesichtsausdruck untergehakt. Das war also Fred, der sich selbst kein Abendessen kochen konnte.

Die Trauerfeier verging in eintöniger Langatmigkeit und ich musste ständig ein Gähnen unterdrücken. Abby hingegen liefen bei den langweiligen Reden ununterbrochen Tränen über die Wangen und sie schnäuzte sich hin und wieder lautstark in ein spitzenbesetztes Taschentuch. Entweder hatte sie der Pink Lady sehr nahe gestanden oder sie neigte zu heftigen Gefühlsausbrüchen. M&M fütterte ihren Vogel weiter mit Rosinen, die sie aus den scheinbar unerschöpflichen Tiefen ihres schwarzen Kartoffelsacks herauskramte, bis ich mir Sorgen machte, der Vogel könnte gleich mitten in die Trauerhalle kacken. Rick saß mit geschlossenen Augen daneben, sodass ich mich fragte, ob er eingeschlafen war. Und Pamela biss nervös auf ihren roten Fingernägeln herum.

Als der Pfarrer seine Predigt beendet hatte, stand Pamela auf, ging nach vorn und stellte sich neben den Sarg. Ein leises Raunen ging durch die Trauergesellschaft, als sie neben der Toten zu singen anfing.

»I feel pretty, oh, so pretty.« Zunächst klang ihre Stimme noch unsicher, doch nach den ersten Zeilen trällerte sie wie ein Musicalstar den bekannten Song aus der Westside Story, der so völlig unpassend für eine Beerdigung war. »I feel pretty and witty and bright! And I pity any girl who isn't me tonight.«

In der Trauerhalle war vereinzelt Gelächter zu hören, als sie fortfuhr: »Such a pretty face, such a pretty dress, such a pretty smile, such a pretty me!«

»Sie hat den Song geliebt«, flüsterte Abby mir unter noch mehr Tränen zu. »Die Pink Lady, meine ich. Sie ist dazu durchs ganze Haus getanzt.« Plötzlich spürte ich Bedauern darüber, dass ich diese ungewöhnliche Frau nicht kennengelernt hatte.

Als der Sarg endlich zu Grabe getragen war und die Trauergesellschaft sich aufzulösen begann, musste ich dringend auf Toilette. Ich sagte Abby Bescheid und machte mich auf die Suche. Zum Glück fand ich schnell ein Schild, das mich auf die Rückseite der Trauerhalle führte, doch als ich um die Ecke bog, blieb ich abrupt wieder stehen.

Vor dem Eingang zu den Toiletten standen zwei Männer in schwarzen Anzügen. Einer davon war der Neffe der Pink Lady. Der andere war etwa im selben Alter, füllig und im Gegensatz zu seinem Gegenüber strahlte er eine selbstgerechte Autorität aus, die nur Menschen besitzen, die über viel Geld und viel Macht verfügen. Und dann hörte ich Letzteren sagen: »Der Vertrag ist fertig. Sie müssen nur unterschreiben. Heute noch. Bis wir alle Genehmigungen zusammenhaben, kann es dauern. Und wir wollen in einem Monat anfangen.«

Das war ja mal interessant! War dieser Typ womöglich der skrupellose Investor, von dem Pam mir erzählt hatte? Ich drückte mich gegen die Mauer und linste vorsichtig um die Ecke. Maxi, die Meisterdetektivin. Geheimnisse zogen mich einfach an! Schon als Kind hatte ich ganze Nachmittage hinter Hausecken gehockt, um Fremden in unserem Viertel hinterherzuspionieren.

»Das würde ich ja gern. Aber mir sind die Hände gebunden«, erwiderte der Neffe unterwürfig und wedelte dem anderen mit einem Blatt Papier vor der Nase herum. »Sie hat in ihrem Testament ganz klar festgelegt, unter welchen Bedingungen das Haus verkauft werden darf.«

»Pah.« Der Dicke riss ihm den Zettel aus der Hand und überflog das Schreiben. »Pah«, machte er noch einmal abfällig. »Das ist nichts Offizielles. Hat der Anwalt das in die Finger bekommen?«

»Nein, nein«, beeilte der Neffe sich zu versichern. »Der Brief lag bei den Akten. Sie hat es wohl nicht mehr geschafft, ihn abzuschicken.«

»Na, dann.« Blitzschnell zerfetzte der Dicke den Zettel mit seinen Wurstfingern in winzige Fitzel, als hätte er darin eine gewisse Übung. »Kein letzter Wille, keine Bedingungen«, erklärte er selbstgefällig. »Und jetzt: unterschreiben!« Er zog ein Klemmbrett aus einem schwarzen Aktenkoffer und hielt es dem anderen hin.

Der Neffe sah aus, als hätte er eine extrasaure Gurke gegessen, doch er nickte bloß eifrig und hielt die Schultern gebeugt, als wollte er sich verneigen.

In diesem Moment drehte dieser sich um und ein Blick aus eisblauen Augen bohrte sich in meine. Ich vergaß auf der Stelle, dass ich dringend aufs Klo musste, und hastete zurück zu den anderen, die noch am Grab standen.

»Ich glaube, ich habe gerade diesen Investor gesehen«, brachte ich atemlos hervor.

»Mr Miller?«, fragte Pamela erstaunt. »Was hat der denn hier zu suchen?«

»Ganz schön unverfroren, bei der Beerdigung aufzutauchen, oder?«, schaltete sich M&M ein und der Vogel krächzte zustimmend.

»Aber woher willst du wissen, dass er es war?«, hakte Abby vorsichtig nach.

»Er hat mit Donald Duck gesprochen, dem Neffen der Pink Lady. Zumindest glaube ich, dass es Larry Miller war. Auf jeden Fall hat er gesagt, dass er schon in einem Monat mit dem Abriss beginnen will.«

Ich rechnete mit einer Welle der Empörung, doch die erwartete Reaktion blieb aus. Rick zuckte bloß mit seinen breiten Schultern. M&M und der Vogel machten unisono »Pöh«. Abby schaute betreten zu Boden und nur Pamela ging auf meine Worte ein.

»Ich habe dir gleich gesagt, dass Pinkstone abgerissen wird«, erklärte sie. »Besser, du denkst nicht zu viel drüber nach. Wir versuchen das auch.«

»Ja, aber«, ereiferte ich mich. »Ich glaube, er darf das Haus gar nicht verkaufen. Es gibt ein Testament der alten Dame. Besser gesagt, es gab ein Testament. Und darin hat sie Bedingungen für den Verkauf festgelegt, ich weiß natürlich nicht genau, was für Bedingungen, aber ...« Weiter kam ich nicht.

»Bullshit«, unterbrach M&M mich in ihrer charmanten Art. »Es gibt kein Testament, das hätten wir doch gewusst. Und jetzt lasst uns verschwinden, ich habe noch ein wichtiges Meeting.«

»Bullshit«, echote der Vogel, während seine Besitzerin sich bereits zum Gehen wandte. Die anderen folgten ihr ohne weiteren Kommentar, nur Abby schaute mich entschuldigend an.

»Es wäre schön, aber ich glaube, wir müssen uns einfach damit abfinden, dass es Pinkstone bald nicht mehr geben wird«, versuchte sie, mich zu überzeugen. »Schau dich lieber schon mal nach einem neuen Zimmer um, so wie wir.«

Damit abfinden? Na toll! Mal abgesehen davon, dass ich in einem Monat wieder eine neue Bleibe würde suchen müssen, falls ich denn überhaupt bei *Zeitgeist* übernommen wurde, konnte es mir egal sein, ob den anderen das Dach über dem Kopf abgerissen wurde.

Was mich allerdings wurmte, war, dass sie meiner sensationellen Entdeckung keinen Glauben schenkten. Ich hatte gehört und gesehen, was ich gehört und gesehen hatte. Meine Neugier war angestachelt und der Gedanke an das geheimnisvolle Testament ließ mich nicht mehr los.

Das Haus der Pink Lady soll nun abgerissen werden! Um Platz zu machen für Condos, anonyme Luxusappartements. Doch in diesem Haus, das bis heute „Pinkstone" genannt wird, leben fünf junge Menschen: Pamela, Abby, Saida, Rick und ich, Maxi.

Wir sind nichts Besonderes. Ein bisschen verrückt vielleicht, aber nicht verrückter als die meisten anderen Menschen. Wir haben Spleens, Träume und Ängste. Und jeder hat seine eigene Geschichte, genau wie „Pinkstone". Wenn du sie kennenlernen willst, dann lies diesen Blog!

Kapitel 7

To-do-Liste Samstag
1. Gummibärchen kaufen – erledigt
2. Gläser für Gummibärchen kaufen – erledigt
3. Unbedingt Themen für meinen Blog finden – ARGH!

SONNTAG, 9.43 UHR   Punkt eins und zwei hatte ich abgehakt. Zum Glück gibt es die guten Goldbären auch in den USA. Sie sind zwar so teuer, als bestünden sie tatsächlich aus Gold, leuchten wie verstrahlt und schmecken chemischer als zu Hause ... aber das war mir egal. Ich bin nun mal süchtig nach den Dingern!

Punkt drei: war und blieb eine Katastrophe! Den ganzen gestrigen Nachmittag war ich durch Williamsburg gestreift – wundergroßartig! –, aber das Ergebnis der Themensuche: null, nix, niente! Das Glas mit den gelben Bären war schon wieder leer. Besonders kreativ hatte mich die Fressattacke nicht gemacht, dafür hatte ich Bauchweh.

Ich wühlte mich aus dem pinkfarbenen Bettzeug,

huschte ins Bad, wo ich mir unter der tröpfelnden Dusche erst einen Kälteschock und anschließend Verbrennungen holte, und schlüpfte dann in die Klamotten von gestern. Die Gefahr, heute wieder zu einer Beerdigung geschleppt zu werden, schätzte ich als gering ein.

10.12 UHR Im Haus war es still. Ich schlich die Treppe runter, um niemanden zu wecken. Brauchte bloß einen Kaffee ... Im ersten Stock wurde eine Tür aufgerissen und Abby stand im geblümten Morgenrock vor mir, wirklich: Die Bezeichnung Bademantel wäre viel zu profan für dieses gerüschte Teil.

»Maxi, supi, dass du gerade zufällig runterkommst.« So wie sie die Tür aufgerissen hatte, war ich mir fast sicher, dass sie dahinter gelauscht hatte. Von wegen zufällig!

»Kannst du mir bitte, bitte mal helfen«, flüsterte sie flehend.

»Ja, klar«, stimmte ich zögernd zu. Ich fürchte, ich kann einfach nicht Nein sagen!

»Supisüß von dir!«, betonte sie wieder und zog mich am Ärmel in ihr Zimmer. Das Raumambiente passte perfekt zum Morgenmantel. Alles war gerüscht, von der Tagesdecke über die Gardinen bis zu den Spitzendeckchen, die jeden freien Quadratzentimeter zierten. Auf einem Regalbord standen Porzellanfigürchen und pastellfarbene Schmachtfetzen in Reih und Glied und neben dem Bett stapelte sich ein Berg Beziehungsratgeber. Abbys zweite Bibel lag obenauf, darunter entdeckte ich so verheißungsvolle Titel wie »Verlobt in unter zehn Tagen« oder »Die Kunst, sich den Mann fürs Leben zu angeln«. Gerne hätte ich mich am Rest dieser Paarungsweisheit geweidet, doch Abby zerrte mich weiter zum Schreibtisch und wies auf den Computerbildschirm, der ebenfalls auf einem Spitzendeckchen stand.

»Ich kann mich einfach nicht entscheiden, wem ich für nächstes Wochenende zusagen soll«, jammerte sie. Es klang nach einem schwerwiegenden Dilemma. Klick, klick, klick ließ sie verschiedene Fenster auf dem Monitor aufpoppen, dann war in jeder Ecke ein Mann zu sehen.

»Was meinst du?«, fragte Abby. »Jason, TheEdgar, Phil1989 oder lieber Mr Unicorn?«

»Ähm«, machte ich wenig hilfreich. Bislang hatte ich mich noch nie mit Online-Dating beschäftigt.

»Nun sag schon«, drängte Abby.

»Jason?«, schlug ich halbherzig vor. Der Name hörte sich noch am wenigsten lächerlich an.

»Wirklich? Bist du dir sicher? Er ist zehn Jahre älter als ich!« Abby schaute mich aus beinah fiebrig glänzenden Augen bittend an und drängte mich auf den Schreibtischstuhl. »Los, sieh sie dir alle an.«

Ich überlegte, ob ich einfach gehen sollte. Der Wunsch nach einem Kaffee war mittlerweile fast überwältigend. Doch bei Abbys fortgesetztem Flehen konnte ich nicht hart bleiben. Also ließ ich mich auf den Stuhl sinken und betrachtete die potenziellen Anwärter um ihre Hand eingehender.

»Nimm Mr Unicorn«, schlug ich schließlich vor. Trotz des bescheuerten Nicknamens wirkte er am wenigsten wie ein Perverser oder Serienmörder auf mich.

»Sicher?«, fragte Abby bang.

»Ja«, bestätigte ich mit aller Entschiedenheit, die ich aufbringen konnte.

10.37 UHR! Auf zum Kaffee!

10.39 UHR Und danach hieß es: Starreporterin Maxi auf Themensuche.

Als ich in die Küche kam, traf mich ein Apfel am Kopf.

»Autsch!«, schrie ich empört.

»Howdy, Maxi, sorry, der war für Rick bestimmt«, entschuldigte Pamela sich. Immerhin hatte sie nicht das Messer geworfen, das sie mal wieder in der Hand hielt. Sie trug ihre riesige Sonnebrille, und Rick, der mindestens fünf Meter entfernt an der Spüle lehnte und mit links eine Hantel stemmte, feixte.

»Ein Apfel am Tag ...«, kommentierte er trocken.

»... und der Arzt bleibt dir erspart, schon klar«, vervollständigte ich bissig das Sprichwort, rieb über die Beule an meiner Stirn und schob meine Brille zurück an ihren Platz. Wenigstens hatte das Wurfgeschoss die Brille verfehlt.

»Aber du hast es versprochen«, wandte Rick sich an Pamela. »Was soll ich denn meiner Mamma sagen?«

»Ich muss üben, kapiert das denn keiner von euch?«, ereiferte Pamela sich. »Die Premiere ist in drei Wochen!« Ihre Finger wanderten über die Tischplatte, bis sie an eine Schale mit Chips stießen, und sie stopfte sich eine Handvoll in den Mund. »Sind die fettfreien«, rechtfertigte sie sich kauend.

»Och, komm schon.« Rick wechselte die Hantel in die rechte Hand und pumpte im doppelten Tempo weiter.

»Nein, nein und nochmals nein«, wetterte Pamela, und ich bekam Angst, dass das Messer gleich doch fliegen würde. Aber dann legte sie es zur Seite und griff wieder in die Chips.

»Paammy«, flehte Rick. »Bitte!«

»Frag doch Maxi«, schlug Pam mit vollem Mund vor.

»Was?« Erst warf sie mit Obst nach mir und dann zog sie mich in ihren Beziehungsstress rein. Wenn ich nicht so scharf auf Kaffee gewesen wäre, wäre ich schon längst aus der Küche geflohen. »Was soll Rick mich fragen?«

Mein Mitbewohner ließ die Hantel sinken und taxierte mich von oben bis unten, lächelte: Mundwinkel, Augenbraue. »Magst du einen Espresso?«

Wollte er mich etwa bestechen? Dann hatte er das richtige Mittel gewählt. Außerdem war ich jetzt neugierig.

»Okay, gern.«

Rick hantierte mit einer silbernen Kanne herum, in die er das Pulver direkt einfüllte, um sie dann auf dem Herd zu platzieren. Es dampfte und zischte. Er gab ungefragt zwei Löffel Zucker in eine kleine Tasse und goss schließlich schwungvoll den tiefschwarzen Espresso darauf. Pamela futterte Chips und schwieg erwartungsvoll. Ich trank und seufzte zufrieden. Für diesen Kaffee könnte Rick fast alles von mir haben!

»Also?«

»Familienessen«, sagte Rick, als wäre das eine Erklärung. »Große italienische Familie. Große Erwartungen.«

»Ja, und?«

»Und wenn Rick da ohne Mädchen auftaucht, dreht seine Mamma durch«, mischte Pamela sich ungeduldig ein.

»Dann lädt sie irgendwelche Freundinnen mit ihren Töchtern ein, um unseren Ricky zu verkuppeln. Deshalb gehe ich manchmal mit, verstehst du?« Mehr Chips wanderten in ihren Mund.

Ja, jetzt verstand ich.

»Ihr seid gar nicht zusammen?«

»Wir?« Pamela prustete so heftig vor Lachen, dass die Chipskrümel aus ihrem Mund flogen. »Nur an jedem zweiten Sonntag, aber heute geht es echt nicht!«

»Also, kommst du mit?«, fragte Rick mich hoffnungsvoll und schwenkte die silberne Kanne. Wer könnte diesem Kaffee schon widerstehen?

»Na gut«, stimmte ich zu. Ich kann wirklich sehr schlecht Nein sagen. 11.03 Uhr! Hoffentlich wurde das ein schnelles Familienessen.

11.58 UHR   Das Restaurant *Bella* lag eingequetscht zwischen zwei Asia-Läden auf der 18th Avenue. Ein chinesisches Pärchen schleppte seine Einkäufe in unzähligen Plastiktütchen heraus. Ein paar Häuser weiter standen halbstarke Prolls mit Goldkettchen um eine schwarz lackierte Corvette herum.

»Als meine Eltern aus Neapel herkamen, lebten in Bensonhurst fast nur Italiener«, erzählte Rick. Er war auf der Bahnfahrt überraschend mitteilungsfreudig geworden. »Aber heute ist das Viertel ein zweites Chinatown.«

Galant hielt er mir die Tür zum *Bella* auf. Drinnen herrschte Italien. Der enge Laden, der von einem gigantischen Pizzaofen dominiert wurde, quoll vor grün-weiß-roter Deko über, kitschige Gemälde mit Gondelmotiven zierten die Wände. Und der ganze Raum war voller Leute, die in ohrenbetäubender Lautstärke redeten.

»Ah, Riccardo!« Eine winzige, runde Frau, breit wie hoch, riss Rick in ihre Arme und überschüttete ihn mit einem italienischen Wortschwall. Das musste seine Mamma sein. Schließlich ließ sie von ihrem Sohn ab und maß mich mit kritischem Blick.

»Und wer ist diese junge Dame?«, fragte sie in schwerem Englisch. »Ist sie nicht ein bisschen dünn? Was ist aus der drallen Blonden geworden?«

»Darf ich vorstellen: Maxi. Und das ist meine Mamma.« Rick ging gar nicht auf die Sticheleien ein.

»Freut mich, Sie kennenzulernen.« Ich streckte der quirligen Kugel meine Hand hin, doch sie zog mich überschwänglich an ihre üppige Brust. Hilfesuchend schaute ich mich nach Rick um, aber der wurde von einer Horde Kinder belagert, die begeistert »Onkel Rick, Onkel Rick« skandierten.

»Un aperitivo?« Ein Mann mit einer fleckigen Schürze, der kaum größer war als Mamma und genauso kugelig, drückte mir ein Glas in die Hand. Ich nippte an der roten Flüssigkeit und mein Dank ging in unterdrücktem Husten unter. Boah, war das bitter! Der Mann, garantiert Ricks Vater, lachte und schlug mir auf den Rücken.

»Essen ist fertig«, brüllte er dann.

Kaum hatten alle Familienmitglieder Platz genommen, schleppten drei Mädchen riesige Platten mit Antipasti an. Es duftete nach allen Kräutern dieser Welt! Rick wollte sich neben mich setzen, doch seine Mamma war schneller und schob sich zwischen uns.

»Und, was machst du so?«, fragte sie, während sie sich einige Scheiben Wurst und Schinken von den Platten angelte und in den Mund stopfte.

»Mamma«, mahnte Rick. »Lass Maxi doch erst mal was essen.«

»Ich frage ja nur höflich nach«, rechtfertigte sie sich resolut. »Also?« Höflich war sie nicht gerade, aber ich fand sie ausgesprochen sympathisch.

»Ich bin Journalistin.« Ich griff auch nach dem Schinken und kaute dann verzückt.

»Ah, Journalistin«, sagte Mamma gedehnt. »Immerhin besser als Schauspielerin«, wandte sie sich an ihren Sohn. Der seufzte vernehmlich. »Magst du denn italienisches Essen?«, setzte sie ihr Verhör umgehend fort.

Ich steckte mir eine eingelegte Olive in den Mund und nickte vehement.

»Gut, das ist gut. Iss nur. Die andere war immer auf Diät«, erklärte sie abfällig, als würde es sich um eine ansteckende Krankheit handeln. »Riccardo wird das Ristorante später übernehmen, weißt du. Dann braucht er eine gute Frau, die ihm hilft. So wie ich meinen Alberto unterstütze.« Verliebt lächelte sie ihren Mann an, der uns gegenübersaß. Als hätte er es gespürt, zwinkerte er ihr verschmitzt zu. Ein kugelrundes italienisches Turtelpaar, und das nach wer-weiß-wie-vielen Ehejahren! Rick seufzte erneut lautstark. Seine Mutter drehte sich um und ratterte in Italienisch auf ihn ein.

Auf die Antipasti folgten Spaghetti mit Sepia, auf die Nudeln weitere riesige Platten mit Fleischgerichten und danach Obstsalat und Tiramisu. Alles schmeckte fantastisch. Ich war völlig überfressen und garantiert leicht betrunken vom Rotwein, der ständig nachgeschüttet wurde. Die Gespräche in englisch-italienischem Kauderwelsch schwappten wie Meeresbrandung über mich hinweg, lachende, streitende, lebendige Gesichter überall. Herrlich!

Nur Rick schien all das gar nicht herrlich zu finden. Stumm saß er neben seiner Mamma und sah ein wenig leidend aus. Komisch. Ich habe mir immer eine solche Großfamilie gewünscht, aber ich hatte noch nicht einmal eine Mutter, geschweige denn einen Vater ...

Kaum war das Essen beendet, sprang Rick auf. »Wir müssen los. Ciao!«, rief er in die Runde. Es hagelte Proteste, aber Rick zog mich fast vom Stuhl, während ich noch schnell den letzten Schluck Espresso runterschüttete.

»Sorry, es tut mir echt leid«, entschuldigte er sich, als sich die Tür des *Bella* hinter uns schloss. »Cool, dass du das gemacht hast.«

»So schlimm war es doch gar nicht«, beruhigte ich ihn, aber Rick schien mir nicht zuzuhören.

»Ich bin dir wirklich dankbar. Und du musst ja auch nicht jede Woche dabei sein«, fuhr er fort. Erst da dämmerte es mir.

»Heißt das, ich soll noch mal mitkommen?«

»Pam kann ich ja schlecht wieder mitbringen, oder? Und meine Mamma hat dich schon ins Herz geschlossen.« Rick tat, als wäre von vornherein klar gewesen, dass es sich um eine dauerhafte Verpflichtung handelte.

Weil mir keine gute Antwort einfiel, schaute ich auf die Uhr. 16.02! Gequirlter Mist! So viele wertvolle Stunden verflogen, ohne dass ich es gemerkt hatte.

»Wir reden ein andermal darüber«, erklärte ich ausweichend. Rick hob Mundwinkel und Augenbraue zu einem Lächeln.

17.05 UHR Infernalisches Kreischen empfing uns, als wir die Haustür von Pinkstone öffneten. Es kam aus der Küche und klang wie »Ihhhhhahhhohhhhhoutsch! Dadadada!«

Als wir in die Küche stürmten, entdeckte ich als Erstes Abby, die kreidebleich auf dem Tisch stand, anklagend ihren Finger in die Luft reckte und brüllte: »Sie hat mich gebissen. Da! Sie hat mich gebissen. Dabei wollte ich sie nur einfangen.«

Pamela und M&M standen daneben, lieferten sich ein heftiges Wortgefecht und beachteten die kreischende Abby nicht.

»Wie konntest du uns so ein Vieh ins Haus schleppen?«, ereiferte sich Pam. »Und dann bist du auch noch zu blöd, auf sie aufzupassen.«

»Sie ist absolut harmlos«, giftete M&M. »Ein richtiges Kuscheltier!« Ich erwartete ein Echo von ihrem komischen schwarzen Vogel, aber der war nirgends zu sehen.

»Mich hat sie gebissen«, jammerte Abby noch lauter als zuvor. »Ahh, es tut schrecklich weh!«

»Sie ist nicht mal in deine Nähe gekommen«, pflaumte M&M sie an, worauf Abby verstummte.

Die ganze Szene war so skurril, dass ich beinahe laut losgelacht hätte, aber ein Blick von Rick hielt mich davon ab. Er presste die Lippen aufeinander, alle Muskeln in seinem Körper waren angespannt.

»Okay, was haben wir dieses Mal?«, fragte er betont ruhig.

»Tarantula«, gab Pam Auskunft und ich musste sofort an den Kult-Horror-Film denken. Es dauerte einen Moment, bis mir die Übersetzung einfiel: Vogelspinne.

»Saida hat sie aus dem Terrarium genommen, um ein bisschen zu kuscheln«, erklärte Pam spöttisch weiter. »Leider hatte sie keine Lust auf Schmuseeinheiten und ist abgehauen.«

M&M kreuzte beleidigt die Arme und Abby jaulte erneut auf. Musste man sie nicht ins Krankenhaus bringen? Wie giftig war so eine Vogelspinne?

»Okay, dann wollen wir mal den Suchtrupp losschicken.« Rick blieb cool. »Pam, wir brauchen deine Hilfe.«

»Dadgumit!« Entnervt riss Pam sich die Sonnenbrille und die Augenpads runter. »Miss Super-Tierschützerin kann mal wieder nicht auf ihre kleinen Freunde aufpassen und ich muss auf Exotenjagd gehen«, motzte sie. »Also los.« Ohne hinzugucken, griff sie in die Chipsschüssel, die neben der zappelnden und unterdrückt jammernden Abby noch immer auf dem Tisch stand, und riss ihre Hand zurück, als hätte sie sich verbrannt. »Was ist das denn?«

»Maden«, erklärte M&M. »Vogelspinnen fressen so etwas, weißt du.« Die Luft zwischen den beiden gefror bei Pams Blick, aber sie fasste sich schnell.

»Dann nimmt sich jetzt jeder ein paar von diesen Appetithappen. Damit kriegen wir das Vieh schon angelockt.« Sie griff beherzt nach der Schüssel.

Ich war mir nicht sicher, ob ich mich mehr vor den Maden oder der Spinne ekelte, aber ich glaubte nicht, dass ich mich drücken konnte. Selbst Abby kletterte vom Tisch – wieso war sie überhaupt hinaufgestiegen, für eine Spinne dürfte so ein Tisch kein großes Hindernis darstellen! – und beteiligte sich hinter Rick und Pam versteckt an der Suche. Nur M&M blieb in der Küche zurück.

In Kolonne durchkämmten wir das Haus vom Erdgeschoss bis unters Dach und guckten auf Pams Anweisung vor allem in die dunklen, versteckten Ecken: »Spinnen lieben Höhlen« – Tarantula offenbar nicht. Außer jede Menge Staubmäuse fanden wir: nichts! Zuletzt war nur noch mein Zimmer übrig, und als ich die Tür öffnete, wurde mir bewusst, dass ich die ganze Zeit gehofft hatte, die Spinne möge sich nicht ausgerechnet mein pinkes Reich als neues Domizil auserkoren haben. Pech gehabt!

Ich entdeckte sie erst, als ich beinah auf sie getreten wäre. Ein schwarzes haariges Exemplar, handtellergroß, mitten im pinken Flokati.

»Da«, sagte ich tonlos – und schon hatte Pamela eine Plastikdose über den Achtbeiner gestülpt. Sie schob eine Pappe darunter und transportierte das Tier ohne Zögern zurück ins Terrarium. Ich war beeindruckt.

Kaum hatten wir uns wieder in der Küche versammelt, jammerte Abby erneut los: »Es schwillt an. Seht ihr?«

»Sollten wir sie nicht ins Krankenhaus bringen?«, fragte ich zögernd in die Runde. Pam verdrehte die Augen, Rick seufzte lautstark und M&M sah aus, als würde sie anstelle der Maden gleich mich an Tarantula verfüttern.

18.49 UHR Den Rest des Abends verbrachte ich mit meinen neuen Mitbewohnern in der Notaufnahme.

KAPITEL 8

Wenn ich einen Sitzplatz ergattert hätte, wäre ich garantiert eingeschlafen. Nach einer durchgrübelten Nacht hatte ich noch immer keinen Themenvorschlag, dafür tiefe Ringe unter den Augen, denen nicht einmal der stärkste Concealer etwas anhaben konnte. Aber der L-Train nach Manhattan war am Montagmorgen so proppenvoll, dass man schon für einen Platz an der Haltestange dankbar sein musste.

Es war ein Wunder, wie die geschniegelten Wall-Street-Typen es schafften, in dem Gedränge ihre New York Times zu lesen. Sie hatten eine besondere Falttechnik, mit der sie die Zeitung zu einem schmalen Streifen zusammenlegten und umblätterten, ohne dabei ihren Sitznachbarn zu erschlagen. Ich fand das Prozedere so faszinierend, dass ich versonnen dabei zuschaute und gar nicht merkte, dass Angel mich ansprach. Erst als sie mich in die Seite stupste, hatte sie meine Aufmerksamkeit.

»Wie war dein Wochenende?«, fragte sie.

»Ganz okay«, antwortete ich ausweichend. Die korrekte

Antwort wäre »absolut verrückt« gewesen, aber die Bahnfahrt war nicht lang genug, um die Katastrophen der vergangenen zwei Tage auch nur zu umreißen.

»Und wie gefällt dir deine neue Unterkunft?«

»Ganz okay«, wiederholte ich. Zu spät wurde mir bewusst, dass ich Angel meine Bleibe zu verdanken hatte. »Ich meine, es ist gut, wirklich schön«, stammelte ich und ärgerte mich über mich selbst. Doch Angel lachte bloß.

»Ich habe dich gewarnt, dass Pinkstone ein bisschen speziell ist«, sagte sie und gackerte leise weiter.

»Ja, sehr speziell«, stimmte ich zu. »Trotzdem schade, dass das Haus abgerissen werden soll. Ich finde, es hat Charme.«

»Ja, auf jeden Fall.« Angel war meiner Meinung. »Und wenn es bloß das eine Haus wäre ...« Sie brach mitten im Satz ab. Plötzlich war ich hellwach.

»Wieso? Wie meinst du das?«, hakte ich nach.

»Ich weiß es erst seit gestern«, erzählte sie leise. »Aber Freds Eltern haben auch ein Angebot bekommen. Ihnen gehört das Haus, in dem wir wohnen, verstehst du?«

»Nicht ganz.« Dabei hatte ich eine ziemlich genaue Ahnung von dem, was kommen würde.

»Miller will das Haus kaufen. Alle Häuser am Petticoat Place. Es sieht so aus, als wäre sein Bauvorhaben noch viel größer, als wir bisher gedacht haben.«

»Aber sie werden das Haus doch nicht einfach verkaufen?« Ich dachte an die Reihe mit den etwas heruntergekommenen und dennoch schönen alten Backsteinhäusern.

»Das Angebot ist sehr verlockend«, druckste Angel

89

herum. »Und wir brauchen das Haus ja auch bald nicht mehr. Wenn das Baby da ist, wollen wir sowieso aus der Stadt rausziehen.«

Das Baby? Moment! Mein Blick wanderte von Angels Gesicht runter zu ihrem Bauch. War das, was ich für Speckröllchen gehalten hatte, etwa ein Babybauch?

»Du bist schwanger?«, platzte ich heraus.

»Scht«, machte Angel, doch sie strahlte über ihr ganzes rundes Gesicht.

»Na dann, Glückwunsch.« Nicht dass ich es für besonders erstrebenswert hielt, ein Kind zu bekommen, noch dazu mit Anfang zwanzig, aber Angel schien sich ernsthaft zu freuen.

»Next stop, 6th Avenue«, quäkte eine Stimme aus den Lautsprechern. Wir mussten umsteigen und lange Tunnel entlanghetzen, die durch halb Manhattan zu führen schienen. Auf dem Bahnsteig bewunderte ich eine dreiköpfige Combo, die heiße Sambarhythmen auf Plastikeimern trommelte. Erst als wir in der nächsten Bahn saßen, kam ich auf unser ursprüngliches Thema zurück.

»Heißt das, dieser Investor will die ganze Straße plattmachen, um einen Neubaukomplex mit Edelwohnungen zu errichten? Das wäre doch schade!« Ich dachte an die süßen, wenn auch etwas schäbigen Reihenhäuschen in der schmalen Gasse und ein leichtes Bedauern überkam mich. Der winzige Petticoat Place hatte seinen ganz eigenen Charme, der selbst für ein so trendiges Viertel wie Williamsburg noch etwas Besonderes war.

»Sieht so aus«, erwiderte Angel ausweichend. Ihre eigene Position in dieser Angelegenheit schien ihr selbst nicht zu behagen. »Du hast recht, schade wäre es. Zumal solche alten Einfamilienhäuser in Williamsburg eine Rarität sind. Weißt du, der Stadtteil ist zurzeit irre angesagt. Er hat sich bereits sehr verändert: vom schäbigen Künstlerviertel zum Kultdomizil für Leute mit Kohle. Überall entstehen jetzt Condos. Es gab eine Menge Kritik deswegen. Aber am Ende ist es doch immer das Gleiche: Wer das Geld hat, kann damit tun und lassen, was er will.«

»Hm«, machte ich bloß zustimmend. In meinem Kopf wuchs eine Idee heran, noch zu unkonkret, um sie einen genialen Einfall zu nennen. Aber sie war definitiv da und ließ mich nicht mehr los.

Um Punkt neun marschierte ich in Leos Büro. Natürlich war Chris schon da, lässig hatte er sich in einen Besucherstuhl gefläzt und pustete in seinen Kaffeebecher. Aber heute würde ich mich von ihm nicht aus der Ruhe bringen lassen, auch wenn er wieder das scheußliche Cordsakko und die noch scheußlichere Powerlocke trug.

»Guten Morgen«, grüßte ich überschwänglich und setzte mich auf den einzigen freien Stuhl. Leo Frey erwiderte kurz meinen Gruß und kam dann sofort zur Sache.

»Ich hatte euch um Themenvorschläge für eure Blogs gebeten. Also, was habt ihr mir anzubieten?«

»Ich habe da eine ganz nette Sache aufgetan«, riss Chris das Gespräch sofort an sich. Alter Angeber! Er wusste genau, dass seine Geschichte weit mehr war als eine ganz nette Sache. Tatsächlich wurde Leos Raubtiergrinsen immer breiter, während Chris von den Dreharbeiten erzählte, die er begleiten würde.

»Sie haben Lena Dunham für die Hauptrolle angefragt«, berichtete er. »Aber es ist noch nicht klar, ob sie Zeit hat.« Gequirlter Mist! Die Girls-Darstellerin war eine echt große Nummer! Begeistert schlug Leo auf den Schreibtisch, ein Stapel Papier ergriff die Flucht und rutschte auf den Boden.

»Sie wollen übrigens so wenig wie möglich im Studio drehen. Die Innendrehs sollen in Originalwohnungen stattfinden. Das ist cooler, weil man so einen besseren Eindruck vom realen Leben bekommt«, fuhr Chris fort und warf sich in Siegerpose, als er zum finalen Streich ausholte. »Ich habe ihnen auch mein Appartement angeboten. Dann wäre ich in der Story wirklich mittendrin, wie bei einer Reality-Soap!«

Leos Raubtiergrinsen war in einer Position verharrt, die wehtun musste. Chris strich sich selbstgefällig über die Haartolle. Und in meinem Kopf machte etwas klick. Ich wusste plötzlich, was ich dem Chefredakteur anbieten würde. Reality-Soap! Pah! Was Powerlocke konnte, konnte ich auch. Zumindest hoffte ich das!

»Ausgezeichnet.« Leo machte Lippengymnastik, um das Extremgrinsen wieder loszuwerden. Als er sich schließlich mir zuwandte, war es vollständig verschwunden und der Ausdruck auf seinem Gesicht mitleidig. »Und was ist deine Idee, Maxi?«

»Okay, also, es ist so«, versuchte ich, meine Gedanken in eine präsentable Reihenfolge zu bringen. »Ich wohne in einer ziemlich verrückten Wohngemeinschaft. In einem echt schrägen Haus. Und dieses Haus soll jetzt abgerissen werden.«

»Ja, und?«, fiel Leo mir ungeduldig ins Wort und lehnte sich demonstrativ abwartend in seinem Schreibtischstuhl zurück. Chris hüstelte. Mist, ich hatte es völlig falsch angefangen. Konzentrier dich, Maxi! Logisch denken! Erstens, zweitens, drittens ...

»Erstens ...« Ich holte tief Luft. »... steht das Haus in Williamsburg. Und es handelt sich um ein schönes altes Reihenhaus, die gibt es in diesem Stadtteil selten. Zumal es etwas aus der Reihe tanzt, denn es ist komplett pink angestrichen, etwas ganz Besonderes halt!« Das klang schon besser, als hätte ich recherchiert. Dabei gab ich nur wieder, was ich erst am Morgen von Angel erfahren hatte. Aber es schien zu wirken. Wenn ich mich nicht täuschte, war der gelangweilte Ausdruck aus Leos Gesicht gewichen. Gut, Maxi, weiter so!

»Zweitens will ein reicher Investor aus Manhattan das Haus kaufen und wie gesagt abreißen lassen, um stattdessen Luxusappartements zu bauen. Schon in einem Monat! Und wenn es stimmt, was ich gehört habe, geht es ihm nicht nur um dieses Haus, sondern um alle Häuser auf der Straße.«

»Schön, aber wo ist die Story?«, unterbrach Leo mich erneut, immerhin klang er interessierter als noch vor ein paar Minuten, und ich ließ mich von seinem Einwand nicht aus dem Konzept bringen.

»Drittens, und das ist der eigentlich spannende Punkt, wohnen in dem Haus außer mir vier völlig schräge junge Typen. Was mir dort an einem einzigen Wochenende passiert ist, ist so skurril, dass es Stoff für eine komplette Sitcom bieten würde. Und das ist meine Idee: Ich blogge über den alltäglichen Wahnsinn in unserer Wohngemeinschaft, um allen Lesern damit zu zeigen, dass es nicht einfach irgendein Haus ist, das abgerissen werden soll, sondern dass in diesem Haus Menschen leben, denen das Dach über dem Kopf weggerissen wird! Das ist menschlich und das ist real!«

Ich holte noch einmal tief Luft und schob hinterher: »Wir nennen das Haus übrigens Pinkstone!« Dann schaute ich Leo Frey unsicher und erwartungsvoll an. Nach einer gefühlten Ewigkeit bleckte mein Chef endlich die Zähne zu einem anerkennenden Lächeln und nickte.

»Nicht schlecht«, erklärte er nachdenklich. »Nicht schlecht. Das Thema Gentrifikation ist ja nicht neu, aber es ist immer wieder ein Aufreger. Und durch den menschlichen Touch bekommt es einen speziellen Reiz. Noch dazu mit einer Prise Spannung durch den zeitlichen Faktor. Ja, das könnte mir gefallen. Okay, Mädchen, damit können wir arbeiten. Heute Abend will ich eure ersten Beiträge online sehen.«

Ich hätte jubeln können, auch wenn ich keine Ahnung hatte, was Gentrifikation bedeutete. Als ich dann vor Leos Bürotür stand und die erste Welle der Erleichterung wieder abgeflaut war, fiel mir auf, was ich zuletzt gesagt hatte: »Wir nennen es Pinkstone!«

Eigentlich hatte ich gedacht, dass ich eine neutrale Beobachterin wäre, die mit kritischem Außenblick die Ereignisse schildern würde. Doch wie es aussah, war ich bereits ein Teil des Ganzen geworden. Keine Frage: Meinem Chef würde das so garantiert noch besser gefallen. Aber wie ich das selbst fand, dessen war ich mir nicht so sicher.

Lieber nicht darüber nachgrübeln! Einen Rückzieher konnte und wollte ich ohnehin nicht mehr machen.

»Lust auf Mittagessen? Ich lad dich ein.«
Genervt blickte ich von meinem Computerbildschirm hoch, auf dem ein einsamer Satz stand. Ich hatte ihn in den letzten drei Stunden gefühlte hundert Mal gelöscht und neu geschrieben.
Immerhin wusste ich jetzt, was Gentrifikation hieß: die Veränderung der sozialen Struktur eines Stadtteils von billig zu unbezahlbar, also von arm zu reich – von Kritikern natürlich äußerst negativ beurteilt. Meine Kreativität kurbelte dieses Stadtsoziologengelaber nicht gerade an.
»Kommst du mit?« Powerlocke strahlte mich mit einem gewinnenden Zahnpastalächeln an. Was war denn in den gefahren? Wollte er plötzlich auf Kuschelkollege machen?
»Ich weiß nicht. Hab zu tun«, erwiderte ich ausweichend und fuchtelte mit dem Bleistift in der Luft herum, an dem ich die ganze Zeit nervös genagt hatte. Aber Chris ließ nicht locker.
»Los. Essen musst selbst du.« Und als das bei mir nicht zog, setzte er einen bittenden Hundeblick auf. »Ich weiß, wir hatten keinen guten Start. Aber das lässt sich noch ändern. Ich meine, wir sind jetzt Kollegen und müssen es einen ganzen Monat miteinander aushalten. Da könnte es doch nett sein, sich ein bisschen näher kennenzulernen. Und außerdem ist ein Bleistift keine vollwertige Mahlzeit, nicht einmal für eine Journalistin.«
Ich ließ den malträtierten Stift sinken und musste unwillkürlich lächeln. Chris konnte ja richtig witzig sein!

»Na gut«, gab ich nach.

Mein neuer Kuschelkollege schleppte mich in einen engen Eckladen am Broadway mit Namen *Gray's Papaya*. Es war: ein Hot-Dog-Imbiss! Na, der ließ sich die Einladung ja etwas kosten, dachte ich spöttisch, als ich mich an einen der Stehtische quetschte. Es war gerammelt voll, und ich wunderte mich über die kulinarischen Vorlieben der New Yorker. Doch als Chris mir einen frischen Papayasaft (daher der Name) und ein Brötchen mit Wurst überreichte und ich hineinbiss, wusste ich, was die alle hier wollten.

»Wow, lecker«, schmatzte ich und biss direkt noch einmal ab. Statt mit Gurke war der Hot Dog mit Kraut belegt und die süße Soße bildete dazu einen ungewöhnlichen Kontrast.

»Dachte ich es mir, dass du als Deutsche auf Sauerkraut stehst«, freute sich Chris. Er sagte »Sauerkraut« auf Deutsch mit einem so ulkigen Akzent, dass ich schwer an mich halten musste, um ihm selbiges nicht ins Gesicht zu prusten.

»So ein Klischee!«, nuschelte ich. »Und als Nächstes erwartest du wahrscheinlich, dass ich im Dirndl ins Büro komme!«

»Hm.« Chris musterte mich mit demselben abschätzigen Blick wie an unserem ersten gemeinsamen Arbeitstag, bis mir ganz unwohl wurde.

»Das sähe sicher niedlich aus«, urteilte er schließlich. Verdattert schob ich meine Brille nach oben. War das etwa ein Kompliment gewesen?

»Und was hast du bisher so gemacht?«, wechselte ich schnell das Thema. Denn erstens fühlte ich mich deutlich wohler, wenn wir über ihn sprachen, als wenn sich das Gespräch um mich drehte. Und außerdem war ich wirklich neugierig, mit wem ich es zu tun hatte.

»So dies und das«, ließ Chris sich nicht lange bitten. »Ich habe wie gesagt an der Columbia Journalismus studiert und für die Campuszeitung gearbeitet. Nach dem Abschluss habe ich bei einem Nachrichtensender gejobbt, aber Fernsehen ist mir zu oberflächlich. Nebenbei habe ich für die *Village Voice* geschrieben, Kinotipps, Restaurantkritiken und solche Sachen. Für die *New York Times* habe ich auch ein paar Artikel verfasst. Mein Vater kennt da jemanden aus der Chefetage.«

Ein Karrieretyp, ich hatte es mir ja schon gedacht. Und noch dazu Daddys Liebling. Vermutlich hätte ihm sein Vater auch einen Job bei dieser renommierten Zeitung verschaffen können. Was trieb Chris bloß dazu, stattdessen bei einem eher unbedeutenden Magazin anzufangen?

»Mein Dad ist allerdings der Meinung, dass eine Karriere nur dann etwas wert ist, wenn man es aus eigener Kraft schafft«, beantwortete Chris meine ungestellte Frage. »Er hat sich selbst von ganz unten hochgearbeitet. Deshalb habe ich mich um den Job bei *Zeitgeist* beworben. Ich schätze, ich will ihm und mir beweisen, dass ich es auch allein schaffe.« Er lächelte ein bisschen unsicher, gar nicht mehr zahnpastamäßig.

Ach, so war das! Seine Einstellung machte mir Chris beinahe sympathisch. Achtung, Maxi, ihr seid immer noch Konkurrenten, rief ich mir ins Gedächtnis. Apropos ...

»Ich glaube, ich muss jetzt mal wieder an die Arbeit«, erklärte ich und leckte mir die Soßenreste von den Fingern.

»Hey, du hast mir aber noch gar nichts von dir erzählt«, protestierte Chris.

»Ein andermal«, wimmelte ich ihn ab und wandte mich zum Gehen. Darauf kannst du lange warten, dachte ich, während ich mit schnellen Schritten zur Redaktion zurückeilte. Auch wenn ich Chris nicht mehr für den allergrößten Angeber aller Zeiten hielt, musste noch einiges passieren, bis ich ihm etwas Persönliches anvertrauen würde.

Zurück in der Redaktion hockte ich mich sofort an den Rechner und fing an zu schreiben, als wäre in meinem Hirn ein Knoten geplatzt. Plötzlich floss mir der Text förmlich aus den Fingern:

Ohne dass ich in irgendeiner Weise davon Notiz genommen hätte, verstarb eine Woche vor meiner Ankunft in New York eine alte Dame ...

Ein Abend in der Notaufnahme. Die Umstände sind schnell erklärt: Wir sitzen zu fünft im Wartezimmer eines Krankenhauses, das gleißende Neonlicht flackert, uns gegenüber blutet ein Mann aus einer Kopfwunde auf den Boden, daneben stöhnt eine Hochschwangere in Minutenabständen, ständig kommen neue Patienten herein. Warum wir hier sind? Weil Abby von einer Vogelspinne gebissen wurde.

Am Kaffeeautomat – Ricks Story

Rick lässt die braune Brühe in einen Plastikbecher laufen und streckt ihn mir hin. Dankend lehne ich ab. Das ist kein Kaffee, das ist eine Zumutung. Rick nippt daran und schmeißt den Becher samt Gesöff in den Papierkorb. Unvermittelt fängt er an zu erzählen. Sein Vater, Alberto, hat ihm beigebracht, wie man Espresso macht, sagt er. Da war er gerade fünf geworden. Das Entscheidende ist nicht die Technik, erklärte Alberto dem Jungen, das Entscheidende ist das Gefühl! Rick hat das Gefühl für den perfekten Espresso. Aber für

Pizza und Pasta mangelt es ihm an Hingabe. Rick ist Sportler. Er jobbt im Fitnessstudio, als Baseballtrainer und als Fahrradkurier. Das ist einer der gefährlichsten Jobs in ganz New York, erzählt er, immer mit Vollspeed durch den mörderischen Verkehr, immer unter Zeitdruck, das Fahrrad hat keine Bremsen. Er wippt vor und zurück, während er davon spricht, als wolle er sofort losdüsen. Er liebt seine Jobs. Aber er liebt auch seine italienische Großfamilie. Er ist der einzige Sohn mit zwei älteren und einer jüngeren Schwester und soll die kleine Traditionspizzeria *Bella* in Brooklyn eines Tages übernehmen. Dann werde ich kugelrund wie mein Vater, sagt er und deutet mit den Armen einen Fassbauch um seinen Sixpack an. Cool, oder? Er lacht, aber er klingt nicht glücklich.

Auf der Damentoilette – Pamelas Story

Ich habe überlegt, ob ich anfangen soll zu kotzen, erzählt Pamela leichthin und zieht vor dem Spiegel ihren glänzenden Lipgloss nach. Abnehmen ist so eine Qual, aber ich bringe es einfach nicht über mich, mir den Finger in den Hals zu stecken. Ohne J. sähe ich vermutlich immer noch aus wie Miss Piggy. Sie spricht von ihrem Professor, dem Leiter des Schauspielinstituts, an dem sie studiert. Er ist zwanzig Jahre älter als sie und unglücklich verheiratet. Seit einem Jahr haben sie eine Affäre. J. stellt hohe Ansprüche an Pam, sowohl an ihr Aussehen als auch an ihre schauspielerischen Leistungen. Ich arbeite sehr hart an mir – für ihn, sagt sie. Groß geworden ist Pam auf einer Ranch in Texas, als Nesthäkchen mit drei älteren Brüdern, die sie ebenso wenig für voll nehmen wir ihr Vater. Ihre Mom ist eine begnadete Köchin und ein Serien-Junkie, was ihre Tochter schließlich auch wurde. Schon als Teenie wollte Pam unbedingt Schauspielerin und Sängerin werden. Was sie auf keinen Fall werden wollte: treu sorgende Ehefrau und Mutter so wie ihre Mom. Dann gewann sie bei einer Talent-Show eine Nebenrolle in einem Broadway-Musical und kam nach New York. Durch Zufall lernte sie J. kennen und lieben. Er hat sie davon überzeugt, dass mehr in ihr steckt als ein kleines Musicalsternchen. Er glaubt an mich, erklärt sie stolz. Und ich werde ihm und allen anderen beweisen, dass er damit recht hat!

Vor der Tür – Saidas Story

Willst du auch eine? Saida hält mir die Zigarettenschachtel hin. Nee, nur Füße vertreten. Ich rauche nicht. Das sind die einzigen, die ohne Tierversuche hergestellt werden, rechtfertigt sie sich. Darauf lege ich Wert. Ich bin nämlich Veganerin. Sie inhaliert tief, dann tritt sie die Kippe mit dem Fuß aus und steckt sich direkt die nächste an. Diese Tierquälerei, sagt sie, ist wirklich das Allerletzte. Saida studiert Jura. Wenn sie ihren Abschluss hat, will sie als Anwältin bei einer Tierschutzorganisation anfangen und richtig was bewegen. Bis dahin engagiert sie sich in einer studentischen Gruppe für Tierrechte. Wir retten Tie-

re, die von ihren Haltern missbraucht werden, erklärt
sie. Retten? Sie will mir lieber nicht erklären, was sie
damit meint. Bis sie ein angemessenes neues Zuhause finden, nehmen Saida und ihre Freunde die Tiere
dann bei sich auf. So wie die Vogelspinne. Solche
Spinnen sind völlig harmlos, betont Saida. Sie werden
höchstens aggressiv, wenn man sie in die Enge treibt.
Sie lässt die zweite Zigarette, die sie nur halb geraucht hat, zu Boden fallen. Man könnte fast meinen,
sie hätte ein schlechtes Gewissen.

Im Behandlungszimmer – Abbys Story

Hast du schon mal jemanden geküsst? Abby rutscht
unruhig auf der Behandlungsliege hin und her. So
richtig geküsst, meine ich. Sie wollte auf keinen Fall
allein zu der Untersuchung gehen, also leiste ich ihr
Gesellschaft beim Warten auf den Arzt. Dass es dabei um so intime Themen gehen würde, hatte ich
allerdings nicht erwartet. Ja, wieso? Ich nicht, sagt
sie. Ich habe noch nie einen Mann geküsst. Und jetzt
muss ich sterben und werde niemals erleben, wie es
ist, geküsst zu werden. Abby sieht aus, als wollte sie
in Tränen ausbrechen. Du stirbst doch nicht! Abby
ist 21, erzählt sie. 21! Und hat noch nie einen Mann
geküsst. Weil sie sich für den richtigen aufheben will.
Für Mr Perfect – den Prinzen auf dem weißen Ross.
Abby unternimmt alles, um einen solchen Mann zu
finden. Sie hat sich bei drei verschiedenen Partnerbör-
sen im Internet angemeldet. Selbst auf der Arbeit, sie

ist Sekretärin an einer High School, checkt sie ständig ihre Mails. Jeden Freitag- und Samstagabend verabredet sie sich zu einem Date. Aber bisher, jammert sie, war ihr Prinz nicht dabei. Der kommt schon noch, versuche ich, sie zu trösten, dabei bin ich die Letzte, die man bei Herzensfragen zurate ziehen sollte. Und wenn nicht? Das Erscheinen eines jungen Arztes rettet mich vor einer Antwort. Während er den Finger untersucht, schmachtet Abby ihn an. Muss ich sterben?, will sie wissen. Irgendwann müssen wir alle sterben, erwidert er trocken und sprüht Desinfektionsmittel auf Abbys Hand. Aber nicht an diesem Kratzer. Das Gift der Vogelspinne ist für Menschen nicht tödlich, oder hast du eine Allergie? Abby verneint. Kann ich deine Telefonnummer haben?, fragt sie. Aber der Arzt eilt schon mit wehendem Kittel aus dem Raum.

Pinkstone – der Countdown läuft:
Noch 28 Tage bis zum Abriss!

KAPITEL 9

Fünf Tage lang lief alles wie geschmiert. Ich schrieb ein paar Anekdoten für den Pinkstone-Blog und war ansonsten voll damit ausgelastet, den Online-Veranstaltungskalender zu pflegen. Eigentlich war das Rita Skeeters Aufgabe, die in Wirklichkeit Vivian hieß, aber in meinen Augen immer mehr Ähnlichkeit mit der aufgestylten Klatsch-und-Tratsch-Reporterin aus Harry Potter entwickelte. Zumindest war sie genauso von sich selbst überzeugt und der Meinung, dass sie zu gut sei für solch niedere Aufgaben, wie Termine zu tippen. Und da ich ja bekanntlich nicht Nein sagen kann, kümmerte ich mich nun darum. Freitagmittag war ich gerade damit beschäftigt, die Ausstellungen in den kleinen Galerien auf den neuesten Stand zu bringen – es kamen täglich mindestens zehn neue hinzu –, als mein Telefon klingelte.

Ich (fröhlich): »Zeitgeist Magazin, Maxi am Apparat.«
Frauenstimme (sehr fröhlich): »Hi, hier spricht Audrey von New York Living. Ich habe großartige Neuigkeiten!«

Ich (verwirrt): »Aha.«

Frauenstimme (geradezu enthusiastisch): »Ich habe hier ein Appartement, das genau zu Ihrem Suchprofil passt.«

Ich (kapiere, dass es sich bei der Anruferin um die Call-Center-Dame handelt, mit der ich vor einer Woche ein wenig ergiebiges Telefonat geführt habe, und reagiere ablehnend): »Danke, aber ich habe inzwischen ein Zimmer gefunden.«

Call-Center-Dame (unbeirrt): »Ein acht Quadratmeter großes Zimmer in einer Wohngemeinschaft mit sieben Mitbewohnern ...«

Ich (lauter): »Ich habe bereits ein Zimmer.«

Call-Center-Dame (völlig unbeirrt): »... zentral gelegen in SoHo, fantastische Umgebung, für nur 1200 Dollar im Monat.«

Ich (sehr laut): »Ich habe ein Zimmer!«

Call-Center-Dame: »Ich schicke Ihnen die Kontaktdaten per Mail zu. Wir buchen die Vermittlungsgebühr dann von Ihrer Kreditkarte ab.«

Ich (extrem laut): »Ich! Habe! Ein! Zimmer!«

Call-Center-Dame: hat aufgelegt.

Ich: fluche in den Hörer und lege ebenfalls auf.

»Alles in Ordnung?« Chris grinste mich über unsere Schreibtische hinweg an. Auch mit meinem Konkurrenten lief es seit unserem Hot-Dog-Essen runder. Er war so ausnehmend freundlich zu mir, dass ich anfing, mich zu fragen, ob ich mir seine anfängliche Scheußlichkeit nur eingebildet hatte.

»Ja, alles bestens.« Ein Blick auf Powerlocke und Cordsakko hielt mich jedoch wieder davon ab, Chris mein volles Vertrauen zu schenken und ihm etwas Persönliches zu erzählen.

»Hallo, ihr zwei.« Leo Frey stand plötzlich neben unseren Schreibtischen. Trotz seiner Körperfülle hatte er eine fast raubtierhafte Fähigkeit, sich unbemerkt zu nähern. »Kommt ihr bitte mal mit in mein Büro?«

Chris und ich warfen uns fragende Blicke zu und zuckten dann gleichzeitig mit den Schultern. Gespannt folgten wir Leo in seine Höhle. Vor sich hin brummelnd, plumpste der Chefredakteur in seinen Sessel und der Luftzug ließ einige Blätter zu Boden segeln. Unwillig bückte er sich, um sie aufzuheben, und legte sie an einer völlig anderen Stelle zurück auf die Papierberge. Allein der Anblick dieses Chaos machte mich ganz kribbelig in den Fingern.

»Wo hab ich denn ...?«, brummelte Leo weiter und schob ein paar Blätter hin und her. Am liebsten wäre ich aufgesprungen und hätte die Stapel auf der Stelle geordnet, aber ich setzte mich auf meine Hände.

»Na, egal«, beschloss Leo schließlich, befreite seine Computertastatur aus den ganzen Papieren und hackte darauf herum. Wenig später drehte er den Monitor in unsere Richtung und lehnte sich in seinem Sessel zurück. »Das sind die aktuellen Zahlen«, erklärte er mit Raubtiergrinsen.

Erst mal kapierte ich gar nichts, dann bemerkte ich, dass Chris neben mir energisch mit dem Kopf nickte, was seine Powerlocke zum Wippen brachte. Und schließlich entschlüsselte ich die Tabellen auf dem Bildschirm: knapp 10 000 Besucher auf dem Pinkstone-Blog in der ersten

Woche, auf Chris' »Friends reloaded«-Seite waren es fast doppelt so viele, dabei hatte Lena Dunham in letzter Minute abgesagt und war durch irgendeinen B-Promi ersetzt worden. Ich seufzte und wartete auf Leos vernichtende Kritik. Doch zu meinem Erstaunen wirkte der Chefredakteur äußerst zufrieden.

»Das sind für den Anfang sehr gute Besucherzahlen«, beschied er. »Eure Blogs sind besser durchgestartet, als ich es mir erhofft hatte. Davon profitiert bereits unser gesamtes Onlineangebot. Weiter so!«

Das war es schon? Das Lob wurde mit der Gießkanne über Chris und mir ausgeschüttet, und Leo mäkelte nicht, weil mein Blog nur halb so viele Besucher zählen konnte? Waren das womöglich wirklich gute Ergebnisse? Konnte ich einfach mal mit mir zufrieden sein? Völlig verdattert stolperte ich aus Leos Büro zurück an meinen Schreibtisch. Doch dort erlebte ich bereits die nächste Überraschung.

»Hast du Lust, morgen Abend mit mir auszugehen?«, fragte Chris, als ich mich gerade wieder in die Post vertiefen wollte, um den Terminkalender zu aktualisieren.

»Wie bitte?« Einen halb geöffneten Brief in der einen und den Brieföffner wie ein Schwert in der anderen Hand, verharrte ich mitten in der Bewegung.

»Du brauchst nicht gleich die Waffen gegen mich zu erheben. Ich dachte bloß an ein paar Drinks«, scherzte Chris und lächelte gewinnend.

»Drinks«, echote ich. »Ja, klar.«

»Großartig. Dann um acht. Hier, ich schreib dir die Adresse auf.« Er kritzelte etwas auf einen gelben Post-it und streckte mir den Zettel hin.

Wie ferngesteuert nahm ich ihn entgegen. War das etwa ein Date? Außer Jens, dem emotionalen Analphabeten, hatte sich bisher noch kein Mann ernsthaft für mich interessiert. Und mein eigenes Interesse am anderen Geschlecht hatte sich davor einzig auf meinen Deutschlehrer Herrn Seibert beschränkt, für den ich ein Jahr lang heimlich geschwärmt hatte. Aber da war ich dreizehn gewesen, und das Ganze war ein wohlgehütetes Geheimnis, das ich mit ins Grab nehmen wollte. Und jetzt, kaum war ich eine Woche in New York, hatte ich mein erstes Date.

Nein, wies ich meine Fantasie zurecht. Das war kein Date! Nur ein paar Drinks unter Kollegen. Keine große Sache. Und selbst wenn Chris es als Date betrachten sollte, was ich mir nicht vorstellen konnte, war mir Mr Powerlocke so egal, dass es bei dem einen Mal bleiben würde. Außerdem hatte ich für den Samstagabend noch nichts vor. Und was sprach dagegen, sich von einem Einheimischen ein paar coole Locations zeigen zu lassen?

»Okay, dann bis morgen«, willigte ich ein. Er zwinkerte mir zu, und wir arbeiteten schweigend weiter, bis es Zeit war, nach Hause zu gehen. Mehrmals hatte ich den Eindruck, dass Chris mich über die Schreibtische hinweg beobachtete, aber immer, wenn ich aufblickte, war er in seine Arbeit vertieft. An diesem Abend verließ ich das Büro mit einem unbestimmten Hochgefühl.

Diese Stimmung hielt genau bis zu dem Moment an, als ich schwungvoll die Haustür aufstieß und da nichts war außer dieser eigenartigen Stille. Es war so ungewöhnlich ruhig im Haus, dass man Saidas Vogelspinne im Terrarium hätte rascheln hören können, hätte sie nicht am Vortag einen neuen Besitzer gefunden. Aber es war nicht die Art Stille, die entsteht, wenn niemand zu Hause ist. Es war eine angespannte, bedrohliche Stille, und meine gute Laune war sofort dahin, obwohl ich noch gar nicht wusste, was mich erwartete.

Zögernd näherte ich mich der Küche und ließ auf dem Weg durch den schmalen Flur meine Hand zuerst über das antike Telefonschränkchen mit Sitzbank gleiten und anschließend über die ebenfalls antike Vitrine, die mit Sammeltassen aus den Fünfzigern gefüllt war, wie um mich zu versichern, dass alles an seinem Platz stand. Eine dünne Staubschicht war auf meinem Finger, und ich wischte sie an meinem Rock ab, bevor ich die Klinke herunterdrückte. Die Küchentür schwang auf und die Stille schwappte mir entgegen.

Ich hatte mich nicht geirrt. Meine vier Mitbewohner saßen um den Küchentisch und starrten mich mit versteinerten Mienen an. Die Raumtemperatur lag gefühlt unter dem Gefrierpunkt und mich überlief ein Schaudern.

»Hallo«, sagte ich vorsichtig. Meine Begrüßung brach das Schweigen und aus vier Mündern wurde die geballte Ladung aufgestauter Wut auf mich abgefeuert.

»Wie konntest du? Das hätten wir nicht von dir erwartet! Wir haben dir vertraut! So eine Unverschämtheit! Ohne uns zu fragen! Was hast du dir dabei gedacht?«

»Was ist denn los?«, fragte ich. Vielleicht war ich zu naiv, aber ich war mir wirklich keiner Schuld bewusst.

»Was ist denn los?«, äffte Saida mich in schönster M&M-Manier nach, sie klang fast wie der Vogel, den sie auf der

Schulter herumgeschleppt hatte, als ich sie kennengelernt hatte. Heute hatte sie allerdings ein kleines kuscheliges Bündel auf dem Schoss, das sie heftig streichelte. Das Tier quiekte unterdrückt.

»Was los ist?«, ereiferte sich nun auch Pamela. »Dadgumit! Bist du dumm, oder was? Oder bist du so karrieregeil, dass dir egal ist, wenn du dafür über Leichen gehen musst?«

»Was habe ich denn gemacht?« Mir brach der Schweiß aus, weil ich mich plötzlich an die letzte Redaktionssitzung der Schülerzeitung erinnert fühlte, bei der mir einige der anderen Redakteure aus heiterem Himmel vorgeworfen hatten, ich hätte die ganze Gestaltung an mich gerissen und ihre Artikel umgeschrieben, um mich wichtig zu machen. Dabei hatte ich nur dafür sorgen wollen, dass alle Texte unserem hohen Niveau gerecht wurden, mit dem wir bereits einige Preise gewonnen hatten. Danach hatte ich den Posten der Chefredakteurin abgegeben, um mich auf mein Abi zu konzentrieren, aber die Vorwürfe hatte ich nicht vergessen.

»Du hast uns bloßgestellt!«, brüllte Pamela mich an und fuhr so heftig in die Höhe, dass ihr Stuhl krachend zu Boden fiel. »Öffentlich! Was glaubst du, was James dazu sagt, dass du auf deinem blöden Blog über unsere Affäre schreibst? Was glaubst du, was seine Frau dazu sagt, wenn sie es zufällig liest? Willst du mir meine Beziehung kaputtmachen? Und meine Karriere gleich dazu?« Tränen der Wut schimmerten in ihren Augen.

»Aber«, verteidigte ich mich. »Ich habe seinen Namen doch gar nicht genannt!« Endlich wurde mir klar, worüber

meine Mitbewohner so sauer waren. Der Blog! Gequirlter
Mist! Dabei hatte ich ihn doch unter anderem geschrieben,
um ihnen zu helfen, nicht das Dach über dem Kopf zu verlieren. Das hatte ich mir zumindest eingeredet, musste ich
mir eingestehen. Denn in meinem tiefsten Inneren war
mir natürlich klar gewesen, dass ich zumindest mal hätte
fragen müssen, ob es okay war, über Pinkstone und vor
allem über seine Bewohner zu bloggen. Aber was hätte ich
gemacht, wenn sie nicht einverstanden gewesen wären?

»Ich wollte doch nur helfen«, brachte ich trotzdem zu
meiner Verteidigung vor.

»Helfen«, ätzte Saida.

»Eine tolle Hilfe!« Pamela schrie noch immer. »Was soll
James denn jetzt von mir denken?«

»Und was sollen meine Eltern von mir denken?«, schob
Rick ruhiger, aber nicht weniger wütend hinterher. »Dabei
war meine Mamma so vernarrt in dich!«

»Und meine Freunde von der *Animal Liberation Front*«,
meckerte Saida. »Die werden glauben, ich wollte unsere
Sache verraten! Die Polizei wartet doch nur darauf, dass
sie einen von uns bei einer Aktion erwischt!«

»Wenn das im Netz die Runde macht«, mischte sich
nun auch Abby zaghaft ein, »dann kann ich meine Profile
bei allen Datingbörsen löschen. Dann will wahrscheinlich
kein Mann mehr etwas mit mir zu tun haben.« Auch sie
schien mit den Tränen zu kämpfen.

»Das tut mir leid«, erklärte ich verzagt, als ich endlich
wieder zu Wort kam. »So habe ich das nicht gesehen. Ich
dachte, wenn ich die Bedrohung von Pinkstone publik mache und zeige, dass hier liebenswerte Menschen ihr Zu-

hause verlieren, dann kann ich damit vielleicht etwas bewegen.«

»Pah«, machte Saida und Pamela schüttelte entnervt den Kopf.

»Etwas bewegen, so ein Blödsinn. Was willst du denn damit bewegen, außer dass du unsere Leben zerstörst?«

»Ich dachte, durch die öffentliche Aufmerksamkeit ...«, setzte ich an, brachte den Satz aber nicht zu Ende. Wenn ich ehrlich war, hatte ich wohl nicht ausreichend nachgedacht. Meine Mitbewohner sahen das ähnlich.

»Dadgumit!«, fluchte Pamela erneut. »Ich bin immer zu gutherzig. Hätte ich dir doch einfach die Tür vor der Nase zugeschlagen, als du hier aufgetaucht bist.« Sie hieb mit voller Wucht auf die Tischplatte und rauschte dann ohne ein weiteres Wort, aber mit einem vernichtenden Blick in meine Richtung aus der Küche. Ich war bloß froh, dass dieses Mal kein Küchenmesser im Spiel war, vermutlich hätte sie es mir sonst zwischen die Rippen gestoßen.

Doch auch ohne eine solche Attacke zog sich meine Brust schmerzhaft zusammen. Pamelas Wut und Saidas abschätzige Miene hätte ich vielleicht noch ertragen können, aber Abbys trauriges Gesicht, über das nun tatsächlich Tränen liefen, und vor allem Ricks enttäuschter Ausdruck waren zu viel für mich. Mit einer weiteren gemurmelten Entschuldigung trat ich die Flucht aus der Küche an und verkroch mich in meinem pinken Zimmer.

So ein Mist, so ein gequirlter! Noch vor einer Stunde hatte ich das fantastische Gefühl gehabt, alles richtig zu machen. Ich hatte Lob von meinem Chef kassiert. Ich war von Chris zu einem Date eingeladen worden. Und ich hatte mich gefreut, zu meinen Mitbewohnern nach Hause zu kommen, um mir neue, verrückte Storys anzuhören, die ich nicht nur deshalb liebte, weil sie mir Stoff für meinen Blog boten, sondern weil ich begonnen hatte, Pamela, Abby, Rick und selbst Saida zu mögen. Aber jetzt hatte ich sie enttäuscht. Und wenn nicht irgendein Wunder geschah – und ich glaubte nicht an Wunder –, dann hatte ich auf einen Schlag das Vertrauen von vier Menschen verloren sowie die Chance, meinen Blog weiterzuschreiben. Und damit rückte auch die Aussicht auf meinen Traumjob in weite Ferne.

Wütend auf die Welt, aber vor allem auf mich selbst, starrte ich aus dem Fenster. Das Empire State Building funkelte höhnisch. Das hier war New York. Und ich hatte nur eine Woche gebraucht, um in der Stadt der unbegrenzten Möglichkeiten auf voller Linie zu versagen.

KAPITEL 10

Als ich nach einer unruhigen Nacht erwachte, hatte ich kurz die Hoffnung, ich hätte das ganze Drama nur geträumt. Aber das hatte ich natürlich nicht. In der Küche herrschte noch immer Kühlschrankstimmung, und während ich mir meinen Kaffee selbst zubereitete, saß Rick ungerührt mit seinem duftenden Espresso am Tisch, blätterte in einem Sportmagazin und ignorierte mich. Auch Saida schlüpfte kurz herein, um dem Fellbündel, das sich als Chinchilla entpuppte, eine Möhre zu holen, und würdigte mich dabei keines Blickes.

Das Wetter hatte sich der allgemeinen Gemütslage angepasst: Vor dem Fenster nichts als graue Suppe. Trotzdem beschloss ich, so schnell wie möglich rauszugehen, denn die unausgesprochenen Vorwürfe fand ich kaum zu ertragen. Außerdem hatte ich ja noch ein weiteres Ziel in New York, und wenn ich schon in allen anderen Punkten nichts auf die Reihe bekam, wollte ich wenigstens versuchen, meinen Vater ausfindig zu machen. Aber dazu musste ich erst einmal telefonieren.

»Maxi, was ist los?«, brüllte mir meine Omama bereits nach dem ersten Klingeln ins Ohr, als müsste sie die 6000 Kilometer zwischen uns allein mit ihrer Stimme überbrücken. Wir hatten in der vergangenen Woche zwar mehrmals gemailt, aber nicht telefoniert. Omama hatte mir schon immer viel Freiraum gelassen und akzeptiert, dass ich mit fast allem allein klarkommen wollte. Kein Wunder, dass sie sich Sorgen machte, als ich nun anrief. »Ist alles in Ordnung bei dir?«

»Na ja«, antwortete ich ausweichend und ging rastlos mit dem Handy in der Hand in meinem Zimmer auf und ab. »Ja«, bekräftigte ich dann. »Alles okay.« Was hatte es für einen Sinn, Omama die Ohren mit meinen Problemen vollzujammern? Sie war 6000 Kilometer entfernt und konnte mir ohnehin nicht helfen. Außer mit einer Sache. Aber sie danach zu fragen, kostete mich einige Überwindung. Ich starrte aus dem Fenster – auf die Silhouette des Empire State Building, das fast vollständig im Dunst versank –, dann gab ich mir einen Ruck.

»Sag mal, hast du noch die Adresse von Sandy in New York?«, fragte ich schnell, bevor ich es mir anders überlegen konnte. »Ich meine, wo sie kurz nach meiner Geburt gewohnt hat.« Omama und ich hatten nie viel über meine Mutter gesprochen. Aber ich erinnerte mich, dass sie jede neue Adresse, die Sandy ihr aus der ganzen Welt geschickt hatte, mit akkurater Schrift säuberlich in ihr schwarzes Adressbuch notiert hatte. Ich glaube, das war Omamas Art, ihre Tochter zu vermissen. Und weil sie nicht mit mir darüber sprach und ich nicht mit ihr, hatte ich sie bisher nicht nach der Adresse gefragt.

»Äh, Moment mal.« Ich hörte sie am anderen Ende der Leitung herumkramen und sah sie vor ihrer Ladentheke stehen und die Schubladen durchforsten. Sie fand das Gesuchte grundsätzlich erst in der letzten. »Hier ist es.« Es raschelte. »189 Spring Street.«

»Danke.« Ich wartete auf die Frage, vor der ich mich fürchtete, weil ich nicht wusste, wie ich erklären sollte, was ich dort wollte. Aber die Frage kam nicht. Es war erstaunlich, wie gut meine Großmutter mich kannte.

»Pass auf dich auf«, sagte sie.

»Werde ich«, versprach ich. Dann legte ich auf und machte mich auf den Weg.

Die Spring Street liegt im Stadtteil SoHo, der bekannt ist für seine Vielzahl an angesagten Geschäften. Aber Shopping interessierte mich heute ausnahmsweise nicht, zumal ich mir die Designerklamotten all der bekannten Labels, die ihre Shops dort hatten, ohnehin nicht hätte leisten können. Deshalb verschwendete ich auch keinen Blick in die Schaufenster, sondern suchte die hohen Häuser mit den markanten Feuerleitern an den Fassaden nach Hausnummern ab.

Das Straßenbild wurde immer weniger schick, schließlich kam ich sogar an einem Eisenwarenhandel und einem Pizza-Imbiss vorbei, überquerte eine Kreuzung und blieb verwundert stehen. Vor mir wand sich eine Menschenschlange über den Bürgersteig, es waren bestimmt hundert Leute, die trotz des Nieselregens geduldig auszuharren schienen: Touristen mit Rucksäcken und Käppis, Bankertypen im Anzug und stylishe, junge Mütter mit quengelnden Kindern an der Hand. Worauf warteten die?

Ich ging an der Menschenansammlung vorbei, bis ich zur Spitze kam, und stellte mit noch größerer Verwunderung fest, dass das Ziel all dieser Menschen offenbar eine Bäckerei war. Zumindest stand das auf der gelben Markise über dem Eingang. Und auf der dunklen Holztür daneben entdeckte ich die Hausnummer 189.

»Willst du einen Cronut?«, quatschte mich jemand von hinten an, während ich noch überlegte, was es mit der langen Warteschlange auf sich hatte und vor allem, wie ich weiter vorgehen sollte.

»Einen was?« Ich drehte mich um und stand einem Obdachlosen gegenüber: dreckiger Mantel, verfilzter, langer Bart.

»Einen Cronut, deshalb sind doch alle hier.« Er hielt mir einen kleinen Pappkarton hin, der in seiner schmutzigen Hand übernatürlich gelb strahlte. »Mensch, Mädchen, sag jetzt nicht, du kennst das nicht?« Er ließ die Verpackung sinken.

»Nein, sorry, keine Ahnung«, gab ich zurück. Aber jetzt wollte ich es wirklich gerne wissen.

»Cronuts sind der neueste Trend«, gab der Mann bereitwillig Auskunft. »Eine Kreuzung aus Donut und Croissant. Jeden Tag gibt's nur 200 Stück. Wenn du einen haben willst, musst du früh aufstehen, so wie ich. Aber weil ich heute einen guten Tag habe, kannste meinen haben.« Wieder hielt er mir das Päckchen hin. »Sagen wir, für zwanzig Dollar.« Er entblößte ein halb verfaultes Gebiss, als er mich angrinste. Ein Aufsteller vor der Bäckerei verriet mir den wahren Preis des Kultgebäcks: fünf Dollar.

»Vielen Dank, lieber nicht«, sagte ich schnell. Auch

wenn ich inzwischen sehr neugierig war, wie ein solcher Cronut wohl schmeckte, hätte ich von dieser verwahrlosten Gestalt etwas Essbares nicht einmal als Geschenk angenommen.

»Dann eben nicht.« Schulterzuckend drehte der Obdachlose sich um und stapfte zum Ende der Warteschlange, um sein Glück dort zu versuchen.

Unschlüssig, was ich nun machen sollte, betrachtete ich das Haus vor mir. Es war kleiner als seine Nachbarn, nur zwei Stockwerke hoch, über die sich eine rote Feuerleiter wand. Ich ging zur Haustür, um die Klingelschilder zu checken, aber die Knöpfe waren nur von eins bis drei nummeriert. Schließlich schob ich mich an den Cronutjüngern vorbei und marschierte in die Bäckerei, wo hinter einer mit quietschbunten Törtchen gefüllten Vitrine ein dunkelhaariger Mann im Akkord Gebäckkringel in gelbe Kartons verpackte und über die Theke reichte.

»Entschuldigung«, drängte ich mich zwischen zwei Käufer. »Können Sie mir sagen, ob hier im Haus ein Mann wohnt, dessen Vorname mit L beginnt?« Schon während ich die Frage formulierte, wurde mir klar, wie bescheuert sie klang. Entsprechend erntete ich nichts als ein Stirnrunzeln.

»Tut mir leid, aber ich habe zu tun«, erwiderte der Dunkelhaarige freundlich, aber bestimmt.

»Bitte, es ist wirklich wichtig. Ich suche meinen Vater«, flehte ich. Ich musste einen ziemlich verzweifelten Eindruck machen, denn der Mann seufzte und schenkte mir nun seine volle Aufmerksamkeit.

»Frag Bob, den Vermieter. Erster Stock«, erklärte er und

schob mir einen gelben Karton zu. Die Wartenden hinter mir protestierten empört, als ich hektisch anfing, nach Geld zu kramen.

»Geht aufs Haus«, sagte der Verkäufer. »Viel Glück.«

Bob war alt, mindestens achtzig, und trug eine zu weite Cordhose mit Hosenträgern, die er unaufhörlich flitschen ließ.

»Vor achtzehn Jahren? Hm.« Flitsch. Flitsch. »Ein Mann, sagst du?« Flitsch. »Und eine junge Frau? Hm.« Flitsch. Flitsch. »Setz dich doch, Darling.« Er klopfte neben sich auf die durchgesessene Couch, und ich versuchte, auf dem schmalen Sofa mit einem Meter Sicherheitsabstand zu dem alten Herrn Platz zu nehmen. Vergeblich. Kaum saß ich, rutschte Bob zu mir und tätschelte mein Knie.

»Das ist eine Weile her, Darling.« Tätschel, tätschel. Flitsch, flitsch. »So lange heb ich meine Unterlagen nicht auf. Sorry. Möchtest du was trinken?« Er lehnte sich vor und schenkte sich eine dunkelbraune Flüssigkeit aus einer Karaffe in ein flaches Glas.

»Nein danke. Ich wollte wirklich nur fragen, ob Sie sich vielleicht an den Mann erinnern können.« Ich rutschte wieder zur Seite, bis ich an die Armlehne stieß, Bob rutschte hinterher. Tätschel, tätschel. Flitsch, flitsch.

»Das war das Jahr, als die Yankees zum ersten Mal wieder in den Play-offs gespielt haben.« Flitsch, tätschel, flitsch. »Ja, ich erinnere mich.« Sein Gedächtnis schien einwandfrei zu funktionieren, aber leider interessierte ich mich nicht im Geringsten für die Baseballergebnisse meines Geburtsjahres.

Ich wollte aufspringen und so schnell wie möglich aus

dieser Wohnung raus, deren Wände immer näher zu rücken schienen, doch Bob drückte mich mit sanfter Gewalt zurück ins Sitzpolster.

»Ein junger Mann«, sagte er gedankenverloren. »Und eine Frau. Eigentlich noch ein Mädchen. Eine hübsches, junges Ding.« Wieder tätschelte er mein Knie.

»Ich weiß nicht, ob der Mann jung war«, gab ich patzig zur Antwort. Dieses Getätschel ekelte mich an! »Und außerdem muss ich jetzt los.«

»Das Mädchen war Deutsche, ja, ich erinnere mich.« Tätschel, tätschel. Flitsch. Flitsch. »Und der Mann war so ein Schreiberling. Schriftsteller. Nein. Journalist. Genau.« Also doch!

»Und, wissen Sie noch, wie er hieß?«, fragte ich atemlos.

Bob schien angestrengt nachzudenken und seine Hand bearbeitete mein Knie nun im Stakkato. Doch dann ließ er sie erschöpft sinken und schüttelte den Kopf.

»Nein, sorry, Darling.«

»Trotzdem danke.« Ich schob die Hand energisch weg, das hätte ich längst tun sollen, und stürzte aus dem Appartement.

»Alter Grapscher«, schimpfte ich, während ich die Treppe hinuntereilte. Und weitergeholfen hatte er mir auch nicht!

Ich war immer noch frustriert, als ich mich am Abend auf den Weg zu meinem Date mit Chris machte. Wollte mir denn einfach gar nichts gelingen? Ich hatte fast eine Stunde in mein Styling investiert, viel mehr Zeit, als ich normalerweise vor dem Spiegel verbringe, denn ich fand, wenn ich mich schon mies fühlte, sollte ich wenigstens nicht so aussehen. Also trug ich mein Lieblingskleid, ein Original-Mini aus den Sechzigern mit Blockstreifen und Plisseerock.

Die Adresse, die Chris mir gegeben hatte, befand sich an der Fifth Avenue, nur ein paar Blocks entfernt vom Empire State Building, das ich selbst aus dieser Häuserschlucht heraus wie einen Wegweiser in Richtung Himmel erkennen konnte.

Die graue Suppe hatte sich verzogen, und der Himmel war in eindringliches Dunkelblau getaucht, das den kurzen Übergang vom Verschwinden der Sonne bis zum Einbrechen der Nacht markiert.

»Hi, Maxi.« Chris winkte mir von der anderen Straßenseite aus zu, und ohne nachzudenken, stürzte ich mich auf die dreispurige Einbahnstraße, wo ich fast von einem Taxi überfahren wurde. Hupend wich der Fahrer aus. Chris lachte.

»Kennt ihr in Deutschland keine Ampeln?«, zog er mich auf und zeigte auf die nächste Kreuzung in höchstens zwanzig Schritten Entfernung.

»Ich konnte es einfach nicht abwarten, dich zu sehen«, entgegnete ich und wunderte mich selbst darüber, wie flirty es klang. Chris lachte wieder.

Ach, tat das gut, jemanden zum Lachen zu bringen, anstatt zum Weinen oder Schreien.

»Wollen wir?« Wie ein Gentleman hielt Chris mir die Tür auf. Auch er hatte sich mit dunkler Jeans und weißem Hemd gestylt, dazu trug er eine ebenfalls dunkle Jacke –

zu meiner Erleichterung war das Cordsakko zu Hause geblieben.

»Ja, los, wo soll es denn hingehen?« Die Eingangstür glänzte zwar golden, sah aber nicht nach einer Bar aus. Auch das Foyer, das vor Marmor und polierten Armaturen nur so strahlte, erinnerte eher an ein Mietshaus für Reiche. Doch dann fiel ich fast über ein Schild: *Rooftop Garden*, zwanzigste Etage!

»Wow, cool«, entfuhr es mir.

»Du wirst gleich sehen, wie cool es ist!« Mit einem siegesgewissen Lächeln dirigierte Chris mich zu den Aufzügen.

»Wow«, machte ich wieder, als wir oben ankamen, denn die Bar war tatsächlich ein Garten, ein Biergarten mit zünftigen Holzgarnituren und weiß-gelben Sonnenschirmen über den Dächern von New York. Und es war bereits rappelvoll.

»Suchst du uns einen Tisch? Ich hole Drinks. Was möchtest du?« Ohne meine Antwort abzuwarten, machte Chris sich auf den Weg zur Bar. Ziellos wanderte ich zwischen den Bänken herum, zu gefesselt von der gigantischen Aussicht, um mich auf die Platzsuche konzentrieren zu können. Hochhaus an Hochhaus reckte sich mit gelb erleuchtenden Fenstern in den dunkler werdenden Himmel. Doch viele der umliegenden Gebäude waren auch niedriger als die Dachgartenbar, und so konnte ich auf die Dächer der Häuser hinabblicken, die mir gerade noch einen steifen Nacken verursacht hatten, als ich von unten zu ihnen hochgesehen hatte. New York lag mir zu Füßen! Haha! Und direkt vor meinen Augen erstrahlte das

Empire State Building in diesem Moment in rot, weiß und blau.

»Alles okay?« Chris hatte mich eingeholt, ohne dass ich es bemerkt hatte. Direkt neben uns wurde ein Tisch frei, wir setzten uns und Chris stellte ein Glas vor mich hin.

»Rooftop Cocktail, frag nicht, was drin ist, schmeckt aber klasse.« Die Farbe des Getränks changierte zwischen Neongrün und Türkis – ich wollte wirklich lieber nicht wissen, woraus der gemixt war!

»Was ist los?«, hakte Chris nach, nachdem ich einen ausgiebigen Schluck von dem grünen Zeug durch den Strohhalm gesogen hatte. Es schmeckte tatsächlich weitaus besser, als es aussah.

»Was soll los sein?« Gedankenverloren spielte ich mit dem Strohhalm herum und tropfte aus Versehen grüne Flüssigkeit auf meinen weißen Rock. Mist, hoffentlich ging das wieder raus.

»Du bist so komisch heute«, insistierte Chris. »Nicht so taff wie sonst.«

Also hatten weder mein sexy Styling noch meine flotte Begrüßung ausgereicht, um Chris über meinen desolaten Gemütszustand hinwegzutäuschen. Ich war noch nie eine gute Schauspielerin gewesen. Normalerweise versteckte ich meine Gefühle einfach hinter einer selbstbewussten Fassade, aber nicht mal das schien mir heute gelungen zu sein.

»Es ist nichts«, versuchte ich, ihn halbherzig abzuwimmeln, und saugte inbrünstig an dem Strohhalm. Der Cocktail war bereits halb leer, dafür wurde mein Kopf mit jedem Schluck von dem grünen Getränk ein bisschen leichter. Vielleicht war das ja ein Zaubertrank, der alle Sorgen vertreiben konnte, dachte ich und kicherte bei der Vorstellung. Ich trank sonst nicht so viel Alkohol, Cocktails eigentlich nie, und vielleicht hätte ich vor dem Date auch noch etwas essen sollen, wenigstens den Cronut, aber den hatte ich nach dem ersten Bissen weggeworfen, weil er mit seiner Sahnecremefüllung, dem Zuckerguss plus den Massen an Streuzucker fast unerträglich süß geschmeckt hatte. Ich konnte wirklich nicht verstehen, warum die Leute dafür stundenlang Schlange standen.

Jedenfalls: Als Chris mich eindringlich mit seinen hellbraunen Augen musterte – er hatte eigentlich ganz hübsche Augen, wieso war mir das bisher gar nicht aufgefallen? –, trank ich schnell noch den Rest aus, damit er uns neue Drinks holen konnte. Aber er machte keine Anstalten aufzustehen, sondern schob mir einfach sein Glas hin, das noch fast voll war, und dann bestand er darauf, dass ich ihm erzählte, was mich bedrückte.

Und weil es mir in diesem Moment so vorkam, als wäre er der einzige Mensch in ganz New York, der nicht sauer auf mich war, und weil ich fast platzte vor schlechtem Gewissen meinen Mitbewohnern gegenüber und vor Angst darüber, was Leo mit mir anstellen würde, wenn ich meinen Blog nicht weiterführte, und vor Frust über den schmierigen Bob und die vergebliche Suche nach meinem Vater, und weil Chris wirklich schöne Augen hatte, so verständnisvoll, erzählte ich ihm alles.

»Aber, Maxi«, sagte er, als ich fertig war und auch noch den zweiten Cocktail geleert hatte. »Du darfst mit dem Blog nicht aufhören.« Fast meinte ich so etwas wie Sorge

in seinem Blick zu lesen, und das fand ich sehr süß von
ihm. »Dein Blog ist gut, richtig gut. Und du bist auch gut.
Du kannst deine Mitbewohner bestimmt überzeugen. Du
brauchst nur gute Argumente. Ich bin mir sicher, du findest eine Lösung.« Ach, tat das gut zu hören, dass jemand
an mich glaubte, auch wenn ich keine Ahnung hatte, wie
ich das schaffen sollte, was Chris vorschlug. Trotzdem lächelte ich ihn dankbar an.

Irgendwie stand dann ein weiterer Cocktail vor mir auf
dem Tisch, den ich ebenso schnell vernichtete wie seine
Vorgänger. Und irgendwie saß Chris plötzlich neben mir.
Und irgendwie lag sein Arm um meine Schultern. Und
irgendwie passierte es, dass wir uns küssten. Und auch,
wenn das das Letzte war, was ich geplant hatte, dachte
ich in diesem Moment, dass das vielleicht gar keine so
schlechte Idee war.

Es war weit nach Mitternacht, als ich die Haustür von
Pinkstone aufschloss und durch den dunklen Flur torkel-
te. Wahrscheinlich hätte ich den Zettel gar nicht bemerkt,
der auf dem Telefontischchen auf mich wartete, wenn ich
nicht dagegengestoßen und das Blatt zu Boden geflattert
wäre.

Also hob ich es auf, um es wieder auf den Tisch zu legen, als ich meinen Namen darauf entdeckte: Maxi! Bitte
zurückrufen, stand dort sowie eine Telefonnummer, die
ich nicht kannte.

Obwohl mein Kopf nach insgesamt vier grünen Cocktails sehr verlangsamt arbeitete, fragte ich mich, wer in
Pinkstone angerufen haben mochte, um ausgerechnet
mich zu sprechen! Aber die Antwort auf diese Frage wür-

de ich sicher nicht mitten in der Nacht bekommen. Deshalb steckte ich den Zettel in mein Beuteltier, um mich gleich am nächsten Morgen bei dem mysteriösen Anrufer zurückzumelden.

KAPITEL 11

Am nächsten Morgen hatte ich einen grauenhaften Kater – ich war mir nicht sicher, ob das die Strafe für die vier grünen Cocktails oder für die Knutscherei mit Chris war. Beides erschien mir im viel zu grellen Licht der Herbstsonne keine gute Idee gewesen zu sein. Selbst eine unfreiwillige Wechseldusche konnte meinen Kreislauf nicht in Schwung bringen. Also beschloss ich, mich der Eiszeit in unserer Küche zu stellen, um den Kater, der die Ausmaße eines haarigen Monsters angenommen hatte, mithilfe eines fünffachen Espressos aus meinem Kopf zu vertreiben.

Zu meinem Erstaunen und meiner grenzenlosen Erleichterung trieb sich keiner meiner Mitbewohner im Erdgeschoss herum, und nachdem ich den schwärzesten Kaffee aller Zeiten in mich hineingeschüttet hatte, klopfte eine verschwommene Erinnerung zaghaft an mein stark lädiertes Gehirn. Da war doch was ... Was war es bloß? Ich ging die Ereignisse des vergangenen Abends, über die ich viel lieber einen kuscheligen Mantel des Vergessens gebreitet hätte, in Gedanken durch, bis ich ganz am Ende auf das fehlende Detail stieß: der Zettel.

Im Chaos meines Beuteltiers fand ich ihn wieder und trotz meines erbarmungswürdigen Zustands packte mich die Neugier. Also entschied ich, die Telefonnummer direkt auszuprobieren. Ich bekam zwei Freizeichen, dann sprang ein Anrufbeantworter an. Eine Anwaltskanzlei! Kein Wunder, dass dort sonntags niemand arbeitete. Aber was wollten die von mir? Hoffentlich gab es nicht noch mehr Ärger wegen meines Blogs! Mein Herz fing an zu rasen, und ich wollte gerade auflegen, als auf der anderen Seite plötzlich doch noch der Hörer abgehoben wurde und die tiefe Stimme eines älteren Mannes dem Anrufbeantworter das Wort abschnitt.

»Hallo?«

»Äh, hi, hier spricht Maxi Lange. Sie hatten um Rückruf gebeten«, stotterte ich ins Telefon.

»Ah, Maxi, schön, dass du dich meldest. Mein Name ist Green, Abraham Green.« Die Stimme klang gütig, gar nicht, als ob der Anwalt mir mit einer Unterlassungsklage drohen wollte. Das beruhigte mich ein wenig.

»Ja, äh, worum geht es denn?«, erkundigte ich mich.

»Nun, es geht um deinen Blog«, erklärte Mr Green. Mist, also doch! »Meine Tochter hat deine Beiträge zufällig gelesen und mich darauf aufmerksam gemacht. Zum Glück. Du musst wissen, dass ich Ruth Goldman seit über fünfzig Jahren als Anwalt vertreten habe.«

»Wen, bitte?« Sprachen wir von ein und demselben Blog? Worüber sprachen wir überhaupt?

»Die Dame, der das Haus gehört hat, in dem du lebst«,

128

erläuterte der Anwalt. Ach so! Bisher hatte ich nie den richtigen Namen der Pink Lady gehört. »Du kannst dir vielleicht vorstellen, dass es mir ein persönliches Anliegen ist, dass Ruths Angelegenheiten in ihrem Sinne geregelt werden«, fuhr er fort. »Und in diesem Blog schreibst du von einem Testament …«

»Ja, und?«, fragte ich ungeduldig. Hoffnung keimte in mir auf. War es möglich, dass es dieses Testament in zweifacher Ausfertigung gab, dass der Anwalt es bekommen hatte, auch wenn Donald Duck etwas anderes behauptete?

»Leider liegt mir ein solches Testament nicht vor«, zerstörte Mr Green die kleine Knospe Hoffnung sofort wieder. »Aber ich weiß, dass Ruth eines aufsetzen wollte. Wir hatten darüber gesprochen, weil sie einen, sagen wir, etwas ungewöhnlichen letzten Willen hatte. Da sie kaum noch aus dem Haus ging, wollte sie es mir zuschicken. Nur ist es dazu leider nicht mehr gekommen.«

Gequirlter Mist! Vor meinem inneren Auge sah ich, wie Mr Miller, der Investor, ein Blatt Papier in winzige Fitzel riss.

»Da haben wir wohl Pech gehabt.« Ich seufzte. »Das Testament ist zerstört.« Und weil Mr Greens Stimme so vertrauenerweckend war, erzählte ich ihm, was ich auf dem Friedhof beobachtet hatte.

»Oh«, machte er ab und zu und am Ende noch einmal: »Oh.« Dann sagte er eine Weile nichts, doch schließlich erklärte er entschieden: »Ruth kannte ihren Neffen, sie hat sicherlich eine zweite Kopie des Testaments im Haus. Die müsst ihr suchen. Wenn ihr sie findet, ruf mich an. Dann kann ich euch helfen! Viel Glück!« Damit legte er auf.

Suchen! Suchen! Suchen! Hämmerte es in meinem Kopf. Ich warf drei Aspirin ein und begann damit, mein Zimmer oder besser gesagt das Zimmer der Pink Lady systematisch zu durchforsten. Es erschien mir logisch, dass sie das Testament dort versteckt haben musste. Bloß wo? Als ich vor einer Woche eingezogen war, waren die Schränke leer gewesen und das Bett frisch bezogen. Ich versuchte es zunächst mit der breiten Schublade des Schminktischs. Doch die klemmte und ließ sich keinen Millimeter bewegen. Also schob ich meine Sachen im Kleiderschrank hin und her und fasste in jeden Winkel. Fehlanzeige. Ich steckte meine Hand in die Ritzen des Sessels und lüpfte den Flokati. Fehlanzeige. Zum Schluss hob ich sogar die Matratze hoch. Aber auch unter dem Bett: Fehlanzeige.

Meine Kopfschmerzen waren einem dumpfen Dröhnen gewichen, sodass ich wieder etwas klarer denken konnte. Ich musste die anderen Zimmer durchsuchen. Leider war ich mir ziemlich sicher, dass keiner meiner Mitbewohner nach dem großen Streit bereit sein würde, mich in sein Reich zu lassen. Ich würde mir etwas einfallen lassen müssen. Maxi, die Meisterdetektivin auf geheimer Mission! Ja, das gefiel mir schon besser.

RICKS ZIMMER   Rick bewohnte das zweite Zimmer unter dem Dach. Energisch klopfte ich an die Tür und stieß sie auf, bevor mein Mitbewohner protestieren konnte. Rick saß auf dem Bett und stopfte hektisch etwas unters Kissen, als ich eintrat.

»Was willst du?«, fragte er schroff, aber ich verschränkte trotzig die Arme und rührte mich nicht von der Stelle.

»Ich weiß, dass du sauer auf mich bist. Aber du bist mir noch einen Gefallen schuldig«, erklärte ich. Rick wusste sofort, dass ich auf das Essen mit seiner Familie anspielte, und nickte ergeben.

»Okay, was gibt's?«

Ich erklärte die Sache mit dem Testament und bat, in seinem Zimmer danach suchen zu dürfen.

»Okay, aber erwarte nicht, dass ich dir helfe.«

Ich wunderte mich, dass er mich lieber in seinen Sachen stöbern ließ, als selbst bei der Suche mitzumachen. Stattdessen blieb er für seine Verhältnisse untypisch ruhig auf dem Bett sitzen wie ein Buddha und warf in monotoner Regelmäßigkeit einen Baseball in die Luft und fing ihn wieder auf, was jedes Mal ein klatschendes Geräusch verursachte. Klatsch. Klatsch. Klatsch.

»Rick, ich möchte mich noch mal entschuldigen«, nutzte ich die Gelegenheit, während ich mich durch Sportbücher im Regal, Sportklamotten im Schrank und Sportutensilien in einer großen Kiste wühlte. »Ich hätte euch fragen müssen, was ihr von dem Blog haltet.«

»Alles cool«, brummte er.

»Alles cool?« Ich war so erstaunt, dass ich mitten in der Bewegung innehielt, einen stinkenden Sportschuh in jeder Hand.

»Du hast es ja nicht böse gemeint, oder? Und meine Eltern wissen ohnehin längst, dass ich etwas anderes mit meinem Leben anfangen will, als Pizzabäcker zu werden.« Er warf wieder den Ball hoch. Klatsch. Klatsch. Klatsch.

»Gut. Prima. Danke.« Ich ließ die Schuhe zurück in die Kiste fallen und wandte mich dem letzten Objekt im

Raum zu, das ich noch nicht untersucht hatte: dem Bett, auf dem Buddha Rick noch immer thronte.

»Kannst du mal bitte aufstehen?«

»Wieso?« Plötzlich war seine Stimme wieder schroff.

»Ich will unter die Matratze gucken.«

»Wieso?«

»Weil ich bei fremden Männern immer zuerst unters Bett gucke.« Ich verdrehte die Augen und baute mich vor Rick auf. »Überleg doch mal. Es könnte überall sein. Ich will einfach nichts übersehen!«

»Unter meiner Matratze ist es sicher nicht.« Rick warf den Ball von einer Hand in die andere, wie ein Jongleur mit nur einem einzigen Ball, und schenkte mir ein Mundwinkel-Augenbraue-Lächeln, das vermutlich überzeugend sein sollte. Ich fand es eher verdächtig.

»Und was ist unter deiner Matratze, das ich nicht sehen soll?«

»Nichts!« Rick sprang hoch und baute sich zwischen mir und dem Bett auf. An seinen breiten Schultern war kein Vorbeikommen.

»Kompromiss«, schlug ich vor. »Ich gehe raus und du siehst allein nach.«

Rick nickte zögerlich. Also ging ich zur Tür, aber meine Neugier war zu groß: Während ich sie hinter mir zuzog, linste ich durch den Spalt. Ein paar bunte Zeitschriften flatterten zu Boden, als Rick die Matratze anhob. Ich fragte mich, was er mir unbedingt verheimlichen wollte: Waran das Pornos? Oder bloß ein paar peinliche Comic-Heftchen?

ABBYS ZIMMER »Was willst du?« Wow! Dass die stets freundliche Abby auch so giftig klingen konnte. Vorsichtig betrat ich ihr Spitzendeckchenreich.

»Ich brauche mal deine Hilfe.«

»Wobei?« Ihre Stimme war pure Ablehnung. Hoffentlich warf sie nicht mit dem Beziehungsratgeber »Schlagkräftige Argumente für die Liebe« nach mir, in dem sie gerade blätterte.

»Ich hatte gestern ein Date«, erklärte ich. »Und jetzt weiß ich nicht, wie ich mich verhalten soll.« Hinter dem Rücken kreuzte ich meine Finger. Hoffentlich klappte meine Strategie, Abby bei ihrem Lieblingsthema zu packen.

»Wirklich?« Mit glänzenden Augen sah sie von ihrer Lektüre auf. »Erzähl!« Jippie, sie hatte angebissen! Jetzt musste ich den Plan nur noch durchziehen. Also berichtete ich von meinem Treffen mit Chris und wie gut wir uns unterhalten hatten, wie nett er plötzlich war – und dass er mich am Ende geküsst hatte. Es kostete mich ein wenig Überwindung, aber Abby sollte das volle Programm kriegen.

»Geküsst?«, kreischte sie tatsächlich und sprang vom Schreibtischstuhl auf. »Beim ersten Date?« Mit fliegenden roten Locken schüttelte sie wild den Kopf.

»Äh, ja«, bestätigte ich ein wenig verunsichert. »Ist das ein Problem?«

»Ein Problem, tja, wie man's nimmt.« Sie musterte mich mit so stark gerunzelter Stirn, dass sich ein Krater zwischen ihren Augenbrauen bildete. »Zumindest ist es nicht besonders geschickt, wenn man sich nicht an die Dating-Regeln hält.«

»Dating-Regeln?«, hakte ich jetzt sehr verunsichert nach.

»Von welchem Planeten kommst du?«, fragte Abby ehrlich erstaunt. Planet Deutschland, dachte ich, aber vermutlich kann sich eine Amerikanerin nicht vorstellen, dass nicht überall dieselben Regen gelten wie in ihrem Land, also sagte ich lieber nichts und lauschte Abbys Fachwissen.

»Küsse einen Mann niemals beim ersten Date«, erklärte sie mir, als würde sie eine Gebrauchsanweisung herunterleiern. »Sonst hält er dich für eine Schlampe. Geküsst wird beim zweiten Date. Beim dritten kannst du dann mit ihm ins Bett gehen. Und achte darauf, dass er dich angemessen einlädt: erst Drinks, dann Dinner, sonst meint er es nicht ernst.«

Erstes Date, zweites Date, drittes Date, Drinks, Dinner, Bett ... Ich kam nicht mehr mit!

»Und meld dich nicht bei ihm. Er muss sich bei dir melden«, fuhr Abby unbeirrt mit erhobenem Zeigefinger fort. Aber ich hörte nicht mehr zu. Meine Strategie war nach hinten losgegangen, jetzt fühlte ich mich wegen des Abends mit Chris noch viel mieser. Jedenfalls hatte ich Abby inzwischen auf meiner Seite. Als ich sie bat, mit mir nach dem Testament der Pink Lady zu suchen, war sie sofort hilfsbereit wie immer. Aber obwohl wir jedes Spitzendeckchen zweimal anhoben, fanden wir in ihrem Zimmer nichts.

SAIDAS ZIMMER »Was willst du?«

Ich seufzte und ließ meinen Blick durch Saidas Zimmer wandern. Ihre Wände waren rundum mit dunklen Batiktüchern verhangen, sie schien auf einer Matte am Boden zu schlafen und der ganze Raum erstickte in Patschuligeruch. Eine Wohnhöhle, in deren Mitte Saida und ein Typ mit dicken Dreadlocks auf kugeligen Sitzkissen hockten. Hatten sie im Moment meines Eintretens noch mit Händen und Füßen diskutiert, starrten sie mich jetzt böse an. Zumindest Saida starrte, während ein kleiner braun-weißer Affe über ihre Schultern turnte, der mich an Herrn Nilsson aus Pippi Langstrumpf erinnerte. Der Typ drehte sich einen Joint.

»Hör zu«, sagte ich, aber der Typ unterbrach mich.

»Wer ist die?«, verlangte er von Saida zu wissen und wedelte mit dem Joint in meine Richtung. Saida ignorierte die Frage.

»Raus«, schnauzte sie mich an und wies mit ausgestrecktem Finger zur Tür. Der Affe nutzte die Gelegenheit und kletterte an ihrem Arm entlang. Er sah ziemlich verdattert aus, als sein Kletterast plötzlich zu Boden sank.

»Ich will doch nur ...«, setzte ich erneut an.

»Raus hier.« Saida betonte jedes Wort extrascharf. Der Totenkopfaffe sprang in die Dreadlocks, in denen er sich gut festklammern konnte, während der Typ sich unbeirrt seinen Joint anzündete.

»Okay«, sagte ich gedehnt. »Soweit ich weiß, ist das Zeug hier verboten.« Ich deutete auf den Joint. (Zum Glück hatte ich vor Kurzem einen Artikel darüber gelesen, dass New York das Marihuana-Verbot lockern wollte, denn bislang konnte man wohl schon für den Besitz von Cannabis verhaftet werden!) »Und wenn du nicht willst, dass ich jetzt die Polizei rufe, dann hör mir zu.«

Saida schnaufte und stierte mich so angewidert an, als wäre ich eine vielköpfige Hydra, aber als ich ihr erklärte, was ich von ihr wollte, war sie einverstanden. Sie verbot mir zwar, ihre Sachen zu durchwühlen, aber ich durfte im Zimmer bleiben und sogar auf einem der Kugelkissen Platz nehmen, während sie selbst nachschaute – besonders viele Verstecke bot ihre Wohnhöhle ja ohnehin nicht. Der Dreadlock-Mann rauchte seelenruhig seinen Joint weiter und gab keinen Kommentar ab. Was war das bloß für ein kaputter Kerl? Sammelte Saida jetzt außer Tieren auch noch exotische Typen?

»Nichts!«, erklärte sie schließlich in meine Richtung. »Und jetzt: RAUS!«

Als ich mich von dem Rückenkiller-Kugelkissen hochhievte, bot der Dreadlock-Typ dem Totenkopfaffen gerade seinen Joint an. Ob Herr Nilsson tatsächlich daran zog, bekam ich nicht mehr mit.

PAMELAS ZIMMER Aus Pamelas Zimmer drang leises Murmeln. Ich wusste nicht, ob Pam heute blind war oder nicht, aber ich hatte beschlossen, es zu riskieren, ihr ebenfalls einen Besuch abzustatten. So leise wie möglich öffnete ich die Tür und schob mich in den Raum.

Pamela stand mit dem Rücken zu mir und sprach aufgeregt in ihr Handy.

»Willst du damit sagen, dass sie noch nicht mal angekommen ist? Verspätet? Zwei Stunden fast? Was denkt die sich denn?«

Pam verstummte und ich verharrte mitten in meiner Bewegung wie bei diesem Kinderspiel (»Ochs am Berge, eins, zwei, drei ...«), ein Arm halb in der Luft, einen Fuß angehoben, ziemlich wackelig!

»Ich bin zu Hause ... Herrlich, der Film war herrlich – aber du hättest ein bisschen darauf achten sollen ... er war Original in Schwedisch.« Sie machte ein paar Geräusche, die wohl wie Schwedisch klingen sollten, und drehte sich dabei um. Wieder stand ich wie der Ochs am Berg und konnte gerade noch einen erleichterten Seufzer unterdrücken, als ich die große Sonnenbrille auf Pams Nase entdeckte. Während sie weiter ins Telefon quatschte, schlich ich zum Schrank und öffnete die Tür. Mit eiligen Fingern tastete ich zwischen Pams Stretchjeans und Spitzenwäsche herum. Ich spürte einen Anflug von schlechtem Gewissen, aber ich wusste mir keinen anderen Rat. Pam war definitiv am wütendsten gewesen, und wie ich sie einschätzte, war sie nicht so leicht bereit, mir zu verzeihen.

»Wann wirst du hier sein, was glaubst du? ... Elf? ... Ach du lieber Himmel, dann komm ich wohl doch besser und pass ein bisschen auf ... keine Angst. Ich misch mich nicht in deine Kunst ein ... ciao.« Sie ließ das Telefon auf ihren Schminktisch sinken, ich hatte mittlerweile das Bett erreicht und tastete zwischen Matratze und Lattenrost herum. Pam setzte sich in Bewegung, stieß aber gegen einen Stuhl.

»Verdammtes kleines ...«, fluchte sie und rückte den Stuhl zurecht – »Da ist dein Platz, ja?« – und wankte weiter, direkt auf mich zu. Mist! Ich musste zusehen, dass ich so schnell wie möglich aus dem Zimmer kam, dabei hätte ich gern noch den Schminktisch untersucht, der so glamourös aussah wie aus der Umkleide einer Broadwayshow entwendet. Rückwärts schlich ich Schritt für Schritt zur Zimmertür, als Pam plötzlich innehielt.

»Was soll das?«, stieß sie dann plötzlich hervor. »Ich weiß, dass du da bist ... Du kannst mich nicht reinlegen ...« Gequirlter Mist!

»Sorry, tut mir leid«, brachte ich hervor. Pamela riss sich Sonnenbrille und Pads von den Augen.

»Maxi, was machst du denn hier?« Sie klang überrascht, nicht wütend.

»Aber ich dachte, du hättest mich gehört«, wunderte ich mich. Dann erst kapierte ich, dass sie die ganze Zeit den Text für ihr Stück geprobt hatte. MIST! Jetzt war ich in Erklärungsnot. Also beichtete ich Pam, dass ich in ihrem Zimmer herumgeschnüffelt hatte und aus welchem Grund. Und Pam ... lachte! Schallend. Sie konnte gar nicht mehr aufhören.

»Mensch, Maxi, du bist echt schräg«, erklärte sie schließlich. Es klang nach einem Kompliment, und ich stellte fest, dass ich mich in Pamela getäuscht hatte: Sie war der am wenigsten nachtragende Mensch, den ich kannte. Sie bot sogar an, mir zu helfen.

Aber das Testament fanden wir trotzdem nicht. Auch nicht in dem vollgestellten, verstaubten Wohnzimmer.

Auch nicht in der Küche.

Auch nicht im Bad.

»Maxi«, sagte Pam und legte mir einen Arm um die Schulter. »Du musst dich damit abfinden, dass Pinkstone abgerissen wird.«

Ich schüttelte ihren Arm ab. Ich wollte mich nicht damit abfinden! Frustriert verzog ich mich in mein Zimmer. Was war bloß mit mir los? Was interessierte mich dieses Haus, in dem ich erst seit einer Woche lebte? Was interessierten mich seine komplizierten Bewohner? Im Grunde konnten sie mir egal sein! Im Grunde konnte mir sogar der Blog egal sein, das Praktikum, ach, ganz New York! War es aber nicht. Wütend betrachtete ich mich in dem großen Spiegel des pinken Schminktischs. Maxi, die Meisterdetektivin – hatte schon wieder auf voller Linie versagt.

Dann ging meine Fantasie mit mir durch.

Denn aus dem Spiegel sah mir nicht mein eigenes Gesicht entgegen, sondern das der Pink Lady. Alt, faltig, mit einem amüsierten Lächeln auf ihren rosa geschminkten Lippen. Sie sah aus wie bei ihrer Beerdigung. Nur lebendiger. Und sie zwinkerte mir zu, als wollte sie mir zeigen: Wir verstehen uns!

Dieses Testament gab es. Musste es geben! Und der einzige Ort, an dem ich noch nicht gesucht hatte, stand direkt vor mir. Der Schminktisch mit der verklemmten Schublade. Mit voller Kraft riss ich an dem Griff, zerrte daran, aber die Schublade bewegte sich kein Stück, dafür wackelte der ganze Schminktisch, und die Postkarte, die ich hinter den verschnörkelten Rahmen geklemmt hatte, rutschte hinunter, direkt in den Spalt zwischen Platte und Rückwand. So ein ...!

»Rick!«, brüllte ich so laut, dass alle Mitbewohner in mein Zimmer stürzten.

»Was ist passiert?«, erkundigten sie sich besorgt. Ich erklärte ihnen das Missgeschick und Rick zog die Schublade mit einem einzigen, gewaltigen Ruck heraus. Manchmal ist es halt hilfreich, einen Bodybuilder im Haus zu haben. Denn da lag es: zerknautscht auf einem dicken Stapel Papiere, der die Schublade blockiert hatte – das Testament.

Und es war der verrückteste letzte Wille, von dem ich je gehört hatte.

Gesucht: Eine Katze!

Wir suchen eine Katze, richtig gelesen. Aber natürlich nicht irgendeine. Wir suchen: Tom the Cat. Denn Tom ist die wahre Erbin von Pinkstone. So lautet der letzte Wille der Pink Lady, den wir versteckt in ihrer Schminkkommode gefunden haben. Tom erbt das Haus und mit ihm seine Bewohner. In ihrem Testament hat die Pink Lady bestimmt, dass Pinkstone nicht verkauft werden darf, solange ihre Katze am Leben ist, und dass seine Bewohner für diese Zeit ein unbegrenztes Wohnrecht genießen, wenn sie für Tom sorgen.

Leider scheint Tom von diesem Testament nichts zu wissen. Und in der Nacht, als die Pink Lady starb, ist Tom aus ihrem Zuhause verschwunden. Unser Katzensuchkommando blieb bislang ebenso wenig erfolgreich wie unsere Versuche, die vierbeinige Erbin mit ihren Lieblingsspeisen (Kondensmilch und Kaviarersatz) anzulocken. Deshalb hoffen wir nun auf eure Mithilfe!

Tom ist eine Glückskatze mit schwarz, rot und weiß geschecktem Fell. Nicht mit anderen Katzen zu verwechseln ist sie wegen ihrer zweifarbigen Augen und ihrer Musterung: Rund um die Augen und an den Ohren ist sie komplett schwarz, sodass sie exakt aussieht wie Catwoman.

Hinweise auf Tom the Cat bitte per Mail oder als Kommentar.
Wir lassen uns eine tolle Belohnung einfallen, versprochen!

Endlich besteht Hoffnung für Pinkstone.
Geplanter Abriss in 21 Tagen!

Kapitel 12

Leider habe ich keine Katze zur Verfügung, deshalb möchte ich euch gerne meine dressierte Ratte anbieten. Sie ist stubenrein, kann Männchen machen und kleine Gegenstände auf der Schnauze balancieren. Sie heißt Bilbo, aber ihr dürft sie gerne Tom nennen!

Du meine Güte! Erschöpft vom Starren auf den Bildschirm schloss ich für einen Moment die Augen. Fast 2000 Kommentare hatten sich seit gestern unter meinem Blogeintrag gesammelt und alle paar Minuten kamen neue dazu. Auch meine Mailbox quoll über. Und ich hatte sogar schon eine Reihe von Anrufen angenommen.

Insgesamt waren mir bislang 387 Katzen angeboten worden, nicht nur Glückskatzen und längst nicht alle lebten in New York, es waren auch eine japanische und eine australische darunter gewesen. Dann gab es noch die anderen Tiere: Hunde vor allem, aber auch ein Frettchen, das tatsächlich wie Catwoman aussah, zwei Kaninchen und Bilbo, die dressierte Ratte. Es war ein fast aussichtsloses Unterfangen, aus dieser Flut die wenigen Hinweise herauszufischen, die uns vielleicht zu Tom the Cat führen würden. Immerhin hatte ich dank der großen Resonanz meine Mitbewohner überzeugen können, den Blog weiterzuführen. Ich sollte sie lediglich um Erlaubnis fragen, wenn es um ihre persönlichen Storys ging.

Als mein Telefon erneut klingelte, fing ich über den Schreibtisch hinweg einen genervten Blick von Chris auf. Chris, argh! Von ihm hatte ich am Wochenende nichts mehr gehört – laut Abby musste sich unbedingt der Mann nach dem ersten Date zuerst bei der Frau melden, was dazu führte, dass New Yorker Singlefrauen einen Großteil ihres Lebens mit dem Warten auf eine SMS oder einen Anruf verbrachten. Ich fand das lächerlich, hatte mich aber nicht getraut, gegen dieses eiserne Dating-Gesetz zu verstoßen. Zumal ich noch immer in Katerstimmung verfiel, wenn ich an die Knutscherei dachte, und mich bei dem Gedanken schämte, Chris könnte glauben, ich sei leicht zu haben.

Allerdings schien Chris überhaupt nicht über unser Date oder über mich nachzudenken. Zumindest behandelte er mich, seit wir uns gestern zum ersten Mal wieder im Büro gesehen hatten, als hätte es nie stattgefunden: von oben herab in schönster Mr Powerlocke-Manier. Und er sprach nur mit mir, wenn es unvermeidbar war.

»Maxi, wärst du so gütig, ans Telefon zu gehen?«, schrillte Rita Skeeters Stimme durch den Raum. Mist, ich sollte wohl auch besser aufhören, mir allzu viele Gedanken über Chris zu machen. Schnell schob ich meine Brille auf der Nase zurecht und griff in Erwartung eines weiteren Katzenangebots nach dem Hörer.

Ich (bemüht freundlich): »Zeitgeist Magazin, Maxi am Apparat.«

Call-Center-Dame (sehr freundlich): »Hi, hier spricht Audrey von New York Living. Ich kann Ihnen exklusiv ein fantastisches Appartement in Brooklyn anbieten!«

Ich (bemüht beherrscht): »Das ist jetzt nicht Ihr Ernst!«

Call-Center-Dame (unbeirrt): »Das Appartement befindet sich in Williamsburg, in einer absolut angesagten Nachbarschaft. Es handelt sich um ein Einzimmerappartement mit Bad in einem schicken Neubau. Die monatliche Miete beträgt 2500 Dollar. Im Keller gibt es sogar einen Fitnessraum exklusiv für die Mieter. Allerdings sind in dem Gebäude keine Haustiere erlaubt. Wir könnten einen Besichtigungstermin vereinbaren. Passt es Ihnen ...«

Ich lege mitten im Satz auf.

»Deine Post.« Angel lud einen Arm voller Briefe auf meinem Schreibtisch ab und zwinkerte mir zu. Mittlerweile war es ein Ritual geworden, dass wir morgens zusammen zur Arbeit fuhren, und wenn es sich einrichten ließ, nahmen wir abends dieselbe Bahn zurück. Auch wenn unsere Leben sich meilenweit unterschieden, verstanden wir uns wunderbar.

Angel war in den Rockaways aufgewachsen, einer Halbinsel, die wie ein vergessenes Stück Land vor New York City liegt und an deren Strand sich im Sommer die Surfer tummeln. In den Rockaways stehen Sozialbauten, vor denen die Polizei patrouilliert, aber auch gemütliche Einfamilienhäuser. In einem davon lebte Angels Familie, und dorthin wollten Angel und Fred ziehen, sobald das Baby geboren war. Und das würde gar nicht mehr lange dauern, der Geburtstermin war bereits Ende November.

Natürlich war ich zur Baby Shower eingeladen – einer Vorgeburtsparty, die Angels Schwester organisierte. Und ich wusste alles, was es über ungeborene Babys zu wissen gibt: Wie das Baby im Bauch lag, wie schwer es war und wie groß, dass es ein Junge werden würde und dass er River heißen sollte, was ich für einen ziemlich bescheuerten Vornamen hielt. Einzig wenn ich Angel nach der Zukunft des Hauses am Petticoat Place fragte, zeigte sie sich zugeknöpft. »Das entscheiden Freds Eltern«, war ihr einziger Kommentar dazu.

Ich betrachtete den Berg Briefe vor mir. Das meiste waren Veranstaltungsankündigungen für den Terminkalender, aber obenauf entdeckte ich auch mehrere Umschläge, die an mich persönlich adressiert waren. Das hatte es noch nie gegeben. Gespannt riss ich sie mit dem Brieföffner auf – und eine Flut von Katzenbildern ergoss sich auf meinen Schreibtisch: gestriegelte Katzen, geföhnte Katzen, mit Schleifchen und ohne, eine Katze hatte nicht einmal Fell. Wahrscheinlich hätte ich bald genug Bilder zusammen, um damit das Büro zu tapezieren. Ich seufzte und schob sie beiseite. Doch als ich nach dem nächsten Umschlag griff, hielt ich überrascht inne.

Das Kuvert war tiefschwarz und mein Name war mit weißer Schrift darauf eingraviert. Ungewöhnlich! Vorsichtig öffnete ich den Umschlag und zog eine ebenfalls schwarze Karte heraus, auf der in weißer Gravur ein verschlungener Schriftzug prangte: White. Weiß. Neugierig klappte ich die Karte auf, aber ich fand darin keine Er-

klärung, sondern nur ein Datum, eine Uhrzeit und eine
Adresse. Jetzt war meine Neugierde endgültig angestachelt. Welches Geheimnis mochte sich hinter der Karte
verbergen? Ich grübelte noch darüber nach, als Leo zur
Redaktionskonferenz rief.

»Zunächst einmal meinen Glückwunsch an Chris und
Maxi. Eure Blogs haben bisher hervorragende Zugriffszahlen erzielt. Besonders Maxis Pinkstone-Blog hat seit gestern noch einmal rasant zugelegt und den Friends-reloaded-Blog von Chris bei den Visits eingeholt.« Leo schenkte
jedem von uns ein Raubtiergrinsen, und ich konnte mir
ein kleines Siegerstrahlen nicht verkneifen, während Chris
eher sparsam schaute.

Nathan schnaufte bloß – er hatte schon in der letzten
Konferenz vor einer Woche deutlich gemacht, was er von
solchen neumodischen Mediendingen hielt, nämlich rein
gar nichts. Und Rita Vivian Skeeter klackerte gelangweilt
mit einem Stift auf ihrem Notizbuch herum, auf ihrem
Gesicht ein Lächeln wie ein frisch gespitzter Bleistift. Hätte sie nicht fortwährend betont, dass sie zu Höherem bestimmt war als dazu, so etwas wie einen banalen Blog zu
schreiben, hätte man fast glauben können, sie wäre neidisch auf Leos Lob.

In Ermangelung eines Konferenzraumes fand die wöchentliche Redaktionssitzung in unserem Großraumbüro
statt, wo wir in einem lockeren Stuhlkreis beisammensaßen. Ohne Ton mochte die Szene aussehen wie das Treffen einer Selbsthilfegruppe, mit Ton erinnerte es eher an
einen Wettbewerb in Selbstdarstellung.

Vivian zählte mit schriller Stimme alle angesagten Künstler, Designer und Schauspieler auf, die sie für die nächsten drei Ausgaben interviewen und porträtieren wollte. Dabei tippte sie ohne Unterlass mit dem Stift auf ihren Notizen herum, sodass sie noch mehr an Rita Skeeter mit dem Zauberstift erinnerte.

Nathan zwirbelte seinen nikotingelben Bart und erläuterte in aller Ausführlichkeit die brisanten Informationen, die er von einem geheimen Informanten über irgendeine Ungereimtheit bei irgendeinem öffentlichen Projekt erhalten hatte, über das er aber noch unter keinen Umständen schreiben dürfe.

Chris hing sinnbildlich an Leos Lippen, als dieser neue Reportagethemen verteilte, und wirkte dabei so übereifrig wie ein hechelnder Neufundländerwelpe, der sehnsüchtig darauf wartet, dass sein Herrchen endlich den Ball wirft.

Ich selbst war mit den Gedanken anderswo. Nämlich bei einer schwarzen Karte mit weißer Schrift, die ich noch immer in der Hand hielt.

Plötzlich kreischte Vivian laut auf: »Die ist für mich!« Mit spitzem Bleistift deutete sie in meine Richtung, sprang dann so schwungvoll von ihrem Stuhl auf, dass dieser sich zu drehen begann, flog förmlich auf mich zu und riss mir die Karte aus der Hand.

»He«, machte ich bloß, da saß Vivian bereits wieder auf ihrem Stuhl und schob die Karte so energisch in ihr Notizbuch, als wolle sie unumstößliche Tatsachen schaffen.

»Die gehört mir«, schickte ich entschiedener hinterher, doch Vivian schüttelte den Kopf, dass ihre platinblonden Locken flogen.

»Unmöglich«, erwiderte sie arrogant. »Für diese Einladung würde manch ein Society-Reporter in New York einen Mord begehen. Ich kann mir kaum vorstellen, wie du an diese Karte gelangt bist. Das muss ein Versehen gewesen sein. Oder du hast sie dir von meinem Schreibtisch genommen.« Sie sah selbst aus, als wäre sie bereit zu morden, sollte jemand versuchen, ihr die Einladung wieder zu entreißen. Jetzt wollte ich wirklich unbedingt wissen, was es mit der Karte auf sich hatte! Doch bevor ich nachhaken konnte, mischte Leo sich ein.

»Viv, könntest du uns bitte erklären, was das für eine Einladung ist«, forderte er bestimmt.

»Zur Vernissage von Andy White«, antwortete sie hochnäsig, als müsste jeder wissen, um wen es sich dabei handelte. Aber selbst Leo sah aus, als könnte er den Namen nicht einordnen.

»DER Andy White«, wiederholte Vivian und verdrehte die Augen zur Decke, um zu verdeutlichen, was sie von uns Dilettanten hielt. »Er hat seit zehn Jahren nichts ausgestellt. Seine Vernissage ist unter Kennern eines der Kunstereignisse des Jahres. Jeder, der etwas auf sich hält, will dabei sein.« Damit war dann wohl auch klar, dass wir nicht zu den Kennern gehörten.

»Maxi, woher hast du diese Einladung?«, forschte Leo nun streng nach. Offenbar glaubte er auch, dass ich sie von Vivians Schreibtisch geklaut hatte.

»Sie war in meiner Post«, verteidigte ich mich und kam mir selbst blöd dabei vor, als ich aufstand, den an mich adressierten Umschlag von meinem Schreibtisch holte und in die Runde zeigte.

»Da muss ein Fehler passiert sein«, wandte Vivian sofort schrill ein. »Sicher wegen des Terminkalenders. Jemand muss geglaubt haben, dass diese Person« – sie deutete mit spitzem Finger auf mich – »das Kulturressort übernommen hat.« Und als wäre die Beleidigung noch nicht ausreichend, schnaufte sie: »Lächerlich.«

Ich funkelte sie böse an. Nicht dass ich besonders scharf darauf war, zu einer Vernissage zu gehen. Von Kunst hatte ich nämlich wirklich wenig Ahnung. Vielleicht hätte ich Vivian, besser bekannt als Zickerita, sogar meine Einladung überlassen, aber nach diesem verbalen Schlag auf die Nase sicher nicht mehr!

Ich wollte gerade zu einer bissigen Erwiderung ansetzen, als Leo ruhig erklärte: »Ich glaube nicht, dass da ein Fehler passiert ist.« Er strich sich über seine Mähne, äh, seine Haare. »Die Einladung ist direkt an Maxi adressiert, also wird Maxi zu der Veranstaltung gehen.«

»Was?« Zickerita stand kurz vor einem Nervenzusammenbruch. »Das darf ja wohl nicht wahr sein!«

Doch Leo wedelte bloß mit der Hand, als wolle er das Thema vertreiben wie eine lästige Fliege, und schenkte mir ein flüchtiges Raubtiergrinsen. Ich war zu erstaunt, um es zu erwidern.

Hatte Leo gerade wirklich entschieden, dass ich zu der Vernissage gehen sollte? Ich, die Praktikantin, die erst seit etwas mehr als einer Woche zum Redaktionsteam gehörte, und nicht Rita Vivian Skeeter, die schrillste Society-Reporterin aller Zeiten, die vermutlich schon mit den meisten Stars und Sternchen New Yorks um die Wette gefunkelt hatte. Bisher war ich davon ausgegangen, dass Leo mich nicht besonders leiden konnte, aber offenbar hatte er endlich erkannt, welches Talent in mir steckte.

Plötzlich betrachtete ich sein markantes Hakennasenprofil aus einer neuen Perspektive. Er war nicht bloß der schroffe Chef, für den ich ihn gehalten hatte, er konnte richtig freundlich sein. Fast väterlich ... In meinem Kopf machte es klick: Ein Journalist ... dessen Name mit L anfing ... Leonard ... war es etwa möglich? Warum war ich nicht längst darauf gekommen? Nein! Maxi, deine Fantasie geht mit dir durch! Energisch schob ich den Gedanken beiseite.

»Hey, Maxi, Gratulation.« Chris ließ sein breitestes Zahnpastalächeln aufblitzen. Ohne dass ich es bemerkt hatte, war die Redaktionskonferenz beendet worden, und offenbar sprach Chris wieder mit mir.

»Wozu?« Ich bemühte mich um einen kühlen Tonfall, er sollte ruhig ein bisschen zappeln.

»Zum Blog und zu der Einladung, ich würde sagen, das ist heute dein Glückstag.« Das Lächeln wurde noch etwas breiter.

»Danke.« Ich musste auch grinsen. Chris hatte recht: Es war mein Glückstag und das stimmte mich ihm gegenüber milde.

»Ich dachte, wir könnten mal wieder miteinander ausgehen.« Er lehnte sich lässig an meinen Schreibtisch. »Wie wäre es mit Donnerstagabend?«

Das war der Abend der Vernissage. Und ich war mir ziemlich sicher, dass Chris das wusste. Garantiert spekulierte er darauf, dass ich ihn mitnahm. Und vermutlich hätte ich Nein sagen sollen, schon klar. Aber erstens wusste ich, dass Chris nicht nur ein arroganter Angeber sein konnte, sondern auch ein guter Zuhörer, der zudem recht akzeptabel küsste – das hatte er bei unserem letzten Date bewiesen. Und zweitens fiel ich dummerweise immer auf die falschen Typen herein und dazu gehörte Chris definitiv.

Also sagte ich: »Okay.«

KAPITEL 13

Was ist eigentlich am schlimmsten? Zwei Tage lang Magenschmerzen zu haben vor Aufregung? Sich so genau über jedes Lebensdetail eines Künstlers zu informieren, dass man am Ende sogar seine bevorzugte Unterhosenmarke kennt? Sich drei Stunden lang vor dem Kleiderschrank zu quälen, nur um am Ende sicher zu sein, dass man doch das falsche Outfit angezogen hat? Oder: festzustellen, dass man sich das alles hätte sparen können?

Ich befand mich noch keine fünf Minuten auf der Vernissage von Andy White, als ich bereits wusste, dass das Ganze ein riesiger Reinfall war. Und zwar aus drei Gründen:

1. Ich hatte keine Ahnung, was ich über die Ausstellung schreiben sollte. Wie gesagt: Ich kannte mich mit Kunst nicht besonders gut aus. Aber ich hatte mir vorgestellt, dass es mir schon irgendwie gelingen würde, ein paar halbwegs intelligent klingende Sätze über die Werke von

Mr White zu verfassen oder diese zumindest aus dem Katalog abzuschreiben. Leider gab es keinen Katalog. Und soweit ich das erkennen konnte, gab es auch keine Kunstwerke. Zumindest hielt ich das, was an den Wänden der weitläufigen Galerie in einer alten Fabrikhalle in Chelsea hing, nicht für Kunst.

Man musste dem Galeristen zugute halten, dass er sich viel Mühe gegeben hatte, die Schöpfungen des berühmten Andy White bestmöglich zur Geltung zu bringen. Zu diesem Zweck hatte er seine gesamte Galerie tiefschwarz gestrichen, sodass sie einer geheimnisvollen Gruft ähnelte, und jedes Gemälde mit einem gleißenden Spot beleuchtet. Doch was auf den Bildern zu sehen war, war: nichts! Sämtliche der großformatigen Leinwände waren weiß. Der Gesamteindruck erinnerte mich an unser schwarz-weiß-gekacheltes Badezimmer. Und während die anderen Besucher angeregt über die weißen Flächen diskutierten, erzeugten diese in meinem Kopf nichts als Leere.

2. Ich hatte keine Ahnung, wer diese ganzen Menschen um mich herum waren. Ich schätzte die Zahl der Gäste auf locker fünfhundert, die es mit ihren schwarzen Kärtchen am Türsteher vorbeigeschafft hatten. Waren das alle Stars? Oder wenigstens Sternchen? Eine ganze Reihe von ihnen benahm sich zumindest so, aber arrogantes Verhalten gegenüber Kellnern, riesige Sonnenbrillen in fast dunklen Räumen und ein Gefolge von mindestens zehn Personen hielt ich nicht für ein ausreichendes Berühmtheitszertifikat.

Einige der Gesichter kamen mir bekannt vor. War das

dahinten mit der Lockenmähne nicht die Hauptdarstellerin aus »Sex and the City«? Wie hieß sie noch? Die lebte doch in New York, oder? Aber interessierte sie sich für Kunst? Und der Typ, der mit zwei Kellnerinnen gleichzeitig flirtete, hatte eindeutig Ähnlichkeit mit diesem glatten »Gossip Girl«-Schauspieler. Zumindest schüttete er seinen Whiskey genauso schnell in sich hinein wie die Serienfigur. Ach, Mist, ich hatte seinen Namen schon wieder vergessen. Sehnlichst wünschte ich mir einen Stapel Klatschmagazine, um einen Gesichtsabgleich durchführen zu können. Hoffentlich musste ich in meinem Artikel nichts darüber schreiben, wer alles mit wem auf dieser Vernissage gesichtet worden war.

3. Ich hatte keine Ahnung, wo Chris steckte. Im Gegensatz zu mir hätte er sicher gewusst, wer all diese Promis und Möchtegern-Promis waren und mit wem davon man sich unbedingt unterhalten musste. Ich hätte seine Hilfe also gut gebrauchen können. Aber kaum hatten wir die Galerie-Gruft betreten, war Chris im Gedränge abgetaucht und bisher hatten die Menschenmassen ihn noch nicht wieder ausgespuckt. Ich schüttelte den Kopf über meine eigene Dummheit. Wie hatte ich annehmen können, dass Chris tatsächlich an einem weiteren Date mit mir interessiert war? Für ihn war ich offensichtlich nur das naive Mädchen mit der Eintrittskarte.

Es war frustrierend. Als Leo entschieden hatte, mich zu dieser Vernissage zu schicken, hatte ich geglaubt, dies könnte mein großer Durchbruch sein. Doch jetzt fürchtete ich, dass es stattdessen mein großes Desaster werden würde. War es möglich, dass ich, die bisher vor allem über Kaninchenzüchtervereine und Karnevalssitzungen berichtet hatte, einer solchen Sache nicht gewachsen war?

Genervt von mir selbst und der ganzen Veranstaltung, stand ich in einer dunklen Ecke, nippte an einem sauren Rotwein und überlegte, ob ich schnellstmöglich verschwinden sollte, als mich plötzlich jemand von der Seite anquatschte.

»Kannst du sie sehen?«

Ich fuhr erschrocken herum, wobei ich prompt einen Schwall Rotwein über den Ärmel meiner beigen Seidenbluse schüttete. Doch der Typ neben mir bemerkte das Missgeschick gar nicht, weil sich sein Blick, kaum hatte ich mich ihm zugewandt, so tief in meine Augen bohrte, dass alles um mich herum zu versinken schien wie Atlantis im Meer. Noch nie hatte mich jemand so intensiv angeschaut, noch nie hatte ich das Gefühl gehabt, mich nicht mehr rühren zu können, weil ich einzig und allein durch einen Blick daran gehindert wurde.

»Wie bitte?«, stammelte ich und spürte, dass mir das Rotweinglas aus der Hand rutschte, aber ich konnte nichts dagegen tun. Ein geistesgegenwärtiger Kellner fing es auf und platzierte es auf seinem Tablett. All das nahm ich nur aus dem Augenwinkel wahr.

»Kannst du sie sehen?«, wiederholte der Typ neben mir und schloss für einen Sekundenbruchteil die Augen. Das reichte, um den Bann zu brechen. Ich konnte wieder selbst bestimmen, wohin ich schaute, und nutzte die neu gewonnene Freiheit zunächst einmal, um mein Gegenüber zu betrachten. Er war mehr als einen Kopf größer als ich, was keine besondere Leistung ist, durchschnittlich hübsch, mit einer Frisur, als wäre er gerade aus dem Bett gestiegen, einem kleinen Leberfleck im Mundwinkel und den blausten Augen, die ich je bei einem Menschen gesehen hatte. Aber ich vermied es tunlichst, sie mir noch einmal genauer anzuschauen.

Stattdessen blickte ich durch den Raum, der auf wundersame Weise ebenfalls wieder aufgetaucht war, um herauszufinden, was er mit seiner Frage gemeint hatte. Aber ich verstand nicht.

»Was sehen?«, fragte ich.

»Die Kunst«, erwiderte er, und der Leberfleck hüpfte, als er die Mundwinkel zu einem winzigen Lächeln verzog.

Kurz überlegte ich, ob ich lügen und behaupten sollte, dass ich von den weißen Leinwänden schwer beeindruckt war, um den Typ mit meinem vermeintlichen Kunstverstand ebenfalls zu beeindrucken. Aber etwas in seinem Gesicht hielt mich davon ab. Der amüsiert gekräuselte Mund vielleicht. Oder die meerblauen Augen, mit denen er mich wieder fixierte. Auf jeden Fall schüttelte ich leicht den Kopf, ohne meinen Blick von seinem zu lösen.

»Ich auch nicht.« Erneut hüpfte der kleine Leberfleck fast unmerklich hoch und wieder runter, wie von einem unhörbaren Lachen angetrieben.

»Und was machst du dann hier?«, fragte ich forsch. Das Spiel fing an, mir Spaß zu machen. Denn das war es, da war ich mir sicher: ein Spiel nach Regeln, die ich noch nicht ganz verstand, das mir aber immer besser gefiel.

»Ich genieße die kostenlosen Drinks.« Er hob seine leere Hand, als wollte er mir zuprosten. »Ich fürchte allerdings, der Nachschub ist ausgegangen.«

»So ein Pech.« Es fiel mir ganz leicht, mich mit diesem Typ zu unterhalten. Es fühlte sich an wie mit einem alten Bekannten und gleichzeitig ganz neu. Dabei kannte ich noch nicht einmal seinen Namen. Und er schien sich für meinen auch nicht zu interessieren. Aber das machte das Spiel nur umso spannender.

»Möchtest du auch noch etwas?« Ohne meine Antwort abzuwarten, angelte er zwei Gläser mit einer farblosen Flüssigkeit vom Tablett eines Kellners, der gerade vorbeiging. »Der Rotwein ist zu sauer und außerdem hinterlässt das hier keine Flecken.« Er reichte mir eines der beiden Gläser. Er hatte mein Missgeschick mit dem verschütteten Wein also doch bemerkt. Komischerweise war mir das aber überhaupt nicht peinlich. Gleichzeitig tranken wir einen Schluck und schauten uns über die Gläser hinweg weiter an. Der Drink schmeckte bittersüß.

»Ich verrate dir jetzt ein Geheimnis«, sagte der Typ leise. »Aber du darfst es niemandem erzählen.« Er kam ein winziges Stück näher, und ich war überzeugt, seinen Geruch wahrzunehmen: herb mit einem Hauch Minze. Plötzlich spürte ich ein fast nicht zu unterdrückendes Verlangen herauszufinden, ob seine Lippen auch nach Minze schmeckten. Ich konnte mich gerade noch zurückhalten. Gespannt wartete ich auf seine Erklärung.

»Du solltest nicht immer das glauben, was du auf den ersten Blick siehst«, flüsterte er so nah an meinem Ohr, dass ich seinen Atem spüren konnte. »Manchmal lohnt es sich, hinter die Dinge zu schauen.«

Er drückte mir einen länglichen Stab in meine freie Hand, und im selben Moment gingen alle Lichter aus, sodass es stockdunkel wurde.

Ahs und Ohs waren zu hören sowie einige hysterische Aufschreie. Von irgendwo erklang eine Durchsage: »Bitte schalten Sie jetzt die Schwarzlichtlampen ein.« Einzelne blaue Lichter flackerten auf, und ich begriff, was ich in der Hand hielt. Mit dem Daumen fand ich den Schalter und knipste die Lampe an.

Das Erste, was mir auffiel, war der Drink in meiner Hand, der im Schein des Schwarzlichts blaugrün leuchtete. Dann bemerkte ich, dass der geheimnisvolle Typ verschwunden war. Ich ließ meinen Blick durch den riesigen Raum schweifen, aber obwohl nun immer mehr blaue Stäbe erstrahlten, konnte ich außer einem Heer von menschlichen Silhouetten nichts erkennen. Wo war er? Er hatte doch eben noch neben mir gestanden?

Dann sah ich die Bilder. Und für einen Moment vergaß ich, dass ich gerade den verwirrendsten Menschen kennengelernt hatte, der mir je begegnet war, denn ich begriff, was er mir mit seinen Andeutungen hatte sagen wollen: Die Leinwände waren nicht etwa weiß, wie ich angenommen hatte, sondern bunt, neonfarben, und sie leuchteten, strahlten, nein, sie fluoreszierten. Sie zeigten Gesichter, ausschließlich Gesichter. Junge und alte, schöne und hässliche, glückliche und verzweifelte. Alle schienen sich dem Betrachter entgegenzudrängen, sodass die schwarzen Silhouetten vor ihrer beinah greifbaren Präsenz unwillkürlich ein Stück zurückwichen.

Ich hingegen näherte mich den Kunstwerken wie magisch davon angezogen, denn jedes einzelne gab mir das Gefühl, als wollte es mir eine Geschichte erzählen. Eine Geschichte, die ich unbedingt kennen wollte. Da war ein Junge, der stumm weinte und dessen Kummer ich körperlich zu spüren meinte. Eine dunkelhäutige Frau mit tiefen Falten, die so schallend lachte, dass ich glaubte, es hören zu können. Ein cooler DJ mit Kopfhörern, der mit geschlossenen Augen seiner Musik lauschte. Eine Businessfrau, die so geschäftig wirkte, als wolle sie gleich aus ihrem Gemälde herausrennen. Ein behindertes Mädchen mit rundem Gesicht und ansteckendem Lächeln. Und ein Liebespaar, das sich vom Betrachter abgewandt innig küsste. Die Gesichter dieser Küssenden waren die einzigen, die nicht zu erkennen waren, umso deutlicher stachen die Hände des jungen Mannes heraus, mit denen er den Kopf seine Freundin umschlungen hielt, als müsste er sie vor etwas beschützen. Wovor? Ich wollte es unbedingt wissen!

»Hey, Baby. Da bist du ja. Ich hab dich schon überall gesucht.« Wie aus dem Nichts tauchte Chris neben mir auf und schaffte es tatsächlich, beleidigt auszusehen.

»Moment mal«, verteidigte ich mich. »Du warst doch plötzlich verschwunden.«

»Ich hab mich nur kurz mit einem der Veranstalter unterhalten und danach warst du nicht mehr auffindbar«, hielt Chris dagegen und wirkte gar nicht schuldbewusst. War es möglich, dass er mich wirklich die ganze Zeit gesucht hatte?

»Na, egal, jetzt habe ich dich ja wieder.« Er legte mir wie selbstverständlich einen Arm um die Schulter und betrachtete das Bild, vor dem ich stand. »Heiß«, urteilte er.

Das war nun wirklich das Letzte, woran ich bei diesem Paar dachte. Aber das Verständnis von Kunst liegt ja bekanntlich auch im Auge des Betrachters.

Chris zog mich an sich und drückte seine Lippen auf meine. Ich ließ es geschehen. Er küsste wirklich angenehm und ich konnte einen Kuss gerade gut gebrauchen. Aber es gelang mir nicht zu verhindern, dass ich dabei an Minze dachte.

Es ist ein ganz gewöhnlicher Freitag, und ich habe mir freigenommen, um den Tag mit meinen Mitbewohnern zu verbringen. Ich möchte sie näher kennenlernen, damit ihr sie näher kennenlernen könnt.

6.00 Uhr – Fitness mit Rick

Rick tritt mich aus dem Bett. Sechs Uhr ist nicht meine Zeit! Aber Rick will Sport treiben, bevor er zur Arbeit muss, obwohl sein Job als Fahrradkurier ja auch nichts anderes als Sport ist. Er trippelt schon unruhig auf der Stelle, als ich eine Viertelstunde später ungewaschen und ungeschminkt aus dem Haus trete, und sieht so fit und frisch gestylt aus, als hätte er eine Stunde im Bad verbracht. Mindestens. Er drückt an seiner monströsen Armbanduhr herum und läuft unvermittelt los. He, warte!

Williamsburg ist auch noch nicht richtig wach. Außer ein paar Frühaufstehern und Hundebesitzern ist niemand auf den Straßen unterwegs. Wir laufen am East

River entlang, wo sich ein sagenhafter Ausblick auf Manhattan samt Sonnenaufgang bietet, und weiter auf der Bedford Avenue, der Shopping- und Ausgehmeile, die ebenfalls so gut wie ausgestorben ist. Rick will wohl nicht reden und ich kann nicht. Nach zehn Minuten an seiner Seite bin ich bereits schweißgebadet und außer Atem.

Rick biegt ab und joggt den Fußgängerweg zur Williamsburg Bridge hinauf. Die Hochhäuser von Manhattan liegen auf einmal hinter Maschendraht. Direkt neben uns rattert eine U-Bahn über die Gleise. Rick bleibt stehen – danke, endlich! – und beginnt mit Kraftübungen am Geländer. Liegestütze vorwärts, Liegestütze rückwärts, Liegestütze mit nur einem Arm. Ich bekomme vom Zusehen Muskelkater.

Wenn ich trainiere, kann ich mich spüren, sagt er und macht hundert Kniebeugen. Wenn alles wehtut, dann bin ich nur ich selbst. Und wer bist du sonst?, frage ich. Ich weiß nicht, sagt er. Eine leere Hülle, vollgestopft mit den Erwartungen der anderen. Welcher anderen? Meiner Eltern, meiner Schwestern, der ganzen Familie ... Und was hast du für Erwartungen an dich selbst? Ich weiß es nicht, sagt er, hängt sich in den Maschendraht und zieht die Beine immer wieder hoch. Ich wünschte, ich wüsste es. Er rennt los und ich komme kaum hinterher.

10.30 Uhr – Proben mit Pamela

Du musst dich ganz still verhalten. Das hier ist extrem wichtig für mich. Okay? Pam schiebt mich in die dunkelste Ecke des Probenraums. Klar, kein Problem, stimme ich zu. Sie geht zur Bühne, die bereits ausgeleuchtet ist, und drapiert sich auf einen Stuhl. Heute trägt sie nur Schwarz, das habe ich außer bei der Beerdigung noch nie an ihr gesehen. Und sie scheint nervös zu sein, rutscht auf dem Stuhl hin und her, knibbelt an ihren Daumennägeln und murmelt halblaute Sätze.

Fünfundzwanzig Minuten später: Professor J. weht durch die Tür. Dafür, dass er auf die Vierzig zugeht, macht er was her. Er ist so ein George-Clooney-Typ, der sieht ja auch immer besser aus, je älter er wird. Er wirft seine Tasche auf den Boden und seinen weiten schwarzen Mantel darüber. Pam fliegt ihm an den Hals, er küsst sie und schiebt sie sanft, aber entschieden von sich: Lass uns jetzt arbeiten, okay? Sie proben eine Szene. Immer und immer wieder. Professor J. ist nicht zufrieden. Mehr Gefühl, sagt er. Mehr Ausdruck. Nein, weniger Gefühl. Nicht so übertrieben. Sei echt. Nein, nicht so. Echter!

Hat sie es gelesen?, fragt Pam in der Probenpause. Nein, zum Glück nicht, sie kennt sich mit dem Internet nicht aus, antwortet J. Die beiden sprechen eindeutig von meinem Blog und von seiner Frau. Aber du wirst es ihr endlich sagen, oder?, drängt Pam.

Er wehrt ab: Ich habe dir doch erklärt, dass das im Moment nicht möglich ist. Sie macht eine schwere Zeit durch. Es geht ihr nicht gut. Gesundheitlich. Psychisch. Das würde sie nicht verkraften. Ich muss an die Kinder denken. Das verstehst du doch? Er küsst sie innig.

Die Tür fliegt auf, und J. stößt Pam von sich, sodass sie ins Straucheln gerät. Hier steckst du! Eine Frau, gestylt von der Föhnfrisur über die manikürten Nägel bis hin zu den zwanzig Zentimeter hohen Louboutins. Ohne Pam zu beachten, giftet sie den Professor an: Wir waren verabredet, schon vergessen? Wer zahlt dir denn den ganzen Spaß hier? Da kannst du mich ruhig mal begleiten, wenn ich ein wichtiges Charity-Event habe! Das ist definitiv seine Frau – die mit den gesundheitlichen Problemen! Der Professor nickt wie ein Wackeldackel: ja, Schatz. Sicher, Schatz. Tut mir leid, Schatz. Ich komme schon, Schatz. Die Frau rauscht hinaus und er hinterher, ohne sich von Pamela zu verabschieden.

15 Uhr: Nackt mit Saida

Wo gehen wir denn hin?, frage ich Saida. Fifth Avenue, antwortet sie knapp. Ausgerechnet? Ich hätte nie gedacht, dass sich Miss Kartoffelsack auf dieser Edelshopping-Meile einkleidet. Das tut sie auch nicht, wie sich wenig später herausstellt. Hinter dem Brunnen mit der Prometheus-Statue am Rockefeller

Center warten bereits zehn von Saidas Mitstreiterinnen auf uns. Kaum haben wir sie erreicht, fangen sie an, sich auszuziehen. Wenig später sind sie bis auf hautfarbene Slips genauso nackt wie der goldglänzende griechische Titan. Ohne Kartoffelsack sieht Saida noch mehr aus wie ein Topmodel. Die Anziehsachen landen in einer Sporttasche, die sie mir in die Hand drücken.

Was macht ihr?, frage ich Saida. Wir gehen spazieren, erklärt sie mir. Mit blutrotem Lippenstift schreiben sich die Mädchen gegenseitig etwas auf die Rücken: Lieber nackt als mit Pelz! Und bummeln scheinbar entspannt zwischen den Touristen, Geschäftsleuten und Kundinnen der umliegenden Nobel-Boutiquen die Fifth entlang. Alle, wirklich alle, starren ihnen hinterher. Doch selbst zwei Polizisten greifen nicht ein. Ist es etwa erlaubt, mitten in New York fast nackt herumzulaufen? Ja, sagt Saida. Es gibt dazu ein Gerichtsurteil. Gegen Personen, die sich oben ohne in der Öffentlichkeit zeigen, darf die Polizei nichts unternehmen.

Die Stimmung des kleinen Protestzugs wird ausgelassener, als wir uns dem Ausgangspunkt wieder nähern. Doch dann bleibt Saida wie erstarrt stehen. Eine hochgewachsene, hellhäutige Frau kommt auf uns zu, mustert Saida mit zusammengekniffenen Lippen und schüttelt missbilligend den Kopf. Hi, Mom, bringt Saida heraus, es klingt, als wäre ihr schlecht. Wenn du etwas zum Anziehen brauchst, musst du bloß anrufen, sagt die Frau, die offenbar Saidas Mutter ist – kaum zu glauben, denn die einzige Ähnlichkeit der beiden scheint in ihrer schroffen Art zu bestehen. Ohne ein weiteres Wort dreht sie sich um.

19 Uhr: Daten mit Abby

Er ist der Richtige, ich weiß es! Vor Aufregung hat Abby hektische rote Flecken im Gesicht. Wir sitzen auf den rot bezogenen Hockern einer Bar und warten auf Mr Right. Abby kennt ihn jetzt seit einer Woche. Natürlich nur virtuell. Er sieht genau aus wie William, schwärmt sie. Supisüß! Mittlerweile weiß ich, wie sehr sie den britischen Thronfolger verehrt. Natürlich trägt Abby zu diesem Date ihr Herzogin-Kate-Kleid. Er ist klug und witzig und er arbeitet an einer High School, genau wie ich, das ist doch kein Zufall, das ist Schicksal! Abby kann gar nicht mehr aufhören zu reden.

Auf jeden Fall ist Abbys Date nicht pünktlich. Wir warten schon seit einer Viertelstunde, aber das sei in New York normal, erklärt sie mir. Niemand kommt pünktlich! Außer Abby. Zum hundertsten Mal justiert sie die rote Rose auf dem Tresen, ihr Erkennungszeichen – wie, äh, romantisch! Zwanzig Minuten. Bist du sicher, dass er kommt?, frage ich. Sie ist empört: klar! Er hat es mir heute Morgen versprochen. Wir haben lange gechattet. Wir haben uns ja so viel zu sagen. Ich glaube, wir sind seelenverwandt. Ihre Wangen werden

noch röter. Heute Morgen bei der Arbeit?, hake ich
nach. Klar, sagt sie. Es war wenig zu tun.

Abby lässt die Tür nicht aus den Augen. Dann, nach
einer halben Stunde, kommt er endlich herein: Mr
Right, unschwer zu erkennen an der roten Rose im
Knopfloch. Seine Ähnlichkeit mit Prinz William ist allerdings sehr gering. Er erinnert eher an dessen Vater
Charles, sowohl wegen des Alters als auch wegen seiner Segelohren. Abby wird bleich. Mr M…, stottert sie.
Also doch nicht Mr Right? Was machen Sie denn hier?,
reagiert er wenig geistreich.

Mit einer möglichst unauffälligen Geste wischt Abby
die rote Rose über den Tresen, sodass sie hinter die
Bar fällt. Doch ohne Zweifel hat der Mann das Erkennungszeichen bemerkt. Als ich vom Hocker rutschte,
um wie vereinbart zu verschwinden, hält Abby mich
am Arm fest. Darf ich vorstellen, sagt sie. Das ist
Mr M., der Rektor unserer High School.

Pinkstone – der Countdown läuft:
Noch 17 Tage bis zum Abriss!

KAPITEL 14

Gedankenverloren steckte ich mir eine Handvoll roter Gummibärchen in den Mund. Frühstücksersatz. Das Schraubglas mit den roten Bären war fast leer. Das hatte es ja noch nie gegeben. Ich konnte einfach nicht aufhören, an den Minzetypen zu denken. Und an Chris natürlich. Ich sollte mich auf Chris konzentrieren, schätzte ich. Chris hatte mir gestern eine Nachricht geschickt und heute Morgen zwei weitere. Er wollte ein drittes Date. Aber beim dritten Date erwartet ein Mann mehr als nur Küssen, hatte Abby mir erklärt. Und ich wusste nicht, ob ich das wollte – mit Chris. Also: noch eine Handvoll roter Gummibärchen. Das Chaos im Kopf lichtete sich davon nicht, dafür grummelte mein Magen. Zeit für echtes Frühstück.

Doch in der Küche herrschte ein ähnlicher Ausnahmezustand wie in meinem Kopf. Alle Stühle standen auf dem Tisch, Rick hockte auf der Spüle und kaute einen Energieriegel, dazwischen fuhrwerkte Abby mit einem Staubsauger herum, der einen Lärm wie ein Schwerlasttransporter machte. Pam – heute wieder blind – versuchte vergeblich, zum Kühlschrank vorzudringen, ohne mit dem Saugungetüm zu kollidieren.

»Was ist denn hier los?« Ich schwang mich neben Rick auf die Arbeitsplatte.

»Abbys Eltern kommen zu Besuch«, brüllte er mir ins Ohr und bot mir seinen Kaffeebecher an. Dankbar trank ich einen großen Schluck.

»Und deshalb macht sie so einen Wirbel?«, brüllte ich zurück, genau in dem Moment, als Abby den Staubsauger zum Schweigen brachte. Mit säuerlicher Miene quittierte sie meine Bemerkung.

»Ihr könntet ruhig mal helfen, schließlich mache ich den ganzen Dreck hier nicht allein.« Aus dem Nichts zauberte sie einen nassen Wischmopp hervor und warf ihn in unsere Richtung. Reflexartig lehnte Rick sich zur Seite, unsere Schultern stießen sanft aneinander – und der Mopp klatschte in die Spüle.

»Sorry«, murmelte Rick und rückte schnell wieder von mir ab. Abbys Ausdruck wurde noch etwas säuerlicher.

»He, wer hat meinen Low-Fat-Joghurt aufgegessen!«, rief Pam empört, während sie im Kühlschrank herumtastete.

»Niemand«, erklärte Abby ungeduldig. »Ich habe bloß den Kühlschrank sauber gemacht und die Joghurts ins oberste Fach gestellt. Hier.« Sie schob Pam zur Seite und drückte ihr einen Becher in die Hand.

»Sie hat den Kühlschrank sauber gemacht, weil ihre Eltern zu Besuch kommen?«, erkundigte ich mich erstaunt bei Rick, der anstelle einer Antwort vielsagend eine Augenbraue in die Höhe zog. Ein energisches Klopfen erklang von der Eingangstür.

»Was, jetzt schon? Die sind viel zu früh dran.« Abby verfiel in noch größere Hektik, manövrierte den Staubsauger in die Abstellkammer und eilte zur Tür.

»Meinst du, wir können es wagen runterzukommen?«, erkundigte ich mich bei Rick. Er landete bereits federnd auf dem Fußboden und fing an, die Stühle vom Tisch zu räumen.

»Weiß jemand, wo Saida steckt?« Abby tauchte wieder in der Küche auf, im Schlepptau nicht etwa ihre Eltern, sondern einen bulligen Kerl mit rasiertem Schädel und einer langen Narbe quer über dem Gesicht.

»Die schläft noch.« Pam tropfte rosafarbenen Joghurt auf ihr weißes Shirt. »Treppe hoch, erste Tür rechts«, erklärte sie dem Typ, obwohl er noch keinen Ton gesagt hatte und Pam folglich nicht hätte wissen dürfen, dass er da war. Der Bullige verschwand ohne ein Wort aus der Küche.

Da klopfte es erneut und Abby eilte in den Flur.

»Rick, der will zu dir«, erklärte sie merklich genervt bei ihrer Rückkehr. Der junge Mann, der dieses Mal hinter Abby in die Küche trat, war optisch das genaue Gegenteil von Nummer eins: ein schlanker Südamerikaner, sichtlich gut trainiert und mit einem so freundlichen Gesicht, dass ich ihn unwillkürlich anlächeln musste. Im Gegensatz zu Rick. Der maß seinen Besucher mit versteinerter Miene und fragte mit schlecht verhohlenem Entsetzen: »Was willst du denn hier?«

»Ich dachte, ich komme mal auf einen Kaffee vorbei«,

erklärte er und auf dem freundlichen Gesicht zeigte sich Verunsicherung.

»Das geht nicht«, erklärte Rick brüsk. Er drückte mir seinen Kaffeebecher in die Hand und schob den verwirrten Besucher aus der Küche. Kurz darauf konnte man Ricks aufgebrachte Stimme aus dem Flur hören, allerdings konnten wir nicht verstehen, worüber sie sprachen.

»Was hatte das zu bedeuten?«, erkundigte ich mich, leerte Ricks Kaffee und stellte den Becher auf der Spüle ab. Die anderen beiden zuckten ratlos mit den Schultern.

»Und wieso mutierst du zur Putzfee, wenn deine Eltern zu Besuch kommen?«, wandte ich mich an Abby, die, kaum hatte ich den Becher abgestellt, angefangen hatte, ihn zu spülen.

»Das ist keine Mutation, das liegt in den Genen«, antwortete stattdessen Pam. Sie hatte es geschafft, sich auf einen Stuhl zu setzen, ohne diesen dabei umzustoßen, und leerte mittlerweile den dritten Joghurt. »Abbys Mutter hat einen richtigen Putzzwang!«

»Meine Mom hat es halt gern schön«, verteidigte Abby sich. »Dagegen ist doch nichts einzuwenden, oder?« Ich dachte an Abbys penibel aufgeräumtes Zimmer, vermutlich hatte sie ihre Vorliebe für Spitzendeckchen und Porzellanfigürchen auch von ihrer Mom geerbt. Tja, schön war eben Geschmackssache.

Es klopfte, und Rick, der noch immer im Flur mit seinem Besucher diskutierte, öffnete die Tür. Eilig räumte Abby den gespülten Becher in den Schrank und strich sich über den karierten Rock. Der Kontrast dieses Schulmädchen-Rocks zu ihrem schicken Herzogin-Kate-Kleid hätte kaum größer sein können. Mit gefalteten Händen schielte sie erwartungsvoll zur Tür. Doch wieder waren es nicht ihre Eltern, die in die Küche traten, sondern der dritte junge Mann an diesem Morgen. Irgendwo musste es ein Nest geben! Dieser war groß, breitschultrig und strohblond. Er sah aus wie eine männliche Version von Pamela.

»Hi, ich bin ...«, setzte er an.

»Bobby«, quietschte Pam, halb erfreut, halb erschrocken, sprang auf, wobei sie den Joghurtbecher ebenso umwarf wie ihren Stuhl, riss sich Sonnenbrille und Pads herunter und flog ihrem Bruder um den Hals. »Das ist ja mal eine Überraschung! Was machst du denn hier?«

»Ich ... ähm ... dachte, ähm, ich komm mal vorbei«, erklärte er mit noch breiterem texanischem Akzent als seine Schwester.

»Du kommst mal vorbei, klar. Ist ja auch ein Katzensprung von Tarpley im tiefsten Texas nach New York. Bist du etwa wegen der Premiere hier? Das ist ja cool. Hätte nie gedacht, dass einer von euch sich extra deswegen blicken lässt! Aber die findet doch erst nächsten Samstag statt. Wieso bist du dann heute schon gekommen ...« Pams aufgekratzter Wortschwall endete abrupt. Ihr Strahlen wich Besorgnis. »Ist etwas passiert?«

Ihr Bruder schwieg unbehaglich.

»Dadgumit. Bobby, was ist los?«

»Pammy, können wir das bitte in Ruhe besprechen?« Ihr Bruder musterte Abby und mich mit sichtlichem Unbehagen.

»Okay«, gab Pam gedehnt nach, packte seinen Arm und zog ihn mit sich aus der Küche.

Es klopfte. Abby seufzte.

»Ich geh schon«, erklärte ich mich bereit.

Im Flur standen noch immer Rick und sein Besucher und schwiegen sich an. In der Luft zwischen ihnen lag eine solche Spannung, dass man aufpassen musste, um keinen elektrischen Schlag abzubekommen. Ich wollte mich mit gesenktem Blick an ihnen vorbeidrücken, als Rick mich ansprach.

»Maxi, wir gehen jetzt zum Sport, Anthony und ich, okay?«

»Ja, klar«, erwiderte ich erstaunt. Seit wann fragte Rick mich um Erlaubnis, wenn er irgendwohin gehen wollte? Er rannte nach oben, um seine Sporttasche zu holen, und ich blieb mit dem Besucher allein im Flur zurück.

»Bist du seine Freundin?«, erkundigte Anthony sich, kaum war Rick verschwunden.

»Ich? Nein! Wieso?« Das wurde ja immer verrückter!

»Ich ... wollte es bloß wissen.« Sein Gesichtsausdruck kam mir komisch vor. Irgendwie verletzt.

Wieder klopfte es, energischer jetzt. Mist, ich wollte doch öffnen. »Sorry.« Ich ließ Anthony stehen und wandte mich zur Tür. Während ich Abbys Eltern hereinließ – dieses Mal waren sie es wirklich –, kam auch Rick mit seiner Sporttasche zurück. Es gab ein ziemliches Gedränge im Flur, in dessen Verlauf Rick mit Anthony zusammenstieß, und für einen winzigen Moment erzeugte die elektrische Spannung ein kaum wahrnehmbares, aber nicht zu ignorierendes Knistern. Interessant.

Ich dirigierte Abbys Eltern, die beide so kleinkariert wirkten wie der Rock ihrer Tochter, gerade in die Küche, als es erneut klopfte. Was war bloß heute los? Tag der offenen Tür in Pinkstone vielleicht? Vor dem Haus standen zwei Personen, die unterschiedlicher kaum hätten sein können, jedoch gleichermaßen sauer wirkten. Erstens: Saidas Mutter, top gepflegt, teuer gekleidet, sichtlich erfolgsgewöhnt. Und zweitens: der Neffe, bleich, im schlecht sitzenden Anzug von der Stange, ein Verlierertyp eben.

»Wo steckt meine Tochter?«, fauchte Erstere.

»Wo steckt die unverschämte Person, die all diese Lügen im Internet verbreitet?«, giftete Letzterer.

»Treppe hoch, erste Tür rechts«, informierte ich Saidas Mutter, hielt aber den Neffen auf, als er ihr folgen wollte. Auch wenn mein Herz gerade bis in den Hals pochte und mein Mageninhalt ebenfalls nach oben drängte, war mir sofort klar, dass ich allein diejenige war, die diese Konfrontation mit dem Möchtegern-Erben würde durchstehen müssen.

»Ich bin die Person, die Sie suchen«, sagte ich deshalb um eine feste Stimme bemüht.

»Du?« Er betrachtete mich abschätzig von oben bis unten, und ich verschränkte die Arme vor der Brust, die ich herausstreckte, um wenigstens ein bisschen größer zu wirken. Und wenn schon nicht größer, dann wenigstens selbstbewusst.

»Darf ich Ihnen etwas zu trinken anbieten?«, fragte ich möglichst höflich, weil ich hoffte, die Auseinandersetzung mit einem gewissen Anstand führen zu können. »Und wollen wir uns nicht setzen?« Ich deutete zum Wohnzimmer, das, soweit ich wusste, keiner der Bewohner von Pinkstone jemals nutzte.

»Unverschämtheit«, wetterte der Neffe jedoch sofort. »Mir in meinem eigenen Haus einen Sitzplatz und einen Drink anzubieten.« Okay, mit Höflichkeit kam man bei ihm offensichtlich nicht weit. Aber ich konnte auch anders.

»Tut mir leid, aber das hier ist nicht Ihr Haus. Wenn Sie meinen Blog kennen, dann wissen Sie sicher auch, dass Ihre Tante ein Testament hinterlassen hat. Und dass es ihr letzter Wille war, dass ihre Katze Pinkstone erbt. Genau genommen, mussten Sie dafür nicht einmal meinen Blog lesen, denn das Testament Ihrer Tante war Ihnen ja bekannt, oder?«

Zufrieden stellte ich fest, dass ich mit meiner Bemerkung ins Schwarze getroffen hatte. Der Neffe schluckte, dann lief sein bleiches Gesicht tiefrot an. Er sah tatsächlich ein bisschen aus wie Donald Duck, kurz bevor er wütend in die Luft geht. Hoffentlich bekam er keinen Herzanfall!

»So eine Frechheit«, wütete er. »Du hast kein Recht, meine Familienangelegenheiten im Internet zu verbreiten. Du hast im Grunde nicht einmal ein Recht, hier zu wohnen. Oder hast du einen gültigen Mietvertrag mit meiner Tante geschlossen?«

Mist! Meine Selbstsicherheit schwand schlagartig. Daran hatte ich bisher nicht gedacht. Ich hatte zwar kurz nach meinem Einzug brav meine Miete auf das Konto der Pink Lady gezahlt, aber natürlich konnte ich keinen Vertrag vorweisen. Leider spürte mein Gegenüber meine Verunsicherung sofort.

»Das war ja klar! Weißt du, wie man so etwas nennt?

Hausbesetzung! Und da kennt die Polizei keinen Spaß! Ich schlage vor, du packst schon mal deine Koffer.« Er klang nicht mehr wütend, sondern selbstgefällig.

Oh, Mist! In meinem Kopf rasten die Gedanken so schnell, dass ich keinen vernünftigen zu fassen bekam. Ich hatte den Neffen der Pink Lady als Gegner unterschätzt. Aber womöglich hatte er sich diese Strategie, um mich loszuwerden, auch nicht allein ausgedacht, sondern der gerissene Investor Miller steckte dahinter.

»Ich bin kein Unmensch«, erklärte er nun großspurig. »Ich gebe dir zwei Tage Zeit, um auszuziehen. Solltest du aber nach dem Wochenende noch immer hier wohnen und solltest du nicht aufhören, diesen Blog zu führen, dann wirst du von meinem Anwalt hören.«

Ich wollte etwas sagen, aber mir fiel einfach keine passende Erwiderung ein. Und so stand ich noch mit geöffnetem Mund da und starrte auf die Tür, als sie bereits laut hinter dem Neffen ins Schloss geknallt war. Ich fühlte mich winzig klein. Viel zu klein für diese viel zu große Sache.

Und dann klopfte es wieder.

Ich wollte eigentlich nicht öffnen. Für heute hatten wir genug Besuch gehabt, fand ich. Womöglich war es wieder der Neffe, der mir noch mehr Drohungen an den Kopf werfen wollte. Oder sein Anwalt. Oder die Polizei! Stopp, Maxi, zu viel Fantasie, rief ich mich zur Ordnung und machte die Tür auf.

Vor dem Haus stand ein junger Mann, um dessen Hals ein Fotoapparat baumelte.

»Bist du Maxi?«, fragte er, und als ich zögernd bejahte,

177

stellte er sich vor: »Mein Name ist Tim Furrel. Ich arbeite für die *New York Times* und würde gerne eine Geschichte über dich, deine Mitbewohner und dieses coole Haus machen. Ist es okay, wenn ich reinkomme?«

Ungläubig schüttelte ich den Kopf und auf seinem Gesicht erschien ein Ausdruck von Enttäuschung.

»Sorry«, sagte ich schnell. »Klar kannst du reinkommen. Ich hatte einfach einen ziemlich verrückten Tag bisher.«

Er lachte. »Ich kenne dich zwar nicht, aber nach allem, was ich in deinem Blog gelesen habe, hätte ich nichts anderes erwartet.«

Ich schnaubte belustigt. Mit dieser Annahme hatte er wohl recht! Allerdings war mein Tag – wie ich später erfahren sollte – noch verhältnismäßig normal, verglichen mit dem, was meine Mitbewohner zur selben Zeit erlebten.

BEI PAMELA »Okay, was ist los?« Pam bedeutete ihrem Bruder, sich auf ihren Schminkstuhl zu setzen, und ließ sich selbst aufs ungemachte Bett plumpsen, denn eine andere Sitzgelegenheit gab es in ihrem Zimmer nicht. Aber Robert, genannt Bobby, ignorierte das Angebot, stellte stattdessen seine riesige Reisetasche auf dem Stuhl ab und fing an, umständlich darin zu kramen. Pam betrachtete ihren nächstälteren Bruder und spürte, wie ihre Finger vor Ungeduld zu kribbeln anfingen.

Bobby hatte schon immer die Ruhe weggehabt. Er war derjenige gewesen, der bereits im Alter von zehn Jahren, in dem andere Jungs keine Sekunde stillhielten, stundenlang bei einer kalbenden Mutterkuh ausgeharrt hatte. Bobby war auch derjenige, der ihr am wenigsten das Gefühl gegeben hatte, sich beweisen zu müssen, so wie sie es bei ihrem Vater und ihren anderen beiden Brüdern John und Gary – sie waren alle nach Figuren aus Dallas, der Lieblingsserie ihrer Mutter, benannt – ständig empfand.

Trotzdem konnte man nicht behaupten, dass Bobby ihr näher gestanden hätte als einer der anderen. Vielleicht lag es am Altersunterschied, immerhin trennten sie sieben Jahre, vielleicht auch an seiner verschlossenen Art. Pam liebte ihren Bruder, so wie sie ihre ganze Familie liebte, aber sie hatte sich immer als Anhängsel gefühlt, das behütete Nesthäkchen, das niemand für voll nahm. Das hatte sie erst begriffen, als sie von der Ranch im tiefsten Texas nach New York gezogen und plötzlich nicht mehr bloß die Kleine mit den großen Träumen gewesen war. Denn hier, da war sie sich ganz sicher, konnten ihre Träume Wirklichkeit werden.

»Das soll ich dir von Mom geben.«

Pam wusste bereits, was sie erwartete, als Bobby ihr zwei runde Tupperdosen in die Hände drückte, eine davon bis oben hin voll mit Schoko-Cookies und die andere mit einem kompletten Apple Pie. Pam seufzte.

»Danke.«

»Sie lässt dich herzlich grüßen«, fuhr Bobby fort, fast als spule er eine einstudierte Rede ab. »Und alle anderen natürlich auch.«

»Danke«, wiederholte Pam und stapelte die Dosen auf ihrem Nachttisch.

»Willst du sie nicht probieren?«, fragte Bobby erstaunt. »Mom hat sie extra für dich gebacken.«

»Im Moment nicht.« Pamela atmete tief durch, um die Ruhe zu bewahren, was ihr nicht leichtfiel. Sie wusste, dass man Bobby zu nichts drängen konnte, aber sie brannte wirklich darauf zu erfahren, weshalb er gekommen war.

»Du bist dünn geworden.« Er musterte sie kritisch. »Isst du genug?«

»Ja, doch«, brauste sie auf, womit sie ihren Vorsatz, ruhig zu bleiben, über den Haufen warf. »Hast du den weiten Weg extra gemacht, um dich mit mir über meine Essgewohnheiten zu unterhalten?«

»Nein, natürlich nicht.« Bobby räumte die Tasche vom Stuhl auf den Boden und nahm nun doch Platz. Pamela hätte aufspringen und ihn schütteln mögen, aber sie zwang sich, sitzen zu bleiben.

»Dann sag mir endlich, was los ist«, forderte sie.

»Es ist so ...« Bobby schien nach den richtigen Worten zu suchen. »Mom geht es nicht so gut.«

»Was?!« Plötzliche Panik ergriff Pamela und nun sprang sie doch auf und rüttelte ihren Bruder an der Schulter. »Was hat sie? Etwas Schlimmes? Sag mir jetzt sofort, was passiert ist!«

»Nein, nichts Schlimmes. Es ist ihr Rücken. Sie hat Schmerzen. Die Ärzte sagen, sie muss sich schonen.«

»Sag das doch gleich.« Pam ließ sich wieder aufs Bett fallen und spürte, wie die akute Panik einem flauen Gefühl im Magen wich. Gleichzeitig fingen ihre Gedanken an zu rotieren. Wenn ihre Mutter keine bedrohliche Erkrankung hatte, dann hätte sie ihr das auch am Telefon sagen können. Welchen Grund gab es für Bobby, nach

New York zu kommen? Das flaue Gefühl im Magen wurde wieder stärker.

»Warum bist du dann überhaupt hier?«, hakte sie nach und beobachtete mit einer schrecklichen Vorahnung, wie ihr Bruder sich die nächsten Worte zurechtlegte.

»Das Haus, das Kochen, das Putzen, die Wäsche, du weißt schon ... Mom schafft das im Moment nicht alles allein. Deshalb haben wir beschlossen, dass du nach Hause kommen musst. Ich bin hier, um dich abzuholen.«

Sie hatte es ja geahnt!

»Ihr habt das beschlossen?«, erwiderte sie fassungslos. »Einfach so, ohne mich zu fragen?«

»Ja.« Bobby zuckte mit den Schultern, als wäre es eine Selbstverständlichkeit, dass der Familienrat über Pamelas Zukunft entscheiden konnte, ohne dass sie selbst dazu zu Wort kam. Und so war es ja auch immer gewesen. Selbst als sie die einmalige Chance erhalten hatte, für eine Musicalrolle nach New York zu ziehen, hatte sie nicht zugesagt, bis ihre Eltern zugestimmt hatten. Aber jetzt ging es nicht einfach um eine winzige Nebenrolle in einer Broadwayshow. Dieses Mal ging es um eine Hauptrolle im Theater und um ihre Zukunft!

»Bobby«, sagte Pam und versuchte, entschieden zu klingen. »Das funktioniert so nicht.«

»Was?« Er stand auf, um eine der Tupperdosen vom Nachttisch zu holen, und bediente sich an den Keksen. Kauend wartete er auf eine Erklärung.

»Ich kann nicht mit nach Hause kommen. Ich habe eine wichtige Premiere, schon am Samstag. James ... mein Professor dreht durch, wenn ich die verpasse.« Außerdem schnürte sich ihr der Hals zu, wenn sie daran dachte, was aus ihr und James werden würde, wenn sie zurück nach Texas ginge. Dann hätte seine Frau leichtes Spiel, da war sie sicher, und er würde seine Familie niemals verlassen.

»Hm.« Bobby steckte sich den nächsten Keks in den Mund und schien ernsthaft nachzudenken.

»Wirklich. Das ist wichtig. Mir ist das wichtig«, schob Pamela hinterher, damit er den Ernst der Lage begriff, obwohl sie sich wenig Hoffnung machte, dass ihr Bruder sie verstehen würde.

»Na gut«, lenkte er schließlich ein und Pam stieß einen kleinen erleichterten Seufzer aus. War es möglich, dass er sie doch verstand? »Dann nimmst du halt nächsten Sonntag den Bus.« Pam verdrehte die Augen. Nein, er kapierte überhaupt nichts.

»Ich kann den Bus am Sonntag nicht nehmen. Ich kann überhaupt nicht nach Hause kommen«, ereiferte sie sich. »Es geht ja nicht nur um die Premiere. Wir spielen das Stück in insgesamt sechs Aufführungen. Und außerdem befinden wir uns mitten im Semester. Ich kann jetzt auf keinen Fall hier weg.«

»Aber, Pammy!« Bobby stellte die Tupperdose mit Schwung auf dem Schminktisch ab – das war das Maximum dessen, was bei ihm an Aufregung möglich war. »Wir sind deine Familie!«

Ja, dachte Pam resigniert. Das seid ihr. Und sie spürte, wie die Schuldgefühle sie packen wollten, die sie bisher erfolgreich verdrängt hatte. Denn wenn sie eins in ihrer Kindheit gelernt hatte, dann, wie wichtig es war, zu seiner Familie zu stehen.

Aber sie wusste auch, wie sie enden würde, wenn sie jetzt in Bobbys alten Pick-up stieg und mit ihm nach Texas zurückfuhr. Dann würde sie kochen und backen und fett werden und eines Tages einen Rancher heiraten, der sie genauso wenig ernst nahm wie ihr Vater und ihre Brüder. Und das, so viel wusste sie, wollte sie auf keinen Fall.

»Bob, es tut mir leid«, sagte sie und wischte sich mit dem Handrücken über die Augen, weil sich ein paar unerwünschte Tränen darin gebildet hatten. »Fahr nach Hause zurück und sag Mommy, dass ich sie liebe. Und dass ich an Thanksgiving komme und ihr mit dem Truthahn helfe. Okay? Aber ich bleibe hier.«

Ihr Bruder sah sie zunächst befremdet und dann bekümmert an. Aber er wusste, wann er auf verlorenem Posten kämpfte.

»Ich hab ein Zimmer im YMCA bis morgen. Ruf mich an, wenn du es dir anders überlegst«, sagte er, griff nach seiner Reisetasche und ging. Doch im Türrahmen drehte er sich noch einmal um. »Dir ist hoffentlich klar, dass wir eine Haushälterin anstellen müssen, wenn du dich weigerst. Das kostet eine Menge Geld. Mom und Dad werden es sich dann nicht mehr leisten können, dir deine ... Spielereien hier zu finanzieren.«

Kaum hatte er das Zimmer verlassen, schnappte Pamela sich die Schoko-Cookies, setzte sich im Schneidersitz aufs Bett und stopfte sich einen nach dem anderen in den Mund, bis die Dose leer war.

BEI SAIDA Ian küsste fordernd, stürmisch, ja, fast ein bisschen aggressiv. Und auch seine Hände wussten, was sie wollten. Sie wollten unter Saidas weites Shirt, wollten ihre runden Brüste umfassen, und als sich ihnen der BH in den Weg stellte, rissen sie ihn einfach entzwei.

»He«, protestierte Saida, aber er legte ihr seine schwielige Hand auf den Mund und brachte sie damit zum Schweigen.

»Sei still«, forderte er und knetete mit Daumen und Zeigefinger der freien Hand ihre Brustwarze.

Saida quietschte, was unter der Hand auf ihrem Mund kaum zu hören war. Sie war sich nicht sicher, ob ihr gefiel, was Ian mit ihr machte. Aber das ging ihr eigentlich immer so, wenn sie mit einem Mann im Bett landete.

Ian gab ihren Mund frei und fing gerade an, seine Jeans aufzuknöpfen, als eine Faust dreimal laut und energisch gegen die Zimmertür pochte.

»Moment!«, rief Saida und versuchte, sich unter Ians kniendem Körper zu befreien, doch da flog die Tür bereits auf und Saidas Mutter stürmte ins Zimmer.

Mrs Meredith Stone war schon im Normalzustand eine Respekt einflößende Person, aber wenn sie wütend war, konnte sie einem Angst machen. Und jetzt war sie definitiv wütend.

»Wie konntest du es wagen?« Ihre Stimme war eiskalt. Erst als sie sich vor Saidas Futon aufgebaut hatte und von sehr weit oben auf sie hinunterblickte, schien Mrs Stone zu realisieren, dass ihre Tochter nicht allein im Zimmer war.

»Dich kenne ich doch.« Sie betrachtete Ian, der aufgesprungen war und hektisch seine Hose wieder zuknöpfte. Auch Saida erhob sich. Sie überragte ihre Mutter um einen halben Kopf, in ihrer Gegenwart fühlte sie sich dennoch fast immer wie ein kleines Kind.

»Das ist Ian«, sagte sie trotzig. »Wir gehen miteinander aus.« Das entsprach nicht ganz der Wahrheit, denn genau genommen hatte sie Ian erst am Abend zuvor kennengelernt, als sie mit ihren Freundinnen in einer etwas schäbigen Bar ihre gelungene Protestaktion gefeiert hatte. Aber Saida gefiel es, dass ihre Mutter ihren neuen Freund ganz offensichtlich nicht leiden konnte, und sie hatte Spaß daran, sie zu provozieren.

»Ian, richtig.« Mrs Stones Stimme hätte einen Vulkan auf der Stelle gefrieren lassen. »Wie geht es dir?«

»Danke, Mrs Stone. Gut.« Der bullige, schroffe Ian wirkte mit einem Mal wie ein Schuljunge vor der strengen Lehrerin. »Ich geh dann mal.« Er raffte sein T-Shirt vom Boden und verließ fluchtartig den Raum, ohne sich von Saida zu verabschieden. Na toll, wieder ein Typ, den ihre Mutter vergrault hatte. Darin war sie Großmeisterin, selbst bei Saidas Vater, der die Nachsichtigkeit in Person war, hatte sie es irgendwann geschafft.

»Danke schön, Mom«, fauchte Saida und ließ sich grazil wieder auf ihren Futon sinken, wobei sie versuchte, die losen Enden ihres BHs unter dem wallenden Shirt zu verbergen.

»Du wirst mir tatsächlich noch dankbar sein, dass du ihn los bist«, gab ihre Mutter spitz zur Antwort. »Er war vor zwei Jahren bei mir in Behandlung. Auf richterliche Anordnung. Er hat ein Problem mit unkontrollierbarer Aggressivität.«

»Wenn er bei dir auf der Couch gelegen hat, dann sollte er sein Problem ja inzwischen im Griff haben.« Saida verhehlte ihren Sarkasmus nicht. Ihre Mutter war Psychotherapeutin, und sie schmückte sich gerne mit den »schwierigen Fällen« – Jugendlichen und jungen Erwachsenen, die mit dem Gesetz in Konflikt geraten waren und bei Mrs Stone eine »letzte Chance« erhielten. Tatsächlich hatte sie eine Reihe erfolgreicher Therapien vorzuweisen, und manchmal fragte Saida sich, warum es ihrer Mutter gelang, zu all diesen jungen Menschen eine Beziehung aufzubauen, nur nicht zu ihrer Tochter. Adoptivtochter, um genau zu sein. Und vielleicht lag darin ja das Problem.

Meredith und Michael Stone hatten Saida adoptiert, als sie erst wenige Monate alt gewesen war, weil sie selbst keine Kinder bekommen konnten. Und sie gefielen sich darin, nicht irgendein Kind zu sich zu nehmen, sondern ein kakaobraunes Baby aus dem Krisenland Somalia aus Hunger und Armut zu retten, um ihm fern der Heimat die Chance auf ein erfülltes, erfolgreiches Leben zu bieten. Sie nannten das Kind Saida, denn das bedeutete die Glückliche. So hatten sie es ihr erklärt, seit sie mit fünf Jahren zum ersten Mal gefragt hatte, warum ihre Haut nicht weiß war wie die ihrer vermeintlichen Eltern.

»Ich meine es bloß gut«, erklärte Mrs Stone mit ihrem verständnisvollen Psychodoktortonfall, schien sich dann aber wieder daran zu erinnern, dass sie sauer auf Saida war, und setzte eine verkniffene Miene auf.

»Kannst du mir das hier erklären?«, fragte sie und beförderte aus ihrer Louis-Vuitton-Tasche eine Kreditkartenabrechnung hervor. Saida musste nicht darauf schauen, um zu wissen, dass dreitausend Dollar auf den Namen ihrer Mutter an eine Tierrechtsorganisation überwiesen worden waren. Just an dem Tag, als Mrs Stone Saida ihre Karte geliehen hatte, um damit neue Klamotten shoppen zu gehen.

»Bestiehlst du mich etwa?« Mrs Stones Mund wurde schmal wie ein Strich, so fest presste sie die Lippen aufeinander. Aber Saida blieb ganz entspannt.

»Jemanden zu bestehlen, bedeutet, ihm heimlich etwas wegzunehmen. Aber du hast mir deine Kreditkarte selbst gegeben.« Saida war sich tatsächlich keiner Schuld bewusst. Außerdem waren dreitausend Dollar für ihre Mutter Kleingeld, ihre Handtasche hatte mehr gekostet. Aber Mrs Stone sah das offenbar anders.

»Ich fürchte, wir waren immer zu großzügig zu dir«, erklärte sie spitz. »Du hast nie lernen müssen, mit Geld umzugehen, und wie es scheint, hast du noch nicht einmal gelernt, dass man kein Geld von anderen ohne ihre Erlaubnis nehmen darf. Nun, ich erwarte, dass du mir die gesamte Summe zurückzahlst. Innerhalb von drei Monaten ...«

»Aber, Mom«, wandte Saida empört ein, doch ihre Mutter war noch nicht fertig.

»Und komm nicht auf die Idee, deinen Vater darum zu bitten. Wir haben darüber gesprochen und sind uns einig, dass du selbst für diesen Fehler geradestehen musst.«

Erst in diesem Moment begriff Saida, wie ernst es ihrer Mutter war, denn eigentlich redeten ihre Eltern seit der Scheidung vor fünf Jahren kein Wort mehr miteinander.

»Aber, Mom«, startete sie dennoch einen weiteren Versuch. »Woher soll ich das Geld denn nehmen?«

»Das ist dein Problem«, zeigte ihre Mutter sich eisern und ging. Sie war kaum zur Tür heraus, als Ian wieder auftauchte, das T-Shirt noch immer in der Hand, sodass man die Schlangen-Tattoos auf seinem Oberkörper bewundern konnte.

»Ist sie weg?« Er sah sich hektisch um. »Ich hab mich im Bad versteckt.«

»Ja, ist sie«, erwiderte Saida. »Und du solltest auch verschwinden. Mit uns beiden, das wird nichts.« Sie nahm eine echte Schlange aus dem Terrarium in der Zimmerecke und ließ sie gedankenverloren durch ihre Finger gleiten. Zufrieden beobachtete sie, wie Ian ohne Protest abzog. Sie hatte im Moment andere Probleme, als sich mit einem Ex-Schläger einzulassen. Sie musste dreitausend Dollar beschaffen und sie hatte keine Ahnung wie.

BEI ABBY »Lasst uns beten.« Mr O'Brian faltete die Hände und dankte Gott mit gesenktem Kopf für den Donut auf seinem Teller. Seine Frau und Abby taten es ihm gleich. Kaum hatte er den ersten Bissen von seinem Teigkringel genommen, verfiel Abbys Vater jedoch wie immer in Schweigen. Peter O'Brian war Pfarrer und musste mit den Menschen in seiner Gemeinde den ganzen Tag über so vieles sprechen, dass er es im Kreis seiner Familie vorzog, nichts zu sagen. Das Reden übernahm deshalb seine Frau.

»Für den Wohltätigkeitsbasar benötigen wir noch Helfer. Ich habe dich für das Kuchenbuffet eingetragen, das war doch in Ordnung, Schätzchen?« Olivia O'Brian wartete Abbys zustimmendes Nicken kaum ab und redete bereits weiter. Der Donut lag derweil unberührt auf ihrem Teller.

»Es wäre übrigens schön, wenn wir dich sonntags öfter in der Kirche sehen würden. Die Leute haben schon angefangen, nach dir zu fragen. Ich weiß, dass es ein weiter Weg ist. Aber einmal in der Woche ist es doch nicht zu viel verlangt, zu uns rauszukommen, oder, Schätzchen?« Es klang nicht wie eine Frage, sondern wie eine Feststellung. Besser gesagt wie eine Forderung. Abby nickte bloß wieder und biss ein großes Stück von ihrem Donut ab. So viel und so gern sie sonst redete, wusste sie, dass sie bei ihrer Mutter ohnehin nicht zu Wort kommen würde.

Abbys Smartphone, das neben ihr auf dem Küchentisch lag, piepste. Zu gern hätte sie nachgeschaut, wer ihr geschrieben hatte. Nach dem Datingdesaster am Freitagabend hatte sie bereits in der letzten Nacht einen neuen, vielversprechenden Kontakt geknüpft, und sie hoffte, ihn noch heute persönlich kennenzulernen. Aber vor ihren Eltern traute sie sich nicht, das Telefon zu kontrollieren.

»Dein Vater und ich haben uns überlegt, dass es besser wäre, wenn du wieder in unsere Nähe ziehst. Ich meine, jetzt wo das Haus abgerissen werden soll ...«

Abby verschluckte sich vor Schreck an einem Stück Donut und hustete würgend. Hatte ihre Mutter womöglich den Pinkstone-Blog gelesen? Wusste sie Bescheid darüber, was Abby an den Wochenenden tat? Nein, jetzt fiel ihr wieder ein, dass sie selbst den Eltern vom geplanten Abriss erzählt hatte. Zurück zu ihrer Familie nach Queens zu ziehen, hatte sie allerdings sicher nicht geplant. Wieder piepste ihr Handy. Abby wurde ganz nervös.

»Willst du nicht drangehen?«, fragte Mrs O'Brian.

»Nein, ist nicht so wichtig«, erklärte Abby und hoffte, dass sie nicht rot anlief, weil sie ihre Mutter belog.

»Und wie läuft es auf der Arbeit?«, heuchelte Mrs O'Brian Interesse an Abbys Job als Schulsekretärin. In ihren Augen war das wirklich Wichtige, dass Abby einen guten – und das bedeutete gläubigen – Mann fand, heiratete und viele Kinder bekam. Abby selbst war ein Einzelkind geblieben, was sicher nicht der Wunsch ihrer Eltern, aber offensichtlich der Wille Gottes gewesen war.

»Auf der Arbeit ist alles gut«, antwortete sie ausweichend und spürte nun tatsächlich die verräterische Hitze in den Wangen aufsteigen, als sie wieder an das peinliche Treffen in der Bar mit Mr Merchant, dem Schulleiter, dachte. »Ich muss mich mal frisch machen«, entschuldigte sie sich und presste ihre eiskalten Hände gegen das glühende Gesicht. Schon im Flur hörte sie ihr Handy erneut piepen und ärgerte sich, dass sie vergessen hatte, es mitzunehmen, aber jetzt wollte sie nicht mehr umdrehen, um es vom Küchentisch zu holen.

Nachdem sie sich schnell einen Schwall kaltes Wasser ins Gesicht geschüttet und ihr Gesicht im Spiegel kontrolliert hatte, fühlte Abby sich wieder in der Lage, in die Küche zurückzukehren. Doch als sie den Raum betrat, spürte sie sofort, dass während ihrer kurzen Abwesenheit etwas vorgefallen sein musste. Ihr Vater schob konzentriert die Krümel auf seinem Teller mit dem Zeigefinger zusammen und ihre Mutter starrte ihr sprachlos entgegen.

»Warum tust du uns das an?«, stieß Mrs O'Brian schließlich hervor und wies anklagend auf das Handy, das nun neben ihrem Teller lag. Augenblicklich kehrte die Hitze in Abbys Wangen zurück wie züngelnde Flammen.

»Mommy, das solltest du nicht ...«, wandte sie ein, aber ihre Mutter ließ sie gar nicht zu Wort kommen.

»Es hat geklingelt«, erklärte sie. »Und ich wollte nicht unhöflich sein, deshalb bin ich drangegangen, als du im Bad warst. Aber das waren gar keine Anrufe. Das waren alles Nachrichten. Von einem Mann, Abby, einem wildfremden Mann, mit dem du dich offensichtlich verabredet hast. Schätzchen, wie kannst du uns das bloß antun?«, wiederholte sie und schüttelte ungläubig den Kopf.

»Mommy, das ist bloß ein Date«, versuchte Abby, sich zu verteidigen, aber sie wusste bereits, dass ihre Eltern dafür kein Verständnis haben würden.

»Schätzchen, das macht man nicht. Das ist untugendhaft. So habe ich dich nicht erzogen«, tadelte Mrs O'Brian sie, sichtlich erschüttert.

»Aber, Mommy, es ist doch gar nichts passiert«, startete Abby einen letzten Versuch – vergeblich.

»Nichts passiert?«, ereiferte sich Mrs O'Brian. »Du hast dich feilgeboten auf diesem Internetmarkt. Das gehört sich nicht. Was, wenn die Leute das erfahren?« Ja, klar, ihrer Mutter war schon immer am wichtigsten gewesen, was die Mitglieder ihrer Gemeinde über sie dachten. »Nun, sag doch auch mal was!«, forderte sie ihren Mann auf.

»Ich denke ...«, sagte Mr O'Brian bedächtig und strich sich über die schütteren Haare, »... dass Abby noch sehr jung ist und es ihr manchmal schwerfällt, den richtigen Weg zu erkennen, den Gott für sie vorgesehen hat.« Abby atmete auf, immerhin hatte ihr Vater Verständnis für sie.

Aber er war noch nicht fertig. »Es gibt eine neue Gruppe in unserer Gemeinde, die Mitglieder treffen sich immer sonntags nach dem Gottesdienst. Es sind ausschließlich junge Leute, die sich der Bewegung *Wahre Liebe wartet* angeschlossen haben. Ich denke, dass du dort auf viele Gleichgesinnte treffen wirst.«

Pfarrer O'Brian sagte nicht: Ich erwarte, dass du diese Gruppe besuchst. Das musste er gar nicht. Abby wusste es auch so. Sie hatte schon von *Wahre Liebe wartet* gehört. Die Mitglieder legten ein Jungfräulichkeitsgelöbnis vor der Ehe ab. Etwas, das Abby niemals freiwillig getan hätte, denn was, wenn Mr Right auftauchte, aber nicht bereit wäre, ihr auf der Stelle einen Ring an den Finger zu stecken? Doch jetzt blieb ihr nichts anderes übrig, weil Abby immer das tat, was ihre Eltern von ihr verlangten.

BEI RICK »Ich hab die Schnauze voll, ehrlich.«

»Scht!« Rick sah sich besorgt in der Sammelumkleide des Fitnessstudios um, stellte aber zu seiner Erleichterung fest, dass sich außer Anthony und ihm selbst niemand dort aufhielt.

»Nix: scht!«, regte Anthony sich auf. »Ich halte jetzt schon viel zu lange die Klappe. Dieses Versteckspiel geht mir so was von auf die Nerven!« Er frottierte seinen dichten Haarschopf energischer als unbedingt nötig, und Rick konnte nicht umhin, das Anspannen seiner Muskeln unter der glatten Haut des nackten Oberkörpers fasziniert zu beobachten.

»Ricky, so geht das nicht weiter.« Anthony streifte sich ein Shirt und einen lässigen Wollpulli über den Kopf, dann schlüpfte er in seine eng geschnittenen Jeans und zuletzt in die Sneakers. Rick beeilte sich, ebenfalls seine Klamotten überzuziehen, weil er sich blöd vorkam, wenn er halb nackt vor Anthony stand und dieser ihn so aufmerksam musterte.

»Lass uns das nicht hier besprechen«, bat er.

»Nicht hier. Nicht jetzt. Überhaupt nicht«, motzte Anthony gerade, als zwei Männer mit Squashschlägern in die Umkleide traten. Beinahe hätte Rick wieder »Scht« gemacht, konnte sich aber gerade noch bremsen.

»Komm, wir gehen einen Kaffee trinken«, schlug er schnell vor. Anthony verzog genervt den Mund, stimmte jedoch zu.

Ohne zu reden, liefen sie von dem Studio, das im Erdgeschoss eines großen Neubaus direkt am East River gelegen war, zu *Toby's Estate*. Jeder mit einer Soja-Latte in der Hand setzten sie sich vor dem Panoramafenster des Cafés auf der breiten Fensterbank in die Sonne.

Anthony zog seine Ray-Ban-Sonnenbrille vom Kopf auf die Nase, sodass die dunklen Gläser seine Augen verbargen, und schwieg Rick an, bis es diesem zu unangenehm wurde.

»Du weißt, wie schwierig das alles für mich ist«, setzte er zu einer Erklärung an und spielte nervös am Plastikdeckel seines Kaffeebechers herum. Anthony schnaufte bloß.

»Hab ein bisschen Geduld«, versuchte Rick es erneut und legte seine Hand auf Anthonys Arm, doch der schüttelte sie sofort wieder ab.

»Ich habe mich lange genug geduldet«, erklärte er so

ruhig, dass Rick Angst bekam. Er hätte es verstanden, wenn Anthony wieder wütend geworden wäre. Dann hätte er wenigstens gewusst, dass es ihm auch etwas bedeutete, aber diese Ruhe klang, als hätte Anthony ihn bereits abgeschrieben. »Ich habe einfach keine Lust mehr auf dieses dämliche Versteckspiel.«

»Ich kann es ihnen nicht sagen, verstehst du das nicht? Meine Eltern sind konservativer als der Papst. Wenn mein Vater davon erfährt, bekommt er einen Herzinfarkt. Und meine Mutter ... ich weiß nicht, was sie tun würde, aber es wäre sicher nichts Gutes.« Rick merkte selbst, dass er immer schneller sprach, um Anthony von seinen Worten zu überzeugen, aber der lächelte nur traurig.

»Ich habe noch nie davon gehört, dass jemand einen Herzinfarkt erlitten hätte, weil sein Sohn sich geoutet hat, Rick.«

»Du kennst meinen Vater nicht«, wandte Rick ein und hätte die Worte am liebsten zurückgenommen, als er merkte, dass er damit ein Eigentor geschossen hatte.

»Nein, aber das liegt nicht an mir«, erwiderte Anthony prompt, stellte den unberührten Kaffeebecher auf die Fensterbank, verschränkte die Arme vor der muskulösen Brust und streckte die Beine auf den Gehweg. Es hätte entspannt aussehen können, aber Rick kannte seinen Freund mittlerweile gut genug, um zu wissen, dass Anthony alles andere als entspannt war. Er selbst spürte die Unruhe in jedem Muskel seines Körpers, und er konnte nicht verhindern, dass seine Füße unruhig auf dem Asphalt wippten.

»Bleib cool, Tony.« Rick bemühte sich vergeblich um einen beschwichtigenden Ton. »Mit uns läuft es doch gut.

Warum willst du das jetzt aufs Spiel setzen?« Noch einmal streckte er die Hand nach Anthony aus, wurde aber wieder weggestoßen.

»Gut? Das nennst du gut?« Anthony schnaufte erneut. »Wir sind jetzt seit drei Monaten zusammen, aber wir treffen uns nur bei mir, weil du Panik hast, dass in deiner WG jemand dahinterkommen und es deinen Eltern petzen könnte. Und wenn wir draußen unterwegs sind, dann benimmst du dich wie mein bester Kumpel. Nicht mal ein kleiner Kuss ist drin! Wie paranoid ist das denn bitte?«

»Ich steh halt nicht auf Knutschen in der Öffentlichkeit«, verteidigte Rick sich lahm. »Ist das dein Problem? Dass ich dich nicht vor aller Welt küssen will?« Er nahm einen großen Schluck von seinem Kaffee und hätte ihn am liebsten wieder ausgespuckt. Er war lauwarm geworden und schmeckte schal.

»Nein, das Problem ist, dass du mich am liebsten vor der Welt verstecken würdest«, erklärte Anthony bestimmt. »Und deshalb glaube ich auch nicht, dass deine Eltern das Problem sind, sondern du selbst.«

Rick schluckte trocken, aber Anthony war noch nicht fertig. Er wandte sich Rick zu, schob die Sonnenbrille wieder in die Haare und sah ihn ernst an.

»Der coole Rick, Supersportler und Supermann, kommt nicht damit klar, dass er auf Jungs steht. Das passt einfach nicht zu deinem Bild von dir selbst! Deshalb wird sich auch nichts ändern.« Er stand auf und hob die Hand lässig zum Gruß. »Und deshalb verschwinde ich jetzt besser.«

Eine Welle von Panik überflutete Rick. Ohne nachzudenken, griff er nach Anthonys Hand, zog ihn zu sich, bis er mit der anderen Hand seinen Nacken zu fassen bekam, und presste seine Lippen auf Anthonys Mund. Er hatte recht: Rick hatte sich immer geweigert, Anthony vor anderen Leuten zu küssen. Und vielleicht hatte er auch mit allem anderen recht, was er Rick vorgeworfen hatte. Und Rick wusste nicht, ob er Anthony durch sein Verhalten so vor den Kopf gestoßen hatte, dass er nichts mehr von ihm wollte. Aber er wusste, dass er alles tun würde, um das zu verhindern. Auch wenn das bedeutete, dass er vor allen Leuten mit ihm herumknutschen musste.

Dann spürte er, wie Anthony seinen Kuss erwiderte, und dieser Kuss in der Sonne fühlte sich so richtig an, dass Rick die Augen schloss und an nichts anderes mehr dachte.

Bis ... rums ... jemand in sie hineinlief.

»Oh, sorry, ich hab nicht aufgepasst«, sagte der Jemand. Als Rick die Stimme erkannte, stieß er Anthony von sich und stammelte: »Maxi ... es ist nicht so, wie du denkst.« Wobei ihm selbst klar war, dass die Situation kaum misszuverstehen war. Dann wandte er sich an Anthony. »Darf ich vorstellen: meine neue Mitbewohnerin Maxi.«

Doch Anthony schüttelte nur den Kopf, drehte sich um und ging grußlos davon.

Kapitel 15

Mist, mein Kaffee«, sagte ich und bückte mich umständlich nach dem leeren Becher in der hellbraunen Lache, um Rick und seinem Freund einen unbeobachteten Moment zu verschaffen. Es war ganz offensichtlich, dass meinem Mitbewohner mein Auftauchen peinlich war, und ich ärgerte mich doppelt, dass ich nicht besser aufgepasst hatte, wo ich hinlief.

»Hey, Tony, warte!«, rief Rick und es klang irgendwie verzweifelt. Ich schaute hoch und konnte gerade noch erkennen, wie Ricks Freund um die nächste Straßenecke verschwand. Rick wandte sich zu mir und betrachtete mich mit einem schwachen Mundwinkel-Augenbraue-Lächeln.

»Ich glaube kaum, dass da noch was zu retten ist«, stellte er fest, wobei ich mir nicht sicher war, ob er meinen verschütteten Kaffee oder die Geschichte mit seinem Freund meinte.

»Meine Schuld.« Ich zuckte die Schultern. »Ich hätte besser aufpassen sollen.« Rick streckte mir die Hand entgegen und half mir hoch.

»Hier, nimm den. Tony hat ihn nicht angerührt.« Er reichte mir einen Kaffeebecher von der Fensterbank vor dem Café. »Ist aber nicht mehr heiß.«

»Macht nichts. Danke.« Ich nahm einen großen Schluck und schüttelte mich. Nicht heiß war eine ziemliche Untertreibung: Der Kaffee war kalt und schmeckte außerdem sehr gesund! »Brr, was ist das denn?«

»Sojamilch.« Erst als Ricks schiefes Lächeln etwas breiter wurde, fiel mir auf, wie zerknirscht er bis gerade gewirkt hatte.

»Alles in Ordnung?«, fragte ich und ließ mich auf der Fensterbank in der Sonne nieder.

»Weil ich Sojamilch trinke?« Rick setzte sich mit übergeschlagenen Beinen neben mich und fing augenblicklich an, mit einem Fuß zu wippen. Konnte dieser Typ niemals stillhalten? »Soja ist extrem gesund, im Gegensatz zu Kuhmilch enthält es kein Cholesterin und jede Menge ungesättigte Fettsäuren ...«

»Rick«, unterbrach ich ihn. »Ich rede nicht von der Sojamilch.«

»Ich mag sie eigentlich auch nicht«, gab er zu und zuckte unbehaglich mit den Schultern. »Aber Tony schwört drauf.«

»Dein Freund heißt Tony?«, hakte ich nach, ehrlich gesagt war ich ziemlich neugierig, was es mit dem Typen, der so fluchtartig verschwunden war, auf sich hatte.

»Anthony«, korrigierte Rick versonnen und schüttelte dann vehement den Kopf. »Allerdings wäre mir lieber, du würdest vergessen, was da eben passiert ist.«

»Okay«, sagte ich, wobei ich das kurze Wort zweifelnd

in die Länge zog. Scheinbar desinteressiert blickte ich einem Mann hinterher, der auf der anderen Straßenseite fünf große Hunde spazieren führte, deren Leinen sich rettungslos verheddert hatten. Insgeheim hoffte ich, dass Rick mir von sich aus erzählen würde, wer Anthony war und was er mit ihm zu tun hatte – wobei ich mir Letzteres gut selbst zusammenreimen konnte. Trotzdem dachte ich, dass es Rick helfen könnte, darüber zu sprechen. Aber ausgerechnet bei ihm schien mein Talent, selbst wildfremde Menschen durch bloßes Zuhören zum Reden zu bringen, zu versagen. Unvermittelt sprang er auf und schnappte sich seine Sporttasche.

»Ich glaube, ich geh eine Runde laufen. Willst du mitkommen?« Bekam er eigentlich nie genug davon, sich auszupowern?

»Nee, danke, lass mal«, wehrte ich ab. Der ziehende Muskelkater in meinen Oberschenkeln erinnerte mich nur zu deutlich an meinen gestrigen gescheiterten Versuch, mit Rick mitzuhalten.

»Cool, dann bis später.« Er setzte sich eilig in Bewegung, selbst sein normaler Schritt hatte etwas von Jogging, doch kurz bevor er die nächste Ecke erreichte, drehte er abrupt um und kam zu mir zurückgelaufen.

»Maxi«, sagte er ernst und sah mich irgendwie flehend an. »Könntest du bitte für dich behalten, was du eben gesehen hast? Ehrlich, das wäre mir wichtig.«

Ich zögerte. Ich wollte wirklich gern wissen, warum Rick seinen Freund vor uns allen geheim hielt. Aber ich wusste auch, dass ich ihn nicht zum Reden zwingen konnte. Also nickte ich.

»Okay.«

»Cool.« Rick klang sehr erleichtert, machte kehrt und lief wieder davon. Gedankenverloren sah ich ihm nach und rätselte über die Gründe für Ricks Versteckspiel. Doch vor allem fragte ich mich, wie lange es noch gut gehen konnte.

Mein Handy klingelte.

»Hey, Baby, wo steckst du gerade?« Chris. Wieso nannte er mich eigentlich seit Neuestem ständig Baby? Ich war kein großer Fan von Spitznamen, mein richtiger Name erschien mir schon unpassend genug, aber ich zog ihn der Bezeichnung Baby trotzdem vor.

»Ich sitze mit einem Kaffee in der Sonne«, erklärte ich etwas verstimmt und warf einen deprimierten Blick auf den noch immer randvollen Becher mit Soja-Latte. »Na ja, eigentlich ohne Kaffee.«

»Ah, schön.« Chris schien den negativen Unterton nicht zu bemerken. »Und was hast du heute noch so vor?«

Tja, gute Frage. Was hatte ich vor? Eigentlich reichten mir die Geschehnisse des Vormittags für einen gesamten Tag! Während des überraschenden Interviews mit dem Reporter der *New York Times* hatte ich die unerfreuliche Begegnung mit dem Neffen und seine Drohung verdrängt, aber mir war klar, dass ich mir unbedingt etwas einfallen lassen musste, damit mich nicht übermorgen ein Polizeikommando aus dem Haus zerren würde.

Allerdings konnte ich schlecht nachdenken, wenn ich still herumsaß, deshalb war ich losgelaufen, um mir einen Kaffee zu besorgen. Doch der hatte sein viel zu frühes Ende in einer Lache auf dem Gehsteig gefunden und mir statt brillanter Lösungsansätze nur eine irritierende

Begegnung mit Rick und seinem geheimnisvollen Freund eingebracht, über die ich nun zusätzlich nachgrübeln musste.

»Bist du noch dran, Baby?«, unterbrach Chris meine Gedanken.

»Ja, ja«, machte ich und ließ meinen Blick genervt die Straße entlangschweifen. Er blieb an einem Schild hängen, das auf den Brooklyn Flea hinwies, der offensichtlich gleich in der nächsten Querstraße stattfand. Plötzlich spürte ich das dringende Bedürfnis, auf diesem Flohmarkt herumzubummeln und einfach an gar nichts denken zu müssen.

»Ich geh auf den Flohmarkt«, erklärte ich Chris, überzeugt davon, dass er niemals eine solche Veranstaltung besuchen würde, dafür erschien er mir viel zu geschniegelt. Umso überraschter war ich, als er spontan erklärte, mitkommen zu wollen.

»Wir treffen uns dort, ich brauche eine halbe Stunde«, stellte er mich vor vollendete Tatsachen. »Und danach gehen wir was trinken, ich kenne da eine coole Bar in Williburg.«

»Okay«, sagte ich gedehnt, aber Chris hatte schon aufgelegt, so sicher schien er sich zu sein, dass ich mich über seine Gesellschaft freuen würde.

Ich war mir da nicht so sicher. Ehrlich gesagt, war ich mir sogar ziemlich sicher, dass ich den Nachmittag lieber allein mit mir und meinen Gedanken verbracht hätte. Außerdem gefiel mir weder, wie er sich unser drittes Date quasi erschlichen hatte, noch wie er »meinen« Stadtteil als »Williburg« bezeichnet hatte. Ich fand, eine solche

Vertraulichkeit stand ihm als Bewohner der Upper West Side – denn dort hatten seine Eltern ihm ein Appartement am teuren River Side Drive gekauft – nicht zu.

Maxi, stell dich nicht an! Ich schüttelte ungeduldig den Kopf über mich selbst. Chris war ein viel netterer Kerl, als ich zunächst angenommen hatte. Und eigentlich war er genau die Art von Typ, in die ich mich mit Vorliebe verliebte: zielstrebig, selbstbewusst und erfolgreich. Dass er so offenkundig sein Interesse für mich zeigte, war eigentlich zu schön, um wahr zu sein. Aber vielleicht war es genau das, was mich nun abschreckte. Und schon hatte ich das Nächste, worüber ich nachgrübeln konnte ...

Ich brauchte genau fünf Minuten bis zum Brooklyn Flea, der im zweiten Stock eines alten, ziemlich heruntergekommenen Industriebaus untergebracht war. Damit blieben mir noch 25 Minuten, bis Chris auftauchen würde, wobei ich mich fragte, wie wir uns in dem Gewirr aus Verkaufsständen, Verkäufern und Käufern überhaupt finden sollten. Doch obwohl es brechend voll war, herrschte eine entspannte Atmosphäre in der riesigen Halle, jeder hier schien gut drauf zu sein.

Wer Pause machen wollte, hockte sich im hinteren Teil des Marktes, dem »Smorgasburg«, auf einen Berg aus aufgestapelten Paletten und besorgte sich an einem der wild gemixten Futterstände etwas Essbares: Von quietschbunten Cupcakes bis hin zu veganen Beatballs (Fleischbällchen ohne Fleisch) war so ziemlich alles dabei. Besonders amüsierte ich mich über die »Bruffins«, mit Speck, Feta oder anderen deftigen Zutaten gefüllte Muffins, ein komplettes Frühstück »to go«, wie mir der stolze Erfinder erklärte, der eigentlich Innenarchitekt war, am Wochenende aber seine Erfindung auf dem Markt testen wollte. Und offenbar liebten die New Yorker solche kulinarischen Neuschöpfungen aus Altbekanntem, denn die Hälfte des Angebots an Bruffins war bereits ausverkauft. Doch nach meiner Erfahrung mit dem »Cronut« verzichtete ich darauf, einen zu probieren.

Ziellos bummelte ich zwischen den Ständen herum und spürte schon nach kurzer Zeit, wie ich mich in dem buntgemischten Angebot aus Vintage-Deko, Second-Hand-Klamotten, bedruckten T-Shirts, selbst genähten Kindersachen, Schmuck und jeder Menge Schnickschnack verlor. Ich musste mich gar nicht anstrengen, um meine Grübeleien zu verdrängen, sie lösten sich einfach von selbst in Luft auf.

Die Klamotten sahen zum Großteil aus, als hätten die Händler die Kleiderschränke ihrer Großmütter geplündert: Muffige Pelzmäntel, schrille Siebzigerjahre-Tuniken und Blümchenkleider aus hundert Prozent Plastik, sogar einen Morgenrock aus pinkem Plüsch entdeckte ich. Viele Deko-Artikel waren ebenfalls sehr speziell. Wer wollte sich ernsthaft eine hüfthohe vergoldete Putte in die Wohnung stellen oder ein Telefon mit Häkelbezug? Andererseits gab es Angebote, bei denen ich meinen ganzen Willen aufbieten musste, um nicht mein ohnehin stark überbeanspruchtes Portemonnaie zu zücken: Brillengestelle in Bonbonfarben, Petticoats und Pepitakleidchen sowie jede Menge traumhaften selbst gemachten Schmuck.

Ich wühlte gerade in einer Kiste Medaillons, die mit

Stadtplanausschnitten von New York, Vintage-Motiven, Sprüchen und Zitaten verziert waren und die man sich zu einer individuellen Kette zusammenstellen lassen konnte, als mich jemand von hinten mit einem schlichten »Hi, Maxi« begrüßte. In Erwartung, Chris gegenüberzustehen, drehte ich mich um und konnte nicht verhindern, dass mir vor Überraschung der Mund aufklappte.

»Äh, hi«, stammelte ich und versuchte, nicht zu tief in die blausten Augen des Universums zu schauen, um wenigstens eine geringe Chance darauf zu bewahren, dass ich meine Fassung in absehbarer Zeit wiedergewinnen würde.

»Erinnerst du dich noch an mich?«, fragte der Typ, zu dem die blauen Augen gehörten.

»Ja ... ja, klar.« Mist, der Stottermodus ließ sich einfach nicht ausschalten. Beim letzten Mal war es doch noch so leicht gewesen, mit ihm zu reden ... Immerhin verhinderte meine akute Sprachlosigkeit, dass ich eine ehrliche Antwort gab, denn die hätte gelautet: Ich denke seit vorgestern ständig an dich.

»Das ist schön.« Das Muttermal im Mundwinkel zuckte. »Ich bin übrigens Alex, ich fürchte, ich habe vergessen, mich vorzustellen.« Er streckte mir seine Hand hin, doch leider konnte ich sie nicht drücken, weil ich plötzlich unter unerklärlichen Schweißausbrüchen litt und auf keinen Fall wollte, dass Alex etwas davon mitbekam.

Also hob ich eine Hand zum Gruß, was wahrscheinlich völlig bescheuert aussah, doch immerhin klärten sich meine Gedanken so weit, dass ich wieder in der Lage war, in ganzen Sätzen zu sprechen.

»Ich bin Maxi.« Erst als ich mich vorstellte, fiel mir auf, dass Alex mich bereits mit meinem Namen begrüßt hatte. Woher kannte er ihn bloß? Ich war mir relativ sicher, dass ich ihn bei der Vernissage nicht genannt hatte. Einmal in Gang gekommen, ratterten meine Gedanken unaufhörlich weiter: Wie kam es, dass wir uns innerhalb von drei Tagen zweimal zufällig über den Weg liefen? Es hieß zwar, New York sei ein Dorf, aber immerhin eines mit über acht Millionen Einwohnern. Oder steckte hinter diesen beiden Treffen womöglich mehr als ein Zufall?

»Was machst du eigentlich hier?«, hakte ich nach.

»Arbeiten.« Alex deutete auf den gegenüberliegenden Stand, an dem feine schwarze Tuschezeichnungen auf Post-it-Zetteln ausgestellt waren, und entkräftete damit augenblicklich meine ohnehin vage Verschwörungstheorie.

»Hast du die gemacht?« Neugierig näherte ich mich den Zeichnungen und betrachtete staunend die detailgetreuen Miniaturansichten von New York: Brooklyn Bridge, Empire State Building, Freiheitsstatue und noch zahlreiche andere Sehenswürdigkeiten, aber auch alltägliche Straßensituationen mit spielenden Kindern, einem Hund, der an einem Laternenpfahl sein Bein hob, und einem Obdachlosen, der in der U-Bahn bettelte.

»Nein, nein«, wehrte Alex ab. »Ich hab keine Geduld für so winzige Sachen. Ich helfe nur einem Freund aus.«

»Aber du bist auch Künstler?«, schloss ich aus seiner Bemerkung, wandte mich von den Zeichnungen ab und betrachtete Alex, der mit verschränkten Armen wiederum mich betrachtete.

»Eigentlich nicht«, erwiderte er.

»Eigentlich?« Warum machte er bloß aus allem so ein Geheimnis?

»Das ist etwas komplizierter«, wich er mir aus.

»Macht nichts, ich hab Zeit«, versuchte ich, ihn zum Reden zu bringen. Doch das Klingeln meines Telefons strafte meine Worte Lügen. Mist! Das war bestimmt Chris. Ich ignorierte das Läuten, obwohl Alex verwundert auf meine Tasche blickte, bis es von selbst verstummte. Doch kaum hatte es geendet, ging es wieder von vorn los.

»Willst du nicht drangehen?«, fragte Alex.

»Nein. Ich meine, doch. Moment.« Ich zog das Telefon heraus und nahm den Anruf an. Es war tatsächlich Chris, der inzwischen auf dem Flohmarkt eingetroffen war und wissen wollte, wo ich steckte.

»Wir treffen uns am Eingang. Ich bin gleich da«, wimmelte ich ihn ab. Die Vorstellung, Chris könnte mich suchen und womöglich hier mit Alex zusammentreffen, gefiel mir nämlich gar nicht. Nicht so sehr, weil ich mir Sorgen machte, was Chris davon halten würde, sondern weil ich befürchtete, Alex könnte daraus den Schluss ziehen, dass ich mit Chris verabredet war – was ja leider auch stimmte.

»Ich muss los«, entschuldigte ich mich bedauernd und überlegte fieberhaft, mit welcher Ausrede ich Alex um seine Handynummer bitten könnte, aber dummerweise fiel mir überhaupt keine ein. Doch Alex überraschte mich erneut.

»Hast du heute Abend schon was vor?«, fragte er. »Ich wollte nämlich noch in *Pete's Candy Store* vorbeischauen ...«

War das jetzt eine Einladung oder womöglich gar ein Date? Nein, Alex ließ mich nur wissen, was er plante, sodass ich ganz zufällig vorbeikommen konnte. Trotzdem hätte ich vor Wut auf den Boden stampfen können, weil ich mich bereits mit Chris verabredet hatte. Obwohl – eigentlich hatte Chris sich mit mir verabredet und ich hatte noch nicht Ja gesagt.

»Okay«, erwiderte ich deshalb bloß vage und winkte zum Abschied. Befriedigt stellte ich fest, dass Alex mir ein wenig verwundert hinterherblickte. Tja, geheimnisvoll konnte ich auch manchmal sein, wenn es nötig war.

KAPITEL 16

Pete's Candy Store war völlig anders, als ich es mir dem Namen nach vorgestellt hatte. Statt eines Süßwarenladens erwartete mich bei meinem Eintreten urige Baratmosphäre. Die Musikkneipe, die angeblich die älteste von ganz Williamsburg sein sollte, wie ein Schild vor dem Eingang verkündete, erinnerte mit der breiten Theke auf der linken und dunklen Holztischen auf der rechten Seite an ein verräuchertes Irish Pub, obwohl natürlich nicht geraucht werden durfte. Es war voll und die Gäste trugen durchweg hippe Klamotten, für das milde Wetter unpassende Beanies und einige trotz der schummrigen Lichtverhältnisse Sonnenbrillen.

Ich hatte Chris mit der ältesten Ausrede aller Frauen abgefertigt und behauptet, ich hätte Kopfschmerzen und wolle mich lieber ins Bett legen, als mit ihm um die Häuser zu ziehen. Nun konnte ich bloß hoffen, dass er nicht auf die Idee gekommen war, seinen Abend ausgerechnet bei Pete's zu verbringen. Natürlich wäre das ein großer Zufall, aber in letzter Zeit schien ich auf unwahrscheinliche Zufälle abonniert zu sein. Ich ließ meinen Blick suchend durch den niedrigen Raum wandern, entdeckte jedoch weder Chris noch Alex, was mich gleichzeitig erleichterte und enttäuschte.

Ich quetschte mich zur Bar durch und entschied mich nach einem Blick auf die verwirrende Cocktail-Karte – ich kannte keinen einzigen der Drinks und misstraute den Kreationen nach meinem Erlebnis mit dem giftgrünen Gemisch in der Rooftop Bar – für eine Cola. Der Barkeeper, ein junger Kerl mit beachtlichem Bart, reichte mir mein Getränk mit einem mitleidigen Grinsen und kassierte sofort.

Erst jetzt fiel mir auf, dass sich hinter dem ersten Raum ein zweiter befand, der durch eine Schiebetür abgetrennt war. Darauf prangte ein Schild, das unmissverständlich klarmachte, dass die Tür geschlossen bleiben musste. Also nahm ich den Umweg durch einen engen Gang und landete schließlich in dem zweiten, schlauchförmigen Raum, der an einen alten U-Bahn-Waggon erinnerte und an dessen Kopfseite auf einer kleinen Bühne eine dreiköpfige Band spielte. Einige Zuhörer klatschten im Rhythmus der rockigen Folksongs mit, aber auch hier: kein Alex.

Meine Enttäuschung wuchs. Hatte ich irgendetwas missverstanden? Hatte ich Alex womöglich verpasst? Würde er noch auftauchen? Oder hatte er mich schlicht versetzt? Wobei man es so nicht nennen konnte, denn ich hatte ja gar nicht zugesagt, ihn hier zu treffen. Schon ärgerte ich mich über mich selbst, weil ich lieber geheimnisvoll getan hatte, als mich fest mit ihm zu verabreden. Ich beschloss, meine Cola zu trinken und dann wieder nach Hause zu gehen, denn die Blöße, stundenlang umsonst zu warten, wollte ich mir nicht geben.

Also nippte ich an meinem Glas, und schon nach kurzer Zeit begann ich, mich für die Gute-Laune-Musik der Band zu erwärmen, und wippte ebenfalls mit, als der Lead-Sänger einen selbst geschriebenen Song anstimmte. »Every sucker has a best friend« lautete der ironische Refrain: Jeder Idiot hat einen besten Freund. Und obwohl die Melodie fröhlich war, stimmte mich der Text sofort wieder nachdenklich.

Einen besten Freund oder eine beste Freundin hatte ich bisher nie gehabt. Weil ich mich am sichersten fühlte, wenn ich alles allein schaffte, hatte ich jeden stets auf Abstand gehalten. Meine Schulfreundschaften waren über gemeinsames Kaffeetrinken oder einen Kinobesuch nicht hinausgegangen – und eigentlich war ich damit ganz zufrieden gewesen. Aber plötzlich fragte ich mich, ob nicht etwas mehr an Freundschaft möglich sein müsste ...

Meine Cola war leer und Alex war nicht aufgetaucht. Ich fand, es war Zeit, nach Hause zu gehen. Ich quetschte mich durch den mittlerweile noch volleren Vorraum gerade zur Tür, als mich der bärtige Barkeeper ansprach.

»Hey, bist du Maxi?«

Verwundert bejahte ich.

»Hier, das ist für dich. Der Typ, der es mir gegeben hat, musste weg.« Er kramte in seiner Schürzentasche und hielt mir dann eine kleine Geschenktüte aus Retropapier hin.

»Äh, danke.« Ich nahm das Tütchen, obwohl ich mir keinen Reim darauf machen konnte. Erst als ich in der inzwischen abgekühlten Nachtluft im faden Licht der Straßenbeleuchtung stand, öffnete ich es neugierig. Darin befand sich eine Kette, genauer gesagt eine dieser Vintage-Sammel-Ketten von dem Stand auf dem Flohmarkt, die ich mir angeschaut hatte, als Alex mir so überraschend begegnet war.

Drei Medaillons hingen daran sowie ein alt wirkender Schlüssel. Im ersten Medaillon erkannte ich einen Stadtplanausschnitt von New York, im zweiten die Silhouette eines fliegenden Vogels und in dem dritten, das in der Mitte baumelte, drei Wörter, die aussahen, als hätte jemand sie auf einer uralten Schreibmaschine getippt: Dream as if ...

Träume, als ob ... tja, als ob was? Als ob deine Träume Wirklichkeit werden könnten? So, als ob alles möglich wäre?

Ich legte mir die Kette um den Hals und ein leicht debiles Grinsen schlich sich auf mein Gesicht. Alex war da gewesen. Er hatte sogar eine Kette für mich gekauft. Meine Hand umschloss das mittlere Medaillon wie einen Schatz. Und ich schwor mir, mehr an meine Träume zu glauben, anstatt immer nur das Machbare anzuvisieren. Denn was Alex betraf, lag es ohnehin nicht in meiner Macht, ob ich ihn wiedersehen würde oder nicht. Ich konnte nur hoffen, dass es der Zufall noch ein drittes Mal gut mit mir meinen würde.

Am nächsten Morgen holte mich die Wirklichkeit jedoch schnell wieder ein. Meine vier Mitbewohner waren um den Küchentisch versammelt und trugen allesamt Leidensmienen zur Schau. Rick, der als einziger stand und unruhig auf und ab wippte, wich meinem Blick bewusst aus, aber auch die anderen starrten bloß schwarze Löcher in die Luft, in denen sämtliche positive Energie zu verschwinden schien.

Kaum hatte ich mich dazugesetzt und erkundigt, was eigentlich los sei – worauf ich von niemandem eine Antwort erhielt –, sprang Abby auf und erklärte, sie müsse jetzt in die Kirche. Dabei sah sie aus, als wolle sie nicht zum Gottesdienst, sondern zu ihrer eigenen Steinigung.

»Hast du eine Weihrauchallergie?«, erkundigte ich mich mitleidig.

»Nein, natürlich nicht.« Abby schüttelte grimmig ihren roten Schopf. Ihr Sinn für Humor schien heute noch weniger ausgeprägt zu sein als an normalen Tagen. »Aber meine Eltern zwingen mich, in eine Gruppe mit lauter Losern zu gehen, die niemanden finden, der mit ihnen Sex haben will, und sich deshalb geschworen haben, keinen zu haben, bis sie verheiratet sind.«

Ich verkniff mir eine Bemerkung darüber, dass sie dort womöglich Mr Perfect treffen würde, doch Saida war nicht so feinfühlig.

»Das klingt, als würdest du dich dort wohlfühlen«, ätzte sie, allerdings fehlte ihren Worten die übliche Schärfe. Dennoch brach Abby beinahe in Tränen aus.

»Ach, komm schon«, mischte Pamela sich ein. »Was deine Eltern von dir verlangen, ist Pillepalle gegen das, was meine Eltern von mir wollen!«

»Und das wäre?«, hakte ich nach. Ich war langsam sehr neugierig, was diese Gewitterstimmung in der Küche ausgelöst haben mochte.

»Ich soll zurück nach Texas ziehen und meiner lieben Familie den Haushalt führen«, ereiferte sich Pam. »Und zwar ab sofort. Ansonsten streichen sie mir das Geld.«

»Autsch.«

»Ja, das trifft es«, stimmte Pamela zu. »Ich kann nicht zurück, also muss ich mir einen Job suchen, aber dafür fehlt mir neben dem Studium eigentlich die Zeit. Und wenn wir jetzt auch noch aus dem Haus rausfliegen, dann kann ich es eh vergessen, denn eine höhere Miete kann ich mir ganz bestimmt nicht leisten!«

»Willkommen im Club«, erklärte Saida spitz. »Ich muss meiner Mutter einen Batzen Geld zurückzahlen. Und ich habe keinen Schimmer, woher ich es nehmen soll. Ein denkbar schlechter Zeitpunkt, um sie um eine Mieterhöhung zu bitten, würde ich sagen.«

»Eine höhere Miete kann ich mir mit meinem Mini-Gehalt auch nicht leisten«, schloss Abby sich an. Sie war noch immer nicht zur Kirche aufgebrochen. »Ich hatte gehofft, meine Eltern würden mir etwas dazuschießen. Leider wollen sie lieber, dass ich wieder bei ihnen einziehe. Aber das überlebe ich nicht!«

Während alle außer Rick, dessen Probleme, wie ich wusste, nicht finanzieller Art waren, ihre Sorgen losgeworden waren, wuchsen meine immer mehr an, zumal sie viel akuter waren als die der anderen. Trotzdem fiel es mir schwer, sie anzusprechen, denn erstens tat ich mich immer schwer damit, jemandem von meinen Problemen zu erzählen.

Und zweitens erinnerte ich mich noch gut an den Streit vor gerade einmal einer Woche, als meine Mitbewohner kurz davor gewesen waren, mich eigenhändig aus dem Haus zu werfen. Obwohl unser Verhältnis im Verlauf der letzten sieben Tage wieder deutlich besser geworden war, war ich mir nicht sicher, ob sie nicht einfach der Meinung sein würden, dass ich mir meine Schwierigkeiten selbst eingebrockt hatte. Sei's drum, gab ich mir schließlich einen Schubs. Erfahren mussten sie es sowieso.

»Donald Duck droht übrigens, mich aus dem Haus zu werfen«, trug ich deshalb zum allgemeinen Stimmungstief bei und merkte, wie damit auch der letzte Rest meiner gestrigen guten Laune verflog. »Morgen schon.«

Was? Wie? Warum? Das darf ja wohl nicht wahr sein! Die unerwartete Empörung meiner Mitbewohner tat mir gut, aber nur für einen kurzen Moment.

»Ich schätze, ich bin selbst schuld«, räumte ich kleinlaut ein. »Weil ich unbedingt ein Blog über Pinkstone schreiben musste. Sonst hätte der Neffe mich garantiert in Ruhe gelassen.«

»Aber du hast es doch nur gut gemeint«, versuchte Pamela, mich zu trösten. Ausgerechnet Pam, die mich eine Woche zuvor noch wild beschimpft hatte! Und obwohl ich, wenn ich ehrlich war, es nicht nur gut gemeint, sondern zunächst vor allem an meine eigene Karriere gedacht hatte, fühlte ich mich tatsächlich ein wenig besser. Erst in diesem Moment wurde mir bewusst, dass sich mittlerweile etwas geändert hatte: Ich schrieb das Blog nicht mehr für mich und meinen Erfolg, sondern vor allem, weil ich hoffte, damit den drohenden Abriss von Pinkstone abwenden zu können.

»Wir dürfen nicht zulassen, dass du aus dem Haus geworfen wirst«, mischte sich nun auch ausgerechnet Saida ein, von der ich am wenigsten Unterstützung erwartet hätte.

»Aber was sollen wir tun?«, warf Abby wenig hilfreich ein. Dass sie alle an meinem Schicksal Anteil nahmen, rührte mich mehr, als ich für möglich gehalten hätte. Selbst Rick schenkte mir einen aufmunternden Blick und brach sein Schweigen.

»Wir müssen endlich diese verfluchte Katze finden«, erklärte er unvermittelt und alle stimmten zu. Was wir noch tun könnten, um Tom the Cat aufzustöbern, fiel allerdings niemandem ein. Doch der Gedanke an die verschollene Katze brachte mich auf eine Idee.

»Ich muss mal kurz telefonieren«, erklärte ich, ließ meine überraschten Mitbewohner in der Küche zurück und ging in den Flur, um Mr Green anzurufen.

Ich hatte kaum zu hoffen gewagt, den Anwalt der Pink Lady erneut an einem Sonntag zu erreichen, aber er schien in seinem Büro zu wohnen und nahm den Hörer ab, noch bevor der Anrufbeantworter anspringen konnte.

»Hi, hier spricht Maxi«, meldete ich mich. »Ich habe ein Problem.«

»Maxi, schön dass du dich meldest.« Der alte Herr schien sich tatsächlich zu freuen.

Ich hatte ihn nach dem Fund des Testaments noch einmal angerufen, aber er hatte mir unmissverständlich klargemacht, dass für Pinkstone nur dann Hoffnung bestand, wenn wir die Katze der Pink Lady aufstöberten. Denn wäre sie als Erbin nicht verfügbar, würde das Haus automatisch an den Neffen fallen. Trotzdem hatte ich das Gefühl, dass er auf unserer Seite stand, und ich hoffte, dass ihm irgendein Trick einfallen würde, damit der Neffe mich wenigstens vorerst nicht aus dem Haus jagen würde. Also schilderte ich Mr Green meine Situation.

»Oh, das darf er aber nicht«, sagte der Anwalt am Ende meiner Erklärung und ich meinte so etwas wie Schadenfreude in seiner Stimme zu hören.

»Wirklich nicht?« Augenblicklich schöpfte ich Hoffnung.

»Nun, das Haus gehört ihm ja noch gar nicht. Bis zur Testamentseröffnung bin ich der Verwalter des Vermögens. Folglich kann ich auch entscheiden, wer in dem Haus wohnen darf und wer nicht. Und ich habe keine Einwände dagegen, dass du dort wohnst.«

Mein lauter Jubel lockte alle meine Mitbewohner in den Flur, die mich mit fragenden Gesichtern anschauten. Ich zeigte ihnen mit gespreizten Fingern das Victory-Zeichen.

»Aber ...«, schränkte Mr Green in diesem Moment ein und meine Finger sanken wie von selbst wieder nach unten. »die Testamentseröffnung muss innerhalb von dreißig Tagen nach dem Tod stattfinden, das heißt, spätestens übermorgen.«

Dahin der Jubel, dahin die Hoffnung! Ich hatte nur einen einzigen Tag dazugewonnen! Einen Tag, an dem wir unbedingt Tom the Cat finden mussten oder alle anfangen konnten, unsere Koffer zu packen!

Doch die Katze blieb verschwunden. Und das war erst der Anfang einer Woche voller Katastrophen.

Ich bin ja kein Unmensch. Das sind seine Worte, als der Neffe uns – inklusive mir – bei der Testamentseröffnung großzügig anbietet, noch bis zum Monatsende in Pinkstone wohnen zu bleiben. Ich bin ja kein Unmensch!

Wir vermuten, dass seine neu gewonnenen menschlichen Züge vor allem dem wunderbaren Artikel zu verdanken sind, der am Montag über Pinkstone und uns in der New York Times erschienen ist. Wahrscheinlich ist weder der Neffe noch der Investor scharf auf miese Publicity, für die wir gesorgt hätten, wenn er uns direkt am Tag der Testamentseröffnung vor die Tür gesetzt hätte.

Trotzdem herrscht in dem kleinen pinken Haus am Petticoat Place gedrückte Stimmung. Der Abriss ist nun unabwendbar. Daran ändert auch die Tatsache nichts, dass seit Montag mehrere Kamera- und Radioteams sowie zahlreiche Reporter bei uns aufgetaucht sind. Ehrlich: Wir fühlen uns geehrt, aber das wird uns allen ein bisschen zu viel!

Vielen Dank noch mal an alle, die versucht haben, uns mit Katzen oder anderen Tieren zu helfen, oder die uns durch nette Kommentare unterstützt haben. Ich werde euch natürlich auch über die letzten Tage von Pinkstone auf dem Laufenden halten!

Pinkstone – der Countdown läuft:
Noch 12 Tage bis zum Abriss!

Kapitel 17

Manchmal läuft alles so gründlich schief, dass man denkt, es könne unmöglich noch schlimmer werden. Aber so ist es nicht. Schlimmer geht eigentlich immer.

Abbys schwarzer Tag

Als ich am Donnerstagabend nach Hause kam, saß Abby tränenüberstromt in der Küche, die helle Haut rot gefleckt, die Augen verquollen, vor sich auf dem Tisch ein Berg durchweichter Taschentücher.

»Was ist passiert?«, fragte ich vorsichtig und zog mir einen Stuhl heran. Mit einem lauten Schluchzer warf sie sich an meinen Hals und ich klopfte ihr etwas unbeholfen auf den Rücken. Heftige Gefühlsausbrüche überfordern mich in der Regel und ich habe kaum Übung im Trösten.

»Jetzt ist alles aus!«, stieß sie zwischen zwei weiteren Schluchzern hervor.

»Aber, was ist denn los?« Sanft schob ich sie von mir

und drückte ihr ein weiteres Papiertaschentuch aus der Box auf dem Tisch in die Hand. In den wenigen Sekunden, die ihr Kopf auf meiner Schulter gelegen hatte, hatten ihre Tränen bereits einen großen feuchten Fleck samt Mascaraspuren auf meinem Shirt hinterlassen.

»Mein Leben ist vorbei«, heulte Abby.

»So schlimm wird es schon nicht sein«, versuchte ich vergeblich, sie zu trösten. Wie gesagt: Ich bin nicht sehr gut darin. Aber zuhören kann ich gut, also forderte ich Abby auf, mir in Ruhe zu erzählen, was passiert war. Und das tat sie, nachdem sie ihre Nase lautstark in drei weitere Taschentücher entleert hatte.

»Erinnerst du dich an Mr Meyer? Unseren Rektor?« Natürlich erinnerte ich mich an den segelohrigen Albtraumprinzen von Abbys verpfuschtem Date. »Er hat sich am Montag krankgemeldet. Und ich war froh, dass ich ihm nicht so schnell wieder begegnen musste, nach dem Desaster mit dem Blind Date. Ich habe mir ziemliche Sorgen gemacht, wie es wohl sein würde. Und ob er es erwähnen würde. Und was er nun von mir erwartet. Heute war er dann wieder da. Als er ins Büro kam, war er sehr freundlich, eigentlich wie immer. Er hat Guten Morgen gesagt und ich habe ihm einen Tee gemacht, so wie er ihn mag, mit drei Löffeln Zucker. Und er hat sich bedankt und mich sogar angelächelt. Da habe ich gedacht: Gut, er will nicht drüber reden, dann vergessen wir es. Ist sicher besser so. Ich meine, er ist ohnehin viel zu alt für mich, oder findest du nicht?«

Ich nickte und fügte in Gedanken »und viel zu hässlich« hinzu, aber Abby schien es gar nicht zu bemerken.

»Ich habe mich also an meinen Schreibtisch gesetzt und meine Arbeit erledigt. Und als ich mit der Arbeit fertig war und nichts mehr zu tun hatte, habe ich ganz schnell meine Mailbox gecheckt, weil ich wissen wollte, ob Mr Unicorn sich schon gemeldet hatte wegen unseres Dates morgen Abend. Mr Unicorn ist der aus dem Love-Chat, den du mir empfohlen hast, erinnerst du dich? Der ist wirklich supisüß. Ich glaube, er ist der Richtige für mich.«

Wieder nickte ich, dieses Mal vage. Ich erinnerte mich nicht an Mr Unicorn, aber mir schwante bei Abbys umständlicher Beschreibung bereits Böses. Und tatsächlich schossen ihr die Tränen, die bei der Erwähnung eines potenziellen Prinzen für einen kurzen Moment einem verklärten Glanz gewichen waren, zurück in die Augen.

»Und dann stand er plötzlich hinter mir.«

»Mr Unicorn?«, fragte ich überrascht.

»Nein, natürlich Mr Meyer.« Ups, ich hatte es ja geahnt.

»Er sagte: ›Ms O'Brian‹ – das bin, weißt du – also, er sagte meinen Namen, ganz streng. Und dann sagte er: ›Kommen Sie sofort in mein Büro.‹«

Abby schluchzte auf und griff nach der Taschentuchbox, aber sie war leer. Mit einem Schulterzucken wischte sie sich mit dem Ärmel ihrer Bluse über Wangen und Nase.

»Tja, und dann hat er mich gefeuert. Weil ich auf der Arbeit im Internet gesurft hätte. Pah. Das hat er doch selbst getan! Und was ist schon dabei? Ich habe meinen Job gut gemacht. Nein, ich bin mir sicher, er wollte mich loswerden, damit ich den Kolleginnen nicht tratschen kann, dass er im Internet nach einer Frau sucht. Dabei hätte ich das nie getan. Höchstens Mira und Trisha hab ich davon er-

221

zählt. Er sagte, ich soll noch bis zum Monatsende bleiben. Aber ich habe mich sofort krankgemeldet. Keinen Tag länger halte ich es mit diesem Heuchler aus!«

Aus tiefster Trauer war im Handumdrehen Wut geworden, und ich war so froh darüber, dass ich mir eine Bemerkung dazu sparte, dass es nicht besonders geschickt war, auf der Arbeit online zu flirten. Doch der nächste Absturz ließ keine volle Minute auf sich warten.

»Aber was soll ich denn jetzt tun?«, jammerte Abby bereits wieder mit Tränen in den Augen.

»Dir einen neuen Job suchen?«, schlug ich vor.

»Aber wie?« Abby blickte mich fragend an. »Bisher hatte ich nur diesen und den hat mir meine Lehrerin vermittelt.«

»Versuch es mal im Internet«, schlug ich vor.

»Wirklich? Kann man da Jobs finden?« Wieder einmal konnte ich nur staunen, wie naiv Abby manchmal war, obwohl sie schon drei Jahre älter war als ich.

»Ja, wirklich.«

»Danke. Danke. Danke.« Abby wirkte ehrlich erleichtert. »Das ist supisüß von dir, Maxi, dass du mir hilfst.«

»Das wird schon«, sagte ich. Insgeheim machte ich mir trotzdem Sorgen um Abby, denn Ende nächster Woche mussten wir alle ausziehen, und ihre Chancen, ein neues Zimmer zu finden, standen schlecht, wenn sie keine Arbeit hatte. Aber davon fing ich in diesem Moment lieber nicht auch noch an.

Saidas schwarzer Tag

Am frühen Freitagabend klingelte das Telefon in Pinkstone. Ich hatte es mir gerade mit einem Buch in dem pinken Ohrensessel in meinem Zimmer gemütlich gemacht und überlegte, ob ich das schrille Läuten einfach ignorieren sollte. Aber außer mir war niemand da, der den Anruf hätte annehmen können, und der Anrufer war hartnäckig. Nach dem zehnten Klingeln verstummte es, nur um Sekunden später wieder zu bimmeln. Also schälte ich mich aus dem Sessel und trabte die Treppe hinunter, zumal ich neugierig geworden war, wer um diese Zeit anrief. Dass es ausgerechnet Saida sein würde, wäre allerdings mein letzter Tipp gewesen.

»Maxi, du musst mir helfen«, erklärte sie gehetzt, kaum hatte ich mich gemeldet. »Hast du 250 Dollar da?«

»Natürlich nicht!« Ich hob nie größere Mengen Geld ab, nachdem mir einmal im Bus mein Portemonnaie mit dem gesamten Taschengeld eines Monats geklaut worden war.

»Kannst du so viel besorgen? Schnell?« Saida ließ sich nicht abwimmeln.

»Wofür brauchst du es denn?«, erkundigte ich mich.

»Ich sitze auf der Polizeistation. Und die lassen mich nur gehen, wenn ich die Strafe bezahle«, erklärte Saida hörbar gestresst. »Also, was ist jetzt? Kannst du oder kannst du nicht?« Selbst wenn sie in der Klemme steckte, hatte sie einen Befehlston, bei dem ich am liebsten mit Nein geantwortet hätte. Aber ich kam gar nicht zu Wort.

»Ich muss aufhören«, sagte Saida und fügte – plötzlich sehr kleinlaut – hinzu: »Kommst du? Bitte?«

»Okay«, willigte ich ein und sie nannte mir die Adresse. Eine halbe Stunde später zahlte ich 250 Dollar in bar – frisch aus dem Geldautomaten – an eine Polizistin mit Besenstiel im Rückgrat. Mit verkniffenem Gesicht entließ sie Saida daraufhin in die Freiheit.

»Du kriegst es wieder«, erklärte Saida brüsk, als wir auf die Straße traten.

»Davon gehe ich aus«, erwiderte ich und dachte: Ein Danke wäre trotzdem schön gewesen. »Was hast du eigentlich angestellt?« Wenigstens meine Neugier wollte ich jetzt befriedigen, denn auf dem Weg hierher hatte mir mein Kopfkino schon die wildesten Gründe für Saidas Verhaftung vorgespielt. Am wahrscheinlichsten erschien mir, dass sie bei einer ihrer illegalen Tierschutzaktionen erwischt worden war, aber ich konnte mir kaum vorstellen, dass sie dann mit einer einfachen Geldstrafe, auch wenn sie saftig war, davongekommen wäre.

»Polizisten sind doch alle Idioten«, schimpfte Saida.

»Pst«, machte ich, weil genau in diesem Moment zwei Uniformierte an uns vorbei in die Wache gingen, und grüßte die beiden Gesetzeshüter mit einem gewinnenden Lächeln.

»Die sollen ruhig wissen, was ich von ihnen halte«, erwiderte Saida bockig, dämpfte ihre Stimme dann aber doch ein wenig. »250 Dollar, weil ich eine geraucht habe! Ist das nicht lächerlich?«

»Was?« Das klang wirklich unglaublich.

»Wir hatten heute diese Aktion vor einem Zoogeschäft, wo sie exotische Tiere verkaufen«, erzählte Saida noch immer wütend, während wir uns auf den Heimweg machten. »Weißt du, es ist eine Schande! Sie halten die armen Tiere in winzigen Käfigen. Drei Meerschweinchen hatten sie sogar im Schaufenster ausgestellt und den ganzen Tag klopften irgendwelche blöden Kinder gegen die Scheibe!«, ereiferte sie sich und ich ahnte nichts Gutes.

»Wir haben nichts Illegales getan. Nur Flyer vor dem Laden verteilt«, rechtfertigte Saida sich, als sie meinen kritischen Seitenblick auffing. Sie kramte eine Zigarette aus der Tiefe ihres Kartoffelsackkleides, zündete sie an und zog gierig daran. »Aber natürlich tauchten die Officer auf, gerade als wir abhauen wollten. Die hatte der Ladenbesitzer, dieser Tierquäler, gerufen. Und weil sie nichts finden konnten, um uns zu vertreiben, fing der eine plötzlich davon an, dass ich meine Zigarette ausmachen und 50 Dollar zahlen müsste, weil direkt neben dem Geschäft ein Spielplatz liegt. Da hab ich erst mal laut gelacht.«

»Hast du nicht!« Ich hatte keine Erfahrung im Umgang mit New Yorker Polizisten oder mit Polizisten überhaupt, aber dass man ihnen besser nicht laut ins Gesicht lachte, war mir trotzdem klar.

»Hab ich doch. Und deshalb hat er behauptet, ich hätte mich ihm widersetzt und die Strafe dafür seien 250 Dollar. Und weil ich es ihm nicht geben wollte, hat er mich mit auf die Wache genommen und gesagt, ich muss dort bleiben, bis das Geld bezahlt ist. Was sollte ich machen? Meine Mom konnte ich ja schlecht bitten, mit der habe ich schon genug Stress. Deshalb habe ich dich angerufen.«

»Und warum hast du nicht einfach bezahlt? Du musst doch eine Kreditkarte oder so dabeigehabt haben.«

»Schon, aber die steckt in meiner Handtasche.«

»Ja, und?« Saidas Logik erschien mir ziemlich unlogisch.

»Und die konnte ich ja schlecht aufmachen.«

»Ach, und wieso nicht?«

»Na, dann hätte ich richtig Ärger bekommen!« Saida blieb abrupt stehen, nahm ihre Handtasche, deren Größe eher an eine Reisetasche erinnerte, von der Schulter und öffnete den Reißverschluss. Ein Blick hinein bestätigte meine schlimmsten Vorahnungen: Am Boden lagen zwei aneinandergekuschelte Fellknäuel und schauten mir aus dunklen Knopfaugen entgegen.

»Hast du die etwa geklaut?«, fragte ich entsetzt.

»Was denkst du denn? Ich konnte sie ja schlecht dort lassen, oder?«

Ich schüttelte stumm den Kopf. Saidas Logik war nichts mehr hinzuzufügen. Blieb bloß zu hoffen, dass die Polizei nicht spätestens dann bei uns vor der Tür stehen würde, wenn der Ladenbesitzer die beiden Tiere als gestohlen meldete.

Pamelas schwarzer Tag

Pamela hockte mit angewinkelten Beinen, geschlossenen Augen und verzerrtem Gesichtsausdruck auf der Bühne und schrie durchdringend. Ihre eigenen Hände lagen um ihre Schultern wie bei einer Umarmung und sie wiegte sich immer wieder hin und her. Ihre Schreie waren so infernalisch, als litte sie unter schlimmsten Schmerzen.

»Was tut sie da?«, flüsterte ich Abby zu, die mit einer Miene das Theaterstück verfolgte, die mein eigenes vollkommenes Unverständnis spiegelte. Abby zuckte die Schultern.

»Sie gebiert sich selbst«, raunte Rick mir von meiner anderen Seite unverkennbar amüsiert zu.

»Wie bitte?«

»So hat sie es mir vor ein paar Tagen erklärt, als ich wegen des Geschreis in ihr Zimmer gerannt bin.«

»Ach, du Schande.« Ich schüttelte erschüttert den Kopf.

Die gesamte Pinkstone-WG war an diesem Samstagabend gekommen, um Pamela als blinde Susy in »Warte, bis es dunkel ist« zu erleben. Doch was Pam und ihre Kommilitonen auf der Bühne eines kleinen Off-Broadway-Theaters boten, hatte mit dem Stück, so wie ich es kannte, nur sehr wenig zu tun.

Der alte Thriller gehörte zu den Lieblingsfilmen meiner Omama, und ich erinnerte mich, dass es darin um eine junge blinde Frau namens Susy geht, die sich in ihrer Wohnung gegen drei Gangster verteidigen muss. Die drei sind hinter einer mit Heroin gefüllten Puppe her, die Susys Ehemann als Gefälligkeit von einer Reise mitgebracht hat. Im Verlauf der Handlung ermordet der brutalste der Gangster erst seine Komplizen und will schließlich auch Susy töten, doch die kommt auf die Idee, alle Lichter zu löschen und ihren Gegner im Dunkeln zu besiegen – was ihr tatsächlich gelingt.

So weit, so spannend, bot die Geschichte meiner Meinung nach wenig Raum für moderne Interpretation. Doch Pams Professor sah das offenbar anders. Laut Programmheft standen die drei Gangster für die von Männern dominierte Gesellschaft. Darin würden Frauen durch die

Festlegung auf die Mutterrolle – für die die Puppe stehen sollte – unterdrückt. Befreien könnten sie sich nur durch eine Art Selbstgeburt. Die Dunkelheit symbolisiere den Reifungsprozess in der Gebärmutter, an dessen Ende sie die Kraft besäßen, die Machtinstrumente der Männer für sich zu verwenden: Susy rammt dem Obergangster ein Messer in den Bauch. Puh!

Arme Pam!, dachte ich, während diese sich immer weiter abmühte, sich selbst zur Welt zu bringen. Aus dem Publikum war lauter werdendes Kichern zu hören. Einige Zuschauer standen auf und verließen den Raum, ohnehin war das kleine Theater kaum zur Hälfte gefüllt.

»Wollen wir auch gehen?«, schlug Rick halblaut vor.

»Das können wir nicht machen«, wehrte ich ab. So wie ich die Situation einschätzte, würde Pamela heute Abend noch unsere Unterstützung benötigen.

Endlich verstummten die Schreie, Pamela schien nun genug Kräfte gesammelt zu haben, um den Gangster zu erledigen, was sie ohne große Umschweife tat. Der spärliche Applaus des Publikums fiel eher erleichtert als begeistert aus, vereinzelt waren Pfiffe und sogar Buh-Rufe zu hören. Auf der anschließenden Premierenfeier herrschte entsprechend eine Atmosphäre wie auf einer Beerdigung.

»Hat es euch denn wenigstens gefallen?«, fragte Pam hoffnungsvoll, als sie mit einem Glas Sekt in der Hand zu unserer kleinen Truppe stieß. Es schien nicht ihr erstes Glas zu sein, denn sie schwankte leicht und sprach mit dem breitesten texanischen Akzent, den ich je bei ihr gehört hatte.

»Es war sehr interessant«, versuchte ich, diplomatisch

zu sein, und Abby nickte zustimmend, aber Saida machte meine Bemühungen sofort zunichte.

»Eine Wurzelbehandlung beim Zahnarzt hätte mir besser gefallen«, erklärte sie entschieden.

»Ihr versteht das einfach nicht«, rechtfertigte Pam sich automatisch, aber sie klang nicht so überzeugt wie sonst. In diesem Moment näherte sich Pams Professor von hinten und legte ihr seine Hand auf die Schulter.

»Kann ich dich kurz sprechen?«

»Ja, sicher«, sie strahlte ihn so überschwänglich an, wie nur Betrunkene und Verliebte es tun.

Ohne seine Hand von ihrer Schulter zu nehmen, schob Professor James Gibson Pamela ein Stück zur Seite, jedoch nicht weit genug, um außer Hörweite zu sein, weshalb wir jedes Wort verstehen konnten, was er zu ihr sagte.

»Ich bin sehr enttäuscht«, sagte er und Pams Lächeln erlosch augenblicklich. »Deine Leistung entspricht nicht dem, was ich von dir erwarte. Ich glaube, du hast dich von irgendetwas ablenken lassen. Hast du dich ablenken lassen?«

»Nein, bestimmt nicht.« Man konnte Pam quasi beim Schrumpfen zusehen.

»Doch, ich denke, das hast du. Und wenn du es mir nicht sagen willst, muss ich davon ausgehen, dass es etwas mit unserem ... kleinen Geheimnis zu tun hat.« Eine interessante Umschreibung für seine Affäre mit einer Studentin! »Deshalb ist meine Meinung, dass wir uns künftig nicht mehr außerhalb der Proben treffen sollten.« Ohne eine Antwort abzuwarten, drehte er sich um und marschierte zurück zu seiner Frau.

Garantiert hatte ihn seine reiche Ehefrau unter Druck gesetzt, die Affäre zu beenden, doch das verpatzte Theaterstück war eine willkommene Ausrede für ihn, um Pam das Herz zu brechen. Wie ein geprügelter Hund schlich sie zu uns zurück.

»Lasst uns nach Hause gehen, bitte«, flüsterte sie.

Ricks schwarzer Tag

»Maaaxi, schön dich zu sehen!« Ricks Mamma presste mich so fest an ihren üppigen Busen, dass ich kurzfristig in Atemnot geriet. »Hier, nimm einen aperitivo!« Sie wollte mir ein Glas mit leuchtend rotem Inhalt in die Hand drücken, aber ich erinnerte mich noch gut an den Geschmack und lehnte ab.

Ich hatte mich von Rick breitschlagen lassen, ihn zum sonntäglichen Familienessen zu begleiten. Wobei ich mir eingestehen musste, dass Rick wenig Überzeugungsarbeit hatte leisten müssen, da erstens das Essen hervorragend und zweitens die Großfamilie beim letzten Mal so nett gewesen war. Allerdings wäre ich wohl kaum mitgegangen, wenn ich gewusst hätte, was mir an diesem Sonntag blühte.

Wir hatten gerade das Risotto mit Steinpilzen bis aufs letzte Reiskorn vertilgt und saßen nun vor einem Eintopf mit Lammfleisch und Gemüse, als die Tür des Restaurants *Bella* aufgestoßen wurde und völlig unerwarteter Besuch eintrat: Anthony. Rick und sein Vater sprangen gleichzeitig auf und sämtliche Augen der am Tisch versammelten Großfamilie richteten sich auf den Neuankömmling.

»Kann ich Ihnen helfen?«, erkundigte sich Ricks Papa höflich.

»Was machst du denn hier?«, fragte Rick unhöflich.

»Ich will nicht stören«, erklärte Anthony. »Aber ich kam zufällig vorbei. Rick ist ein Freund von mir, wissen Sie. Und er hat mir schon so viel von seiner wundervollen Familie erzählt, dass ich einfach kurz vorbeischauen musste.«

»Ah, ein Freund von Riccardo. Das ist aber schön.« Auf dem Gesicht von Ricks Vater erschien ein Strahlen. »Setzen Sie sich doch. Essen Sie mit uns, es ist genug da.« Er zog einen zusätzlichen Stuhl an den Tisch und wies einladend darauf.

»Ich glaube nicht, dass Anthony dafür Zeit hat«, mischte Rick sich eilig ein, doch Anthony hatte bereits Platz genommen und Ricks Vater holte Teller und Besteck für den neuen Gast.

»Rick schwärmt immer von der italienischen Gastfreundschaft, jetzt weiß ich, was er damit meint«, erklärte Anthony fröhlich und zwinkerte Rick zu, der ihm gegenüber noch immer stand und sich an der Tischkante festklammerte. Unter seiner olivbraunen Haut war er kreidebleich geworden.

»Was willst du«, zischte er seinem Freund leise zu und ließ sich schwer auf seinen Stuhl zurücksinken.

Anthony ignorierte die Frage und lobte den Fleischtopf, machte mit Ricks Mamma belanglose Konversation über das sonnige Oktoberwetter und fachsimpelte mit Ricks Vater über Football. Rick ließ ihn keine Sekunde aus den Augen, rührte das Essen nicht an und wischte sich permanent den Schweiß von der Stirn.

»Bleib ruhig«, flüsterte ich ihm zu. »Was soll er denn groß machen?«

»Keine Ahnung«, flüsterte Rick zurück. »Aber ich fürchte, es wird etwas Schreckliches sein.«

Kaum hatte Rick seine Befürchtung ausgesprochen, fragte sein Vater den Gast: »Woher kennen Sie meinen Sohn eigentlich? Er hat uns noch nie von Ihnen erzählt.«

Und Anthony, noch immer mit breitem Lächeln, wandte sich an Rick: »Stimmt das? Warum denn nicht?«

»Ich hatte keinen Grund«, gab Rick stockend zur Antwort. »Anthony und ich kennen uns eigentlich gar nicht so gut«, erklärte er an seinen Vater gewandt.

»So würde ich das aber nicht ausdrücken.« Anthony schnalzte kritisch mit der Zunge. »Eigentlich stehen wir uns sogar ziemlich nahe, oder?«

»Anthony, ich bitte dich.« Ricks bleiche Gesichtsfarbe wechselte zu einem tiefen Rot. »Was hast du vor?«

»Oh, nichts. Ich dachte nur, dass es langsam an der Zeit wäre, es deinen Eltern zu erzählen. Wo sie doch so nett und gastfreundlich sind.«

»Erzählen, was denn?« Ricks Mamma, die neben mir saß, hatte den Schlagabtausch zwischen den beiden jungen Männern mit einer immer steiler werdenden Falte zwischen den buschigen Augenbrauen verfolgt.

»Ja, Rick, was meint dein Freund?« Auch Ricks Vater sah seinen Sohn nun auffordernd an. Die Gespräche am Tisch waren verstummt. Tanten und Onkel, Schwestern und Schwager, Nichten und Neffen beobachteten gespannt das Geschehen.

Rick schluckte schwer, und aus einem Impuls heraus

legte ich meine Hand beruhigend auf seine, die das Messer fest umklammerte. Die leichte Berührung schien ihn aus seiner Schockstarre zu befreien. Er riss seinen Blick von Anthony los und blickte mir einen Moment lang in die Augen. Dann holte er tief Luft und sagte: »Maxi und ich haben uns verlobt.«

In dem Tumult, der auf diese Ankündigung folgte, gingen meine leisen Proteste ebenso unter wie Anthonys wütender Abzug aus dem Restaurant. Rick und ich wurden von allen gedrückt und beglückwünscht. Sein Vater öffnete den teuren Champagner und seine Mamma schnäuzte sich unablässig in ihre Stoffserviette.

Dafür wirst du büßen, dachte ich im Stillen, als ich mit Rick auf unsere erfundene Verlobung anstieß. Aber als er mir über die Sektgläser hinweg stumm dankte, weil ich ihn nicht hatte auffliegen lassen, erkannte ich tiefe Traurigkeit in seinen Augen, und meine Rachegedanken lösten sich in Luft auf. Rick war gestraft genug damit, dass er nicht zu sich selbst stehen konnte.

KAPITEL 18

MAXIS SCHWARZER TAG

»Hey, Baby. Hast du mich am Wochenende vermisst?«
Chris lehnte sich gegen meine Schreibtischkante und
schenkte mir ein Zahnpastalächeln. Nach meinen vorge-
schobenen Kopfschmerzen hatte ich dieses Mal dank Pamelas Theateraufführung tatsächlich eine gute Entschuldigung gehabt, um ihm ein weiteres Date abzusagen. Doch
mein Kollege schien sich für so unwiderstehlich zu halten,
dass er meine Zurückhaltung nicht auf sich persönlich bezog.

»Klar, ganz furchtbar«, gab ich flapsig zur Antwort und
versuchte, mich wieder auf meinen Computer zu konzentrieren, um die mehrere hundert Kommentare zu lesen,
die sich am Wochenende zu meinem letzten Blogeintrag
angesammelt hatten. Es war tröstlich und traurig zugleich,
wie die Leser an dem Schicksal von Pinkstone Anteil nahmen. Natürlich gab es auch ein paar kritische Kommentare dazu, dass wir dem Fortschritt im Wege stünden und

Ähnliches, aber das waren so wenige, dass sie in der Flut der Ermunterungen beinahe untergingen.

»Wollen wir heute nach der Arbeit etwas trinken gehen?« Chris ließ nicht locker.

»Mal schauen«, vertröstete ich ihn unbestimmt und atmete erleichtert auf, als er endlich hinter seinem Schreibtisch verschwand. Ich konnte mir nicht erklären, warum der smarte Chris seit Neuestem so anhänglich war. Und noch weniger konnte ich mir erklären, warum ich ihn nicht einfach endgültig abblitzen ließ. Aber wenn ich ehrlich war, gefiel mir sein Interesse auch.

Eine Weile arbeitete ich konzentriert weiter. Der Layouter war heute aufgetaucht, um das neue Zeitgeist-Magazin in Akkordarbeit fertigzustellen. Er war der Prototyp eines Computer-Nerds und hatte um absolute Ruhe im Büro gebeten, woran sich bisher zu meiner Überraschung nur Chris nicht gehalten hatte. Von Nathan dem Weisen war ich ja keine großen Reden gewohnt, aber selbst Rita Vivian Skeeter dämpfte ihre sonst so schrille Stimme, es war eine richtige Erholung. Doch plötzlich durchbrach Leos Löwenstimme die Stille in der Redaktion.

»Maxi, Chris, kommt bitte mal in mein Büro!«, rief er durch die angelehnte Tür. Der Layouter brummte missbilligend wegen der Störung.

»Macht gefälligst die Tür zu«, rief er uns hinterher, als wir hintereinander in das Chefbüro marschierten.

»Setzt euch, setzt euch.« Leo wedelte einladend mit der Hand über seinen Schreibtisch, sodass mehrere Blätter zu Boden segelten. »Ich denke, es wird Zeit, dass wir über eure Zukunft bei Zeitgeist sprechen.«

Chris ließ sich lässig auf den angebotenen Besucherstuhl sinken und sah so entspannt aus, dass ich augenblicklich neidisch wurde. Wie machte er das bloß? Mein
eigenes Herz schlug nach Leos Ankündigung mit einem
Mal so heftig, dass ich es bis in den Hals spüren konnte.

Als ich nach New York gekommen war, war es mein fes-
ter Plan und mein größtes Ziel gewesen, mich für das ein-
jährige Praktikum zu qualifizieren. Und ich konnte mich
noch genau erinnern, was es zunächst für ein Schock
gewesen war, als Leo mir einen Mitbewerber um den Job
präsentierte. Damals – war das wirklich erst etwas mehr
als drei Wochen her? – hatte ich mir vorgenommen, zu
kämpfen und zu beweisen, dass ich für die Stelle besser
geeignet war als Chris Powerlocke. Und ich hatte es geschafft: Mein Blog war inzwischen viel erfolgreicher als
das von Chris.

Doch als jetzt der Moment gekommen war, in dem sich
entscheiden würde, wer von uns sein Praktikum bei *Zeitgeist* fortsetzen durfte, war ich mir plötzlich nicht mehr sicher, ob das ausreichen würde, um zu gewinnen.

»Zunächst möchte ich euch sagen, dass ihr beide sehr
gute Arbeit geleistet habt. Ihr habt meine Erwartungen voll
erfüllt, nein, ich würde sagen, ihr habt sie sogar übertrof-
fen.« Leo sah erst Chris für einen Moment an und blickte
dann so lange zu mir, dass ich das Gefühl bekam, er sprä-
che nur mit mir. Mein Herz hämmerte wie wild.

»Eure Blogs waren ein überraschend großer Erfolg, sind
ein großer Erfolg, um genau zu sein. Ohne mich selbst lo-
ben zu wollen, denke ich, dass das ein genialer Einfall von
mir war. Der frische Wind, den ihr damit in unsere Redak-

tion gebracht habt, hat uns allen gutgetan.« Er bleckte die Zähne zu einem zufriedenen Raubtiergrinsen. »Wenn es nach mir ginge, würde ich euch am liebsten beide für ein Jahr übernehmen.«

»Das klingt gut«, ließ Chris sich vernehmen.

»Ja«, fuhr Leo. »Doch leider, leider, sind mir die Hände gebunden. Unsere finanziellen Möglichkeiten sind beschränkt und ich kann keine zwei Jahrespraktikanten bezahlen.«

»Das ist schade.« Chris zwinkerte mir zu.

»Nun ja, deshalb musste ich eine Entscheidung treffen«, fuhr Leo fort, ohne auf Chris einzugehen. »Und sie ist mir schwerer gefallen, als ich erwartet hatte.« Wieder schaute Leo mich eindringlich an. Was hatte das zu bedeuten? Oder bildete ich mir diese vielsagenden Blicke bloß ein?

»Um es kurz zu machen ...« Leo wuchtete sich aus seinem Chefsessel und kam mit ausgestreckter Hand um den Schreibtisch herum auf mich zu. Ich stand auf und mein Herz drohte zu explodieren. »Willkommen im Team ...« Er schob sich an mir vorbei, ergriff Chris' Hand und schüttelte sie energisch. »... Chris.« Mein Herz setzte einen Schlag aus, und ich fiel auf meinen Stuhl zurück, während Chris sich überschwänglich bei Leo bedankte.

»Aber warum?«, stieß ich leise hervor. »Mein Blog läuft doch viel besser als das von Chris.«

»Ja, Maxi, das ist richtig.« Leo beendete das Händeschütteln und wandte sich mir mit einem fast väterlichen Lächeln zu. »Und ich war wie gesagt überrascht von deinem großen Engagement. Aber ich habe euch gleich zu

Anfang gesagt, dass wir einen Mitarbeiter suchen, der optimal in unser Redaktionsteam passt. Und Chris hat nicht nur durch sein Blog, sondern auch mit mehreren selbstständig recherchierten Reportagen bereits in dieser kurzen Zeit einen hervorragenden Eindruck hinterlassen. Es tut mir leid, wenn ich dich in dieser Hinsicht enttäuschen muss.«

So ein Mist, so ein gequirlter! Warum hatte ich mir bloß Hoffnungen gemacht? Mir hätte von Anfang an klar sein müssen, dass Leo Chris vorziehen würde, immerhin hatte er bereits ein abgeschlossenes Studium und weit mehr Berufserfahrung als ich vorzuweisen. Trotzdem konnte ich nicht verhindern, dass ich mir selbst Vorwürfe machte. Ich hätte mich noch mehr anstrengen müssen! Ich hätte mich nicht auf dem Erfolg des Blogs ausruhen dürfen. Und Termine abtippen! Das war eine reine Idiotenaufgabe, wie mir jetzt klar wurde. Der einzige Termin, den ich in der ganzen Zeit besucht hatte, war die Vernissage gewesen – und dazu wollte Leo gar keinen Artikel veröffentlichen, wie er mir hinterher mitgeteilt hatte. Ich war so naiv gewesen!

»Da das nun geklärt ist, will ich euch nicht weiter von der Arbeit abhalten«, erklärte Leo bestimmt. Doch als ich mich hinter Chris mit seinem Dauerzahnpastagrinsen aus dem Büro schleichen wollte, legte Leo mir plötzlich eine Hand auf die Schulter. »Einen Moment, Maxi.«

»Was ist denn noch?«, fragte ich unwillig. In Gedanken sah ich mich schon meine Koffer packen und für den Rest des Jahres bis zum Studienbeginn bei unserer Lokalzeitung über Karnevalssitzungen und Kaninchenzüchtervereine schreiben. Was konnte Leo jetzt noch von mir wollen, nachdem er mich quasi schon vor die Tür gesetzt hatte?

»Ich weiß, dass du dir ein anderes Ergebnis erhofft hast«, erklärte mein Noch-Chef freundlich und ließ sich wieder hinter seinem Schreibtisch nieder. Davon kannst du ausgehen, dachte ich wütend, vor allem war ich allerdings wütend auf mich selbst.

»Und so schade ich es finde, kann ich nichts daran ändern, dass Chris' Qualifikationen die deinen weit übersteigen«, fuhr Leo unbeirrt von meiner düsteren Miene fort. »Aber ich würde dir gern ein Angebot machen, und es wäre mir eine große Freude, wenn du es annehmen würdest.«

»Nämlich?« Mir war bewusst, dass ich schnippisch klang, aber ich konnte wenig dagegen tun.

»Wie du vielleicht weißt, wird Angel uns Anfang des kommenden Monats für einige Zeit verlassen, weil sie ein Baby erwartet. Das bedeutet, dass wir eine Aushilfe für unser Sekretariat suchen. Und da du mit den Abläufen bei uns bereits vertraut bist, dachte ich, es wäre naheliegend, wenn du diese Aufgabe übernehmen würdest.« Er sah mich erwartungsvoll an.

Na toll! Sollte das eine Art Trostpflaster sein? Wenn ja, dann fand ich, es war ein sehr schlechter Ersatz für ein Jahrespraktikum in einer Zeitschriftenredaktion. Aber auch wenn ich am liebsten laut gelacht hätte, wollte ich so unhöflich nicht sein.

»Ich überlege es mir«, sagte ich stattdessen.

»Gut, wunderbar. Gib mir bitte bis spätestens Ende der Woche Bescheid, ja?« Leo wirkte erleichtert und streckte mir euphorisch seine Hand über den Schreibtisch entgegen. Dabei streifte er einen Papierstapel, der ins Rutschen geriet, die obersten Blätter segelten herunter und landeten direkt vor meinen Füßen.

Ich bückte mich, um sie zusammen mit denen, die bereits vorhin zu Boden gefallen waren, aufzuheben, und als ich sie alle zusammenschob, fiel mein Blick auf das oberste Blatt. Es war der Ausdruck einer E-Mail und wie von selbst blieben meine Augen an der Betreffzeile hängen. Denn dort stand nur ein einziges Wort – und das lautete: Maxi.

»Was ist das?«, fragte ich perplex.

»Was? Oh, das!« Leo versuchte, mir die Blätter aus der Hand zu nehmen, aber ich klammerte mich daran fest, während meine Augen über die wenigen Zeilen flogen. Einmal. Und noch einmal. Ich konnte einfach nicht glauben, was ich dort las.

Lieber Leo, ich weiß, es ist lange her, aber ich bin sicher, du erinnerst dich noch ebenso gut wie ich an unsere wunderbare Zeit. Heute wende ich mich mit einer speziellen Bitte an dich: Meine Tochter Maxi benötigt dringend einen Job weit entfernt von zu Hause, um sie auf andere Gedanken zu bringen. Ich wäre sehr froh, wenn du ihr helfen könntest. Grüße und Küsse von deiner Sandy

»Sandy?«, stotterte ich. »Meine Mutter?« Der Gedanke war so befremdlich, dass ich ihn kaum fassen konnte. Aber der Zufall war zu groß, um ein Zufall zu sein. »Du kennst Sandy? Sie hat dir geschrieben? Meinetwegen?«

»Ähm, ja.« Leo räusperte sich unbehaglich.

»Und sie hat dich gebeten, mir das Praktikum zu geben?« Ich konnte, nein, ich wollte es immer noch nicht glauben!

»Ja, so war es wohl.« Der breite, löwenhafte Leo wirkte plötzlich ziemlich betreten.

»Aber eine Freundin meiner Großmutter hat mich auf die Ausschreibung gebracht. Deshalb habe ich mich doch beworben. Oder ...« Mit einem Mal wurde mir alles klar. Meine Omama hatte den Tipp nicht von irgendeiner alten Freundin bekommen, sondern direkt von meiner Mutter. Ich wusste gar nicht, dass sie Kontakt hielten. Aber wenn es so war, dann hatte Omama Sandy von meiner Misere erzählt, und meine Mutter hatte daraufhin an ihren alten Freund Leo geschrieben.

Ich hätte nie damit gerechnet, dass meine Mutter sich jemals um meine Probleme kümmern würde, aber jetzt, wo es passiert war, war es mir überhaupt nicht recht! Denn es bedeutete, dass es nichts mit meinem eigenen Können und meinen eigenen Leistungen zu tun gehabt hatte, dass ich das Praktikum bekommen hatte, sondern einzig mit Sandys alten Bettgeschichten!

Ich war so wütend, dass es einen Moment dauerte, bis meine Gehirnzellen wieder zu arbeiten anfingen. Doch dann flammte mein früherer Verdacht, den ich als bloße Spinnerei abgetan hatte, plötzlich wieder auf. War es tatsächlich möglich, dass Leo mein Vater war? Aufgewühlt, wie ich war, stieg eine irre Hoffnung in mir hoch.

»Dann warst du der Journalist, bei dem Sandy in der Spring Street gewohnt hat?«, stieß ich hervor.

»Ja, das war ich«, gab Leo zu.

»Und ... wie lange kanntet ihr euch damals bereits?«, hakte ich aufgeregt nach.

»Erst wenige Wochen.« Leo lächelte bei der Erinnerung in sich hinein. »Ich hatte Sandy auf einer Pressereise nach Deutschland kennengelernt. Und dann stand sie eines Tages vor meiner Tür und fragte, ob sie bleiben dürfe. Das waren noch Zeiten. Ich dachte bald, dass wir eine gemeinsame Zukunft hätten, aber nach einem Jahr verschwand sie wieder. Danach habe ich nur noch sehr sporadisch von ihr gehört, aber aus irgendeinem Grund hat sie immer einen Platz in meinem Herzen behalten ...« Kopfschüttelnd tauchte er aus seinen sentimentalen Erinnerungen auf.

Erst wenige Wochen ... das bedeutete, Leo konnte unmöglich mein Vater sein. Denn als Sandy nach New York gezogen war, war ich bereits auf der Welt. Meinen Vater musste sie also mindestens ein Jahr vorher getroffen haben.

Meine Gefühle schalteten in den Schleudergang, mein Kopf drohte von der Flut an Informationen zu explodieren, und ich hörte kaum noch zu, als Leo mit seiner Erklärung fortfuhr.

»Nun, diesen kleinen Gefallen wollte ich ihr deshalb gerne erweisen. Wir hatten Chris zwar bereits zugesagt, aber dann gefiel mir die Idee, zwei Praktikanten auf Probe einzustellen, zumal ich mir sicher war, dass eine Konkurrenzsituation seine Leistungen sicher noch beflügeln würde ...«

Plötzlich fühlte ich mich wieder völlig klar im Kopf, als ich begriff, was Leo damit andeutete. »Heißt das etwa, du hattest nie vor, mir das Jahrespraktikum zu geben? Diese ganze Geschichte mit den Blogs und wer besser ins Team passen würde, war bloß Show?« Ich war so empört, dass ich meine Enttäuschung darüber, dass Leo nicht mein Vater sein konnte, für den Moment verdrängte.

»Du musst zugeben, dass Chris weit besser qualifiziert ist als du, oder? Er hat ein abgeschlossenes Studium und schon einschlägige Erfahrungen bei führenden Medien gesammelt«, grinste er mich entschuldigend an. »Aber wie gesagt: Du hast mich sehr überrascht, Maxi. Und deshalb würde ich mich freuen, dich nicht gänzlich zu verlieren, sondern als unsere Team-Assistentin zumindest für drei Monate zu behalten.«

»Wie gesagt: Ich überlege es mir«, erwiderte ich spitz. Aber ich sagte es nur, um so schnell wie möglich aus Leos Büro zu verschwinden. All diese Enthüllungen jagten mich über eine Achterbahn der Gefühle und so langsam wurde mir von den vielen Loopings schlecht. Doch das Letzte, was ich wollte, war, nach dieser Niederlage als Aushilfskraft bei Zeitgeist zu bleiben – selbst wenn das Karnevalssitzungen und Kaninchenzüchtervereine auf Lebenszeit bedeutet hätte. Also raffte ich mein letztes bisschen Würde zusammen und stolzierte zurück an meinen Arbeitsplatz ... wo ich mich direkt der nächsten Herausforderung stellen musste: Chris. Über die Schreibtische hinweg schaute er mich mitleidig an.

»Sorry, Baby, tut mir echt leid für dich«, erklärte er gönnerhaft. Ich kämpfte mit mir, um mir weder meine Wut noch meine Enttäuschung anmerken zu lassen. Die Blöße wollte ich mir vor ihm nicht auch noch geben.

»Schon okay«, antwortete ich dann möglichst selbstbewusst. »Es war ein faires Rennen.« Wenigstens wollte ich nicht, dass Chris erfuhr, was für ein abgekartetes Spiel das Ganze von Anfang an gewesen war. Und um ihm – und mir selbst – zu beweisen, wie locker ich mit der Niederlage umgehen konnte, schob ich hinterher: »Was ist mit dem Drink nach Feierabend, damit wir auf deinen Erfolg anstoßen können?«

»Nein, ich hab doch was anderes vor«, ließ Chris mich abblitzen. Na toll, mit Verlierern gab er sich offenbar nicht ab.

Ich grübelte gerade über eine schlagfertige Antwort nach, als mein Telefon mich mit seinem Klingeln aus der demütigenden Situation erlöste.

Ich (darum bemüht, professionell zu klingen): »Zeitgeist Magazin, Maxi am Apparat.«

Call-Center-Dame (überdreht): »Hi, hier spricht Audrey von New York Living. Ich habe ein tolles Zimmer für Sie gefunden.«

Ich (denke: nicht DIE schon wieder und erwidere patzig): »Kein Interesse.«

Call-Center-Dame (noch immer wie auf Speed): »Aber es ist ein Traum! Geräumig, hell, in einer absolut angesagten Lage. Und das Haus ist sogar berühmt.«

Ich (frage reflexartig und ärgere mich im selben Moment, dass ich nicht einfach aufgelegt habe): »Berühmt?«

Call-Center-Dame (macht den Eindruck, als würde sie vor Begeisterung gleich durch den Hörer kriechen): »Ja, es ist ein kleines Haus in Williamsburg, für das der Besitzer fünf neue Bewohner auf Zeit sucht. Für drei Monate höchstens, um genau zu sein. Die Miete ist günstig, nur 1200 Dollar pro Monat. Wenn man bedenkt, dass das Haus bereits im Fernsehen zu sehen war, ein echtes Schnäppchen.«

Ich (denke: Das kann doch nicht wahr sein!): »Haben Sie die Adresse?«

Call-Center-Dame (s.o.): »Petticoat Place. Das Haus ist auch unter dem Namen Pinkstone bekannt.«

Ich (unter Schock): »Aber, aber, aber ...«

Call-Center-Dame (plötzlich geschäftsmäßig): »Ich schicke Ihnen den Vertrag dann zu.« (Sie legt auf.)

Ich: starre den Hörer in meiner Hand wie hypnotisiert an, bis mir endlich einfällt, dass ich ihn auf das Telefon legen muss, damit er aufhört zu tuten.

Dann kramte ich in meinem Beuteltier, bis ich meine Notration Gummibärchen fand, und fing an, eines nach dem anderen wahllos in mich hineinzustopfen, ohne auf die verschiedenen Farben zu achten. Es gab ohnehin keine einzige Farbe – weder in einer Gummibärchentüte noch sonst wo auf der Welt –, die den Gefühlstumult, der in mir herrschte, hätte besänftigen können.

Unglaublich, aber wahr: Pinkstone wird nicht abgerissen!
Zumindest nicht sofort ...

Was ist passiert? Ein Pinkstone-Fan hat einen Antrag an die Denkmal-Kommission gestellt. Nun prüft sie, ob Pinkstone unter Denkmalschutz gestellt wird. Eine solche Prüfung braucht Zeit, bis zu drei Monate, heißt es. Das hat dem Investor, der dort seine Luxusappartements bauen will, natürlich gar nicht gefallen – und deshalb hat er bis auf Weiteres sein Kaufangebot zurückgezogen. Sprich: Der Neffe wird sein Haus nicht los, und weil er unter chronischem Geldmangel leidet, braucht er für diese Zeit Mieter.

Perfekt, möchte man meinen: Die Pinkstone-WG kann in ihrem pinken Haus bleiben! Doch leider weit gefehlt. Denn der Neffe hat die Miete verdoppelt – und das kann sich keiner von uns leisten. Welch eine Ironie: Das Haus bleibt zumindest vorerst erhalten, doch die Pinkstone-WG nicht!

KAPITEL 19

Maxis drei gute Gründe, nach New York zu gehen –
nur noch mal als Erinnerung:

1. 6000 Kilometer, die mich von Jens, dem emotionalen
   Analphabeten, trennen
2. Die Aussicht auf einen tollen Job bei einem stylishen
   Magazin
3. Die Hoffnung, nach 18 Jahren endlich meinen Vater zu
   finden

Zu 1: Männertechnisch hatte New York sich als Riesen-
reinfall erwiesen. Jens hätte mir egaler nicht mehr sein
können. In der ganzen Zeit in New York hatte ich kaum
ein einziges Mal an ihn gedacht. Stattdessen hatte ich
mich Hals über Kopf in ein viel schlimmeres Männercha-
os gestürzt, indem ich etwas mit meinem karrieregeilen
Konkurrenten angefangen hatte, der mich nun behandelte
wie Luft. Nein, nicht wie Luft, denn die braucht man ja
immerhin zum Atmen.

Außerdem hatte ich Alex kennengelernt, den verwirrendsten Menschen, dem ich je begegnet war und für den es sich vielleicht gelohnt hätte, in New York zu bleiben – der sich aber leider in Luft aufgelöst hatte. Dream as if ... von wegen! Willkommen in der Realität!

Zu 2: Ein genauso großer Reinfall! Die Sache mit dem Traumjob war von Anfang an ein Fake gewesen. Und ich zu naiv, um es zu kapieren. Was blieb, war ein Trostpflaster, das sich Leo meinetwegen sonst wohin kleben konnte.

Zu 3: Reinfall vom Feinsten! Kein potenzieller Vater in Sicht. Dafür war meine Mutter aus der Versenkung aufgetaucht und hatte mir ungefragt ins Leben gepfuscht. Auf diese Einmischung hätte ich von allem, was schiefgelaufen war, noch am meisten verzichten können!

Drei Tage später, an denen ich mich nur in die Redaktion schleppte, weil ich mir lieber beide Arme und Beine und die Nase noch dazu hätte amputieren lassen, als Leo oder Chris oder sonst jemanden sehen zu lassen, wie enttäuscht ich war, fand ich unter meinem letzten Blog-Eintrag folgenden Kommentar:

Anonymer Nutzer: Gib mir deine Konto-Nummer, ich überweise euch die Miete!

Ich rang mit mir. Welcher Verrückte würde ein solches Angebot machen? War das ernst zu nehmen? Oder eine Masche, um an meine Kontodaten zu gelangen und dann wer weiß was damit anzustellen? Andererseits: Was hatte ich zu verlieren? Mein Konto war so leer, dass jeder Betrüger eine derbe Überraschung erleben würde. Mehr als dass nichts passierte, konnte eigentlich nicht passieren. Also schickte ich meine Daten samt der benötigten Summe an eine ebenfalls anonyme E-Mail-Adresse, die der geheimnisvolle Blog-Leser mir gab.

Und einen Tag später befand sich das Geld für drei gesamte Monatsmieten für alle Pinkstone-Bewohner auf meinem Konto.

Ich rief Audrey, die Call-Center-Dame von New York Living, an, um ihr mitzuteilen, dass ich Mietinteressenten für Pinkstone gefunden hätte. Als sie erfuhr, wer ich war – »Oh, mein Gott, du bist ja berüüüüühmt!« – und dass wir, falls nötig, bereit wären, auf die geforderte Miete noch einmal ein Drittel draufzuschlagen (das entsprach dann für jeden exakt der Mietsumme, die wir zuvor schon gezahlt hatten), versprach sie mir, den Neffen davon zu überzeugen, Pinkstone weiter an uns zu vermieten. Nur zehn Minuten später meldete sie sich bei mir und verkündete ihren Erfolg!

Entweder war der Neffe sehr abgebrannt und konnte jeden Dollar gut gebrauchen oder Audrey war sehr überzeugend … Ich vermutete, dass beides eine Rolle gespielt hatte, um ihn dazu zu bringen, ausgerechnet die Pinkstone-WG weiter unter seinem Dach wohnen zu lassen.

Ich war so stolz auf diese Wendung, dass ich es kaum erwarten konnte, nach Hause zu kommen, um meinen Mitbewohnern die gute Nachricht zu überbringen, dass wir in Pinkstone bleiben konnten. So stolz, dass ich dabei leider zwei Dinge vergaß. Erstens, dass ich selbst überhaupt keinen Grund mehr hatte, in New York zu bleiben, und zweitens, dass meine Mitbewohner selten so reagierten, wie ich es erwartete.

»Aber ich habe schon eine Wohnung in Manhattan gefunden, direkt über einem Fitnessstudio«, wehrte Rick ab.

»Aber ich habe einem Freund gesagt, dass ich bei ihm einziehe.« Saida schüttelte genervt den Kopf.

»Aber meine Eltern rechnen damit, dass ich am Montag nach Hause komme«, erklärte Pam unglücklich.

»Aber dann müssten wir alle Kisten wieder auspacken«, jammerte Abby.

»Ja, und?«, brauste ich auf. Es machte mich auf unerklärliche Weise traurig, dass sie nicht vor Freude herumsprangen, dass ihnen nur Gegenargumente einfielen und dass sie es nicht einmal in Erwägung zogen, in dem kleinen, pinken Haus zu bleiben und um seinen Erhalt zu kämpfen. »Bedeutet Pinkstone euch denn gar nichts?«, fragte ich enttäuscht, aber die vier zuckten bloß unisono die Schultern.

»Und dir? Was bedeutet es dir?«, entgegnete Saida bissig. »Du gehst zurück nach Deutschland, oder? Hast du zumindest gesagt. Weil dir der Job nicht passt, den dein Chef dir angeboten hat. Wie sollen wir denn allein weiter um Pinkstone kämpfen, hast du dir das mal überlegt?«

Jetzt war es an mir, ratlos mit den Schultern zu zucken. Saida hatte recht, das hatte ich gesagt. Und ich hatte es fest vor. Ich hatte sogar schon meinen Rückflug für die kommende Woche gebucht. All das hatte ich verdrängt, als sich mir plötzlich die Chance bot, die Pinkstone-WG wenigstens vorerst zu retten. Doch als ich nun erlebte, dass die anderen Pinkstone bereits aufgegeben und sich eine neue Bleibe gesucht hatten, beschloss ich, ebenfalls zu meinem ursprünglichen Plan zurückzukehren. Denn ohne sie würde ich es nicht schaffen, um Pinkstone zu kämpfen, und ohne die anderen machte es ja auch überhaupt keinen Sinn.

»Okay, es war eine blöde Idee«, räumte ich ein.

Und dann redeten wir nicht mehr über das Thema, sondern packten weiter unsere Koffer und Kisten, bis der Sonntag kam. Unser letzter Tag in Pinkstone, an dem wir uns vorgenommen hatten, unseren Abschied gemeinsam zu feiern. Es war der 31. Oktober. Halloween.

KAPITEL 20

Als ich in die Küche trat, erlebte ich ein Déjà-vu: Alle trugen Schwarz wie zur Beerdigung der Pink Lady. Allerdings mit dem Unterschied, dass ihre Gesichter blutverschmiert und von grässlichen Narben entstellt waren.

Das Horrorszenario setzte sich auf dem Tisch fort: Teller mit abgeschnittenen Wurst-Fingern voller Ketchup-Blut, ein Blumenkohl-Gehirn, aus dem Hirnmasse-Nudeln hervorquollen, Bananengeister am Stiel, Frikadellen-Spinnen und schwarze Suppe, Monster-Muffins und Marzipan-Knochen. Mir drehte sich der Magen um, obwohl ich mir klarmachte, dass all das nur gruselige, aber durchaus essbare Kreationen zu Halloween waren.

»Hey, Maxi, probier mal die Finger«, begrüßte Pamela mich fröhlich. Sie rührte mit einer Schöpfkelle in einer großen Glasschüssel herum, deren glibbrigen grün-rotbraunen Inhalt Rick gerade großzügig mit Wodka anreicherte, eine zweite – leere – Flasche stand daneben.

»Hast du das alles gemacht?«, fragte ich Pam.

252

»Jep, ich dachte, ich fang schon mal an, für zu Hause zu üben. Die werden staunen, wenn ich ihnen Gehirn und Knochen vorsetze.« Sie lachte so schrill, dass ich mir sicher war, dass sie bereits eine ordentliche Portion von dem glibbrigen Zeug konsumiert hatte.

»Dein Outfit geht gar nicht«, rügte mich Abby und betrachtete kopfschüttelnd meinen roten Rock und die weiße Bluse. Ich hatte kein einziges schwarzes Kleidungsstück im Schrank und mich deshalb für diese Kombi entschieden, wenigstens war der Rock annähernd blutrot.

»Wir machen einfach ein Horror-Rotkäppchen aus ihr, das ist so schön deutsch«, schlug Saida vor. Ich überlegte, ob sie die Bemerkung so spitz gemeint hatte, wie sie rüberkam.

»Gute Idee.« Abby war sofort begeistert, beherzt griff sie nach einer Flasche mit Kunstblut und goss mir den Inhalt kurzerhand über die Bluse.

»He«, protestierte ich, aber Abby fing bereits an, mir blutige Schrammen ins Gesicht zu schminken. Offenbar hatte sie auch schon einiges von dem Glibberzeug intus.

»Okay, dann wollen wir Pinkstone mal stilvoll zu Grabe tragen«, erklärte Pam, reichte Gläser voll Glibber herum. Saida bediente sich direkt an der Wodkaflasche.

»Auf Pinkstone«, erklärte sie. »Dadgumit, es war eine coole Zeit.«

»Auf Pinkstone«, stimmten die anderen ein und schütteten den Glibber in ihre Münder.

Ich kämpfte mit dem hochprozentigen Getränk, nicht nur wegen seiner Konsistenz, die eher zum Essen geeignet war, sondern auch, weil es mir schwerfiel, diesen endgültigen Schlussstrich unter das Kapitel Pinkstone zu ziehen.

Ich betrachtete meine Mitbewohner: die schöne, aber schroffe Saida, die heute zum Gruftioutfit passenderweise eine lebende Ratte auf der Schulter trug. Die oft so unscheinbare Abby im sexy Hexenkostüm mit vor Aufregung und vom Alkohol geröteten Wangen. Rick, der wie immer nicht still stehen konnte und das Glas wie einen Baseball permanent von einer Hand in die andere wechselte. Und Pam, noch immer mit der Schöpfkelle bewaffnet, die mit einem verstohlenen Ausdruck größter Zufriedenheit ihr eigenes Werk auf dem Tisch musterte.

Und ich begriff, dass ich alle vier schrecklich vermissen würde. Viel mehr, als ich je für möglich gehalten hätte. Ich wollte gerade etwas sehr Sentimentales sagen, als es kräftig an der Haustür klopfte.

»Ich geh schon«, sagten wir alle fünf wie aus einem Munde und prusteten dann ebenso einstimmig los. Das Glibberzeug hatte es wirklich in sich.

»Das sind bestimmt irgendwelche Kids, die Süßigkeiten haben wollen.« Pamela nahm den Teller mit Monster-Muffins. »Normalerweise verirren die sich nicht hierher.«

»Lasst uns alle gehen und ihnen einen ordentlichen Schreck einjagen«, schlug Rick vor. Und so gingen wir alle zusammen zur Tür.

Doch vor dem Haus standen keine Kinder, die Süßes oder Saures forderten, sondern Angel, die ihren mittlerweile kugelrunden Babybauch in einen grinsenden Kürbis verwandelt hatte und ebenfalls breit grinsend mit dem Daumen über ihre eigene Schulter deutete.

»Ich glaube, die sind euretwegen hier«, sagte sie. Erst da fiel mir auf, dass der gesamte Petticoat Place voller Menschen war. Auf dem schmalen Fußweg standen Hexen und Vampire, Skelette und Monster herum, eine blutige Braut und ein gefallener Engel hockten auf der gegenüberliegenden Mauer, neben sich ein Kind, das als Katze verkleidet war. Als Glückskatze!

Die kleine Glückskatze winkte mir schüchtern zu, der gefallene Engel sprang leichtfüßig auf die Mauer und brüllte »Lang lebe Pinkstone« und im selben Moment fingen die Leute an zu klatschen und zu rufen. Zwei Typen mit Trommeln schlugen einen schnellen Rhythmus an, der sofort in die Beine ging.

»Was hat das zu bedeuten? Hast du etwas damit zu tun?«, rief ich Angel über das Getöse hinweg zu, aber sie hob abwehrend die Hände.

»Keine Ahnung. Irgendein spontaner Flashmob, wenn ich es richtig verstanden habe. Diese ganzen Leute sind Fans von Pinkstone. Na ja, nicht alle, einige sind wahrscheinlich bloß wegen der Party hier.« Sie lachte gackernd. »Los, lasst uns feiern!«

Ich wandte mich zu meinen Noch-Mitbewohnern um, die ebenso ratlos und überrascht wirkten wie ich. »Party?«, fragte ich in die Runde.

»Cool!« Rick erholte sich als Erster, übersprang die Treppe von unserer Haustür mit einem einzigen lässigen Satz und stürzte sich ins Getümmel.

»Klar, warum nicht?« Saida zündete sich erst mal eine Zigarette an und schritt dann hoheitsvoll die Stufen hinab.

»Guck mal, der mit dem Beil im Schädel, der da drüben ...« Abby zeigte auf einen verunstalteten Halbtoten. »Ist der nicht supisüß?« Und schon war sie ebenfalls verschwunden.

»Hilfst du mir mal mit dem Buffet?«, fragte Pam. Gemeinsam trugen wir den Küchentisch mit sämtlichen Gruselgerichten darauf nach draußen und die Partymeute machte sich sofort darüber her. Pam wurde mit Komplimenten überschüttet, und wenn sie sich unbeobachtet glaubte, lächelte sie zufrieden.

Mit einem weiteren Glas Glibberbowle stand ich am Rande, wippte im Takt der Trommelmusik mit und beobachtete das Treiben, wobei ich schrecklich melancholisch wurde. Das hier war so fantastisch, dass mir die Karnevalssitzungen und Kaninchenzüchtervereine, die mich in Deutschland erwarteten, noch um ein Vielfaches fader vorkamen als ohnehin schon. Und auch die Ikea-style-Dreizimmerwohnung meiner Omama ließ sich nicht annähernd mit Pinkstone vergleichen. Wollte ich das hier wirklich aufgeben? Wollte ich wirklich lieber zurück nach Deutschland gehen, als über meinen eigenen Schatten zu springen und den Aushilfsjob bei *Zeitgeist* anzunehmen?

»Trick or treat?«, flüsterte jemand von der Seite in mein Ohr. Süßes oder Saures? Ich drehte mich um und erstarrte, als ich ein bleiches Vampirgesicht direkt vor mir hatte, aus dem mich zwei Augen intensiv anblickten. Die blausten Augen, die ich je gesehen hatte und von denen ich fast nicht mehr gehofft hatte, sie jemals wiederzusehen.

»Scharfes Beil.« Abby schenkte dem Halbtoten ein – wie sie meinte – verführerisches Lächeln. »Was ist dir denn passiert?«

»Missglückter Mordanschlag.« Der Verunstaltete lächelte zurück, was eher wie eine schauderhafte Fratze wirkte, aber Abby schob das auf die dicke Schminke.

»Wer hat dich denn so zugerichtet? Eine eifersüchtige Ehefrau?« Sie trank einen großen Schluck Glibber, während sie auf die Antwort wartete.

»Nein, haha, sehe ich aus, als wäre ich verheiratet?« Wieder verzog er das Gesicht. »Wenn, dann war das meine Mutter. Weil ich wieder zu Hause eingezogen bin und sie jetzt überall meinen Dreck wegmachen muss, wie sie sagt.«

»Ach so.« Abby nickte erleichtert, dass der Halbtote unverheiratet war, und versuchte gleichzeitig, die Gedanken an ihre eigene Mutter zu verdrängen, der man es in ihrem Haus auch nie recht machen konnte.

»Eigentlich wollte ich nie wieder zurück zu meinen Eltern, aber nachdem meine letzte Beziehung in die Brüche gegangen ist, habe ich so schnell nichts Besseres gefunden. Und deshalb wohne ich jetzt wieder hier.« Er machte eine ausladende Armbewegung, die den ganzen Petticoat Place mit all seinen Partyleuten einzuschließen schien, sich aber offenbar auf eines der vier Häuser neben Pinkstone bezog.

»Du wohnst hier?«, hakte Abby aufgeregt nach und trank schnell noch zwei Schlucke Glibber.

»Ja, so ist es.«

»Bei deinen Eltern?«

»Jep.«

»Und du bist nicht verheiratet? Du hast nicht einmal eine Freundin?« Abbys Stimme überschlug sich beinah vor Aufregung.

»Aktuell keins von beidem. Aber das wird sich hoffentlich bald ändern.« Er maß Abby mit einem interessierten Blick.

»Aber du hast nichts gegens Heiraten, oder?« Diese Frage musste gestellt werden.

»Grundsätzlich?« Der Halbtote runzelte die Stirn, was das Beil zum Wackeln brachte. Abby nickte atemlos. »Grundsätzlich nicht, nein.«

Er hat nichts gegens Heiraten. Abby strahlte ihn an, was etwas schief geriet. Vermutlich war der Glibber schuld. Und er wohnt quasi nebenan. Das war eine so günstige Gelegenheit, dass sie sich diese eigentlich nicht entgehen lassen durfte. Vielleicht, dachte Abby, vielleicht sollte ich ...

»Das Gehirn ist genial, aber die abgetrennten Finger schmecken mir besser.« Das Skelett, das keine sehr skeletthafte Figur hatte, steckte sich noch ein Würstchen in den Mund. »Ich bin übrigens Oliver«, sagte der Typ und streckte Pamela eine Hand entgegen, nachdem er sich das Ketchup-Blut von den eigenen Fingern geschleckt hatte.

»Pamela.« Sie schüttelte die Hand.

»Hey, kenne ich dich nicht?« Oliver musterte sie ausgiebig, ohne ihre Hand loszulassen.

»Nee, ich glaub nicht.« Pamela entzog sich dem Händedruck, obwohl er nicht unangenehm gewesen war.

»Doch. Bestimmt. Warte ... ich weiß. Ich hab dich letzte

Woche im Theater gesehen. In diesem komischen Stück mit der Blinden. Das warst doch du, oder?«

»Ja, das war ich.« Pamela wandte ihm abrupt den Rücken zu und füllte Bowle in ein paar leere Gläser. An das Premierendesaster und alles, was damit zusammenhing, wollte sie möglichst nicht erinnert werden.

»Das Stück war grauenhaft. Aber du warst gut, ehrlich.« Der Typ ließ einfach nicht locker.

»Ja, sicher«, erwiderte sie ironisch, ohne sich umzudrehen. Blöde Anmache. »Ich glaube nicht, dass du das beurteilen kannst.«

»Doch, ich denke schon.« Plötzlich klang er fast beleidigt. »Ich studiere nämlich auch Schauspiel. Am Lee Strasberg Institut.«

»Oh.« Pamela wandte sich ihm wieder zu. »Sorry. Und danke fürs Kompliment. Aber mit der Schauspielerei bin ich durch.«

»Was?« Jetzt wirkte Oliver wirklich empört. »Das ist nicht dein Ernst! Was willst du denn stattdessen machen? Einen Partyservice eroffnen?«

»Wer weiß. Vielleicht mache ich das«, erwiderte Pamela spitz. Dieses Lee-Strasberg-Skelett musste ja nicht wissen, dass sie die Schauspielerei aufgab, um für ihre Familie zu kochen. Zumal dieser ohnehin ungeliebte Entschluss dank dieses kurzen Gesprächs mit einem Mal gefährlich ins Wanken geriet. Vielleicht, dachte Pamela, vielleicht sollte ich ...

»Hast du mal Feuer?«

»Bedien dich.« Saida hielt dem Trommler ihr Feuerzeug

unter die Nase. Er war ein großer, schlaksiger Typ in abgerissenen Klamotten, bei denen Saida sich nicht sicher war, ob es sich um eine Halloween-Verkleidung oder seinen Alltagslook handelte. Aber seine selbstvergessene Art, wenn er den Trommeln die wildesten Rhythmen entlockte, hatte sie sofort angezogen.

»Putziges Tierchen.« Der Trommler inhalierte tief und zeigte mit der glimmenden Zigarette auf die Ratte auf Saidas Schulter.

»Hm«, machte Saida und ließ das Tier in ihrem weiten Ärmel verschwinden.

»Du wohnst auch hier, oder?« Er zog wieder an der Zigarette und nickte mit dem Kopf zu dem kleinen pinken Haus hinüber.

»Hm«, machte Saida und drehte ihre Zigarette zwischen den Fingern.

»Gesprächig bist du ja nicht gerade.« Der Typ zwinkerte ihr zu und sie rauchten in schweigendem Einvernehmen.

»Ich finde es gut, was ihr macht«, erklärte er schließlich und ließ die Zigarette achtlos auf den Boden fallen. »Ihr bewegt etwas, schaut nicht bloß zu. Diesen geldgeilen Investoren muss man zeigen, dass man sich nicht alles gefallen lässt. Sehe ich genauso!« Er griff wieder nach seiner Trommel und ließ die Finger darauf vibrieren wie bei einem Trommelwirbel, dann schlug er mit voller Wucht darauf und Saida zuckte unwillkürlich zusammen. »Ich wünsche euch auf jeden Fall viel Glück.« Er wandte sich zu seinem Kumpel, und die beiden begannen wieder gemeinsam zu trommeln, als hätte das Gespräch mit Saida nie stattgefunden.

260

Doch die Worte des Trommlers hallten in ihrem Kopf nach. Ihr bewegt etwas ... so hatte sie die Sache mit Pinkstone noch nie betrachtet. Als ein Projekt, für das es sich lohnte, sich zu engagieren. Vielleicht, dachte Saida, vielleicht sollte ich ...

Rick lehnte mit den Schultern an der Mauer und drehte sein Glas in den Händen. Die Party war cool, keine Frage. So viele Leute, alle bester Laune. Er hatte Lust zu feiern. Und zu vergessen, einfach vergessen, in was er sich hineinmanövriert hatte. Dass er Anthony verloren hatte. Dass er seinen Eltern würde erklären müssen, dass die Verlobung nur ein Fake gewesen war. Und dass er nicht wusste, wie er sein Leben mit einer Lüge leben sollte, die so schwer war, dass sie allmählich drohte ihn zu erdrücken. Er wollte feiern, aber es gelang ihm nicht.

Er ließ seinen Blick über die Party schweifen und entdeckte Saida, die mit einem der Trommler redete. Er sah, wie Abby sich an den Typen mit dem Beil im Kopf ranschmiss. Pam stand am Buffet und unterhielt sich mit einem Kerl, der als Skelett eine ziemlich lächerliche Figur machte, aber sie schien sich ebenfalls zu amüsieren. Und wo war Maxi? Maxi, die in der kurzen Zeit, die er sie kannte, schon mehr über ihn erfahren hatte als irgendein anderer Mensch und die zu ihm gehalten hatte, obwohl er sie in eine unmögliche Situation gebracht hatte. Er sah sie bei einem Kerl mit kalkweißem Vampirgesicht stehen, der ihr etwas ins Ohr flüsterte, und trotz der Distanz und der einbrechenden Dunkelheit meinte er zu erkennen, dass Maxis Gesicht ebenfalls bleich wurde, als sie den Typen anblickte.

Pass bloß auf, dachte er. Wenn du ihr wehtust, kriegst du es mit mir zu tun. Im selben Moment fiel ihm ein, dass er Maxi vermutlich nie wiedersehen würde. Und die anderen Pinkstone-Mädels ebenso wenig. Er würde allein in einer winzigen Wohnung leben, wo er niemanden kannte. Plötzlich fühlte er sich trotz der vielen Menschen um ihn herum einsam. Vielleicht, dachte Rick, vielleicht sollte ich ...

»Dream as if«, sagte Alex und spielte mit dem Medaillon, das ich um den Hals trug, wie jeden Tag, seit er es mir geschenkt hatte. »Das ist ein Zitat von James Dean, wusstest du das? Dream as if you'll live forever. Live as if you'll die today.« Träume, als würdest du ewig leben. Lebe, als müsstest du heute sterben.

»Das ist cool«, sagte ich. Ich konnte meinen Blick einfach nicht von seinem lösen. »Danke dafür.«

»Also«, wiederholte er. »Süßes oder Saures?«

»Süßes natürlich.« Ich lächelte ihn an, es ging einfach nicht anders.

»Dachte ich mir.« Er nahm mein Gesicht zwischen seine Hände, beugte sich wieder zu mir herunter und küsste mich. Und endlich konnte ich die Augen schließen. Und träumen. Und wenn ich in diesem Moment hätte sterben müssen, wäre es auch okay gewesen. Nein, das war pathetisch! Aber dieser Kuss war so ... so ... so ... unbeschreiblich, dass ich es besser gar nicht erst versuche. Und er schmeckte nach Minze.

Ein vernehmliches Räuspern direkt neben uns ließ uns auseinanderfahren.

»Genug geknutscht«, erklärte Pam kategorisch.

»Zeit für ernste Themen«, sprang Saida ihr bei.

Einvernehmlich standen meine vier Noch-Mitbewohner mit verschränkten Armen nebeneinander und musterten Alex und mich mit so entschlossenem Blick, dass ich mir sofort sicher war, dass sie etwas ausgeheckt hatten, was sie mir nun mitteilen wollten. Obwohl ich von Natur aus ein neugieriger Mensch bin, wünschte ich mir sehnlich, sie hätten sich einen anderen Moment dafür ausgesucht. Irgendeinen. Nur nicht diesen. Aber da war nichts zu machen.

»Maxi, wir wollen dir etwas sagen«, begann Rick wie mit einer einstudierten Erklärung.

»Oder besser gesagt: Wir wollen dich etwas fragen«, unterbrach Pamela ihn.

»Aber du darfst nicht Nein sagen«, mischte Abby sich ein und schaute mich mit Welpenblick an.

»Ich geh dann mal besser.« Alex drückte sanft meine Finger und wollte sich abwenden. Panisch griff ich nach seiner Hand und hielt ihn fest.

»Nein! Geh bitte nicht.« Ich kam mir blöd vor, so zu betteln, aber ich durfte auf keinen Fall zulassen, dass er wieder verschwand!

»Keine Sorge.« Alex lächelte, und ich war mir sicher, dass ich das Muttermal in seinem Mundwinkel trotz der weißen Vampirschminke und der schwachen Straßenbeleuchtung sehen konnte. »Wir treffen uns bald wieder, versprochen.« Er machte sich los und schob sich zwischen den zu den immer wilderen Trommelklängen tanzenden Partygästen hindurch, bis ich ihn nach kürzester Zeit nicht mehr sehen konnte. Ich wollte hinterher, aber Rick hielt mich am Arm fest.

»Jetzt hör erst mal zu«, bat er, und da war etwas in seiner Stimme, was mich Alex für den Bruchteil einer Sekunde vergessen ließ und mich aufmerksam machte.

»Also, was gibt es so Wichtiges?«, fragte ich.

In diesem Moment wurden die Trommeln lauter und noch schneller, und als Rick meine Frage beantwortete, verstand ich kein Wort.

»Was?«, brüllte ich.

Die Trommelmusik setzte abrupt aus und meine Mitbewohner brüllten alle gleichzeitig: »WIR BLEIBEN!«

Dann schlugen die Trommeln wieder und mischten sich mit dem Jubel der Feiernden, und Abbys hohe Stimme ging fast unter, als sie sagte: »Wir bleiben, wenn du auch bleibst.«

Alle vier sahen mich mit erwartungsvollen Gesichtern an. Und ich wusste nicht, was ich antworten sollte. Ich hatte das Kapitel New York doch bereits schweren Herzens abgehakt. Hatte mich entschieden. Hatte sogar schon den Flug gebucht. Die Koffer gepackt. Und Leo gesagt, dass er sich jemand anderen suchen müsse. Ich hatte mich damit abgefunden, dass mein ach so toller Plan B nicht funktioniert hatte. Dass ich auf ganzer Linie versagt hatte. Und jetzt das ...

»Huhu, bist du noch da?« Pamela wedelte mit ihrer Hand vor meinem Gesicht herum. »Sag schon, bleibst du?«

»Du kannst uns doch jetzt nicht im Stich lassen«, erklärte Saida entschieden.

»Sag Ja, bitte, bitte, bitte«, bettelte Abby.

»Zusammen schaffen wir es«, fügte Rick kämpferisch hinzu.

Und plötzlich begriff ich, dass es längst nicht mehr bloß um mich ging. Um meine Pläne. Meinen Erfolg oder Misserfolg. Sondern um uns. Weil ich in New York etwas gefunden hatte, wonach ich gar nicht gesucht hatte: Freunde. Und der Gedanke war so verrückt, dass er mir richtig gut gefiel!

»Ja«, sagte ich. »Natürlich bleibe ich.«

Und während mich die anderen unter einer kollektiven Umarmung begruben, sah ich die Spitze des Empire State Buildings in der Ferne in allen Farben funkeln.

Ich brauche immer drei gute Gründe für eine wichtige Entscheidung. Und ich habe drei sehr gute dafür, in New York zu bleiben.

1. Ich habe jemanden kennengelernt, den ich unbedingt wiedersehen will.
2. Ich habe vier verrückte Freunde gefunden, die ich nicht im Stich lassen kann.
3. Und der Kampf um Pinkstone ist noch nicht zu Ende!

Ende des ersten Teils

Danke

Ich danke meiner wunderbaren Agentin Michaela Hanauer-Dietmaier, die mich ermutigt hat, mich an dieser Serie zu probieren, die mich von der ersten Idee an begleitet und um einige sehr verrückte Ideen bereichert hat und die immer für mich da ist, wenn es mal wieder hakt.

Valerie Flakowski ist mir eine fantastische Lektorin, der ich für ihre Begeisterung für Maxis Geschichte gar nicht genug danken kann. Auch Kiki Klinkert hat sich ein dickes Dankeschön für ihre kreative Unterstützung für diese Buchreihe verdient. Ich ernenne dich hiermit zu meiner persönlichen Bastel-Queen! Außerdem möchte ich dem gesamten Coppenrath-Team für die tolle Zusammenarbeit danken.

Wie immer das größte Dankeschön von allen an meine Mutter Iris Schürmann-Mock, der es immer wieder gelingt, das Wirrwarr in meinem Kopf zu entknoten, und die auch hilft, wenn das ganz normale Lebenswirrwarr droht mich am Schreiben zu hindern. Gleiches gilt für meinen Mann Daniel, der jede Geschichte von mir liest, obwohl er definitiv nicht zur Zielgruppe gehört.

Ein besonderer Dank gilt meiner Freundin Nicole Giese, die mindestens ebenso verrückt nach New York ist wie ich. Ohne dich hätte dieses Buch vermutlich in New Hersel spielen müssen. Und, hey, wir hatten eine wirklich geniale Zeit und ich bestehe auf eine Wiederholung!

KATRIN LANKERS

VERRÜCKT NACH NEW YORK

Kleine Fehler, große Folgen

COPPENRATH

I Love New York

Bis ich nach New York kam, war mir nicht klar, dass Freunde mit vermeintlich kleinen Fehlern große Katastrophen auslösen können. Und wenn ich große Katastrophen sage, dann meine ich große Katastrophen. Dass immer noch ungewiss ist, ob unser Haus »Pinkstone« abgerissen wird, ist da meine kleinste Sorge. Viel schlimmer ist die Frage, wie ich Ricks Familie erklären soll, dass ich ihren Sohn auf keinen Fall heiraten werde ...

Katrin Lankers
Verrückt nach New York –
Kleine Fehler, große Folgen
272 Seiten. Klappenbroschur. Jugendbuch.
ISBN 978-3-649-61759-4
Auch als @book erhältlich:
ISBN 978-3-649-62199-7
www.verrueckt-nach-newyork.de

Katrin Lankers
Verrückt nach New York
Tipps & Trends aus der Lifestyle-Metropole
ISBN 978-3-649-62226-0

KOSTENLOSES EBOOK

mit zusätzlichen Storys, Tipps, Blogs
und Trends rund um die Traummetropole

New York

Unsere Hauptfigur Maxi aus »Verrückt nach New York«
zeigt dir, wie du dich im Großstadt-Dschungel durchschlagen kannst, was bei einem New York-Besuch unbedingt
auf dem Reiseplan stehen sollte und wo du am besten unterkommst, wenn du müde Füße vom Sightseeing hast.
Du planst gar keine Reise nach New York? Macht nicht's,
denn mit dem eBook holst du dir alle Tipps und Trends
aus der Lifestyle-Metropole nach Hause. Das eBook steckt
voller Do-it-yourself-Anleitungen, die dich und dein Zuhause zu einem hippen New York(er) machen. Neugierig
geworden? Das eBook steht in allen gängigen Online-
Plattformen zum kostenlosen Download bereit.

Alle weiteren Infos zu den Büchern, eBooks, DIY-Anleitungen u. v. m. findest du unter: www.verrueckt-nach-
newyork.de